少年自私事

安宁 著

古吴轩出版社

自 序

这是一本关于少年的书。

自私、嫉妒、卑微、依恋、执拗、欣悦、温暖、伤害…… 每一个词汇，皆会在年少的时光里留下一圈一圈的印痕，犹如树木清晰荡开的年轮。我试图通过文字来解读成长中那些细微的伤痕，如何一点点地积聚，裂变，进而形成我们完全迥异的人生。

因此，对这一程充满了变动与不安的光阴一直怀有敬畏，并心存着感激。这是一段与成人世界隔阂的明亮纯美又感伤温情的岁月。很多年以后，不管我们的心变得如何的冷漠或是沧桑，却总不会忘记曾经有过的那些明媚与忧伤。

早已不再是少年，所以这样关于青春的记录，或许会随了成长一起远去。此后将文字转为成人，所有疼痛皆闭了门窗，隐匿在生命的途中，与我的行走平行相望，互不干扰。

但我知道隐匿并不是消逝，所有的故事，都在它们自己的世界里无声无息，淡然而立。除了我们自己，没有人能够理解，这一程时光，曾经带给我们怎样的寂寞与哀愁；亦无人知晓，那些私密的往事，曾经在暗夜里给过我们怎样的惶恐与纠缠。

所以，一段行程的结束，并非与此后的路途，再无相接。正如当我们老去，却依然明了，最美的时光，还在少年。

是为序。

目录

忧伤岸——等待一场与你无关的疼痛

友爱阁——流年里有你天使的笑容

爱恋溪——暗恋这样改变了我们的年少时光

，年少的我们，却忘
至始至终，夏小桐，
一个走在我们窗外的
她连敲门都不肯，又
被我们出局？

黎小宛微微笑着，很快地回复过去：没关系，其实一切，都与你无关。

夏小宝遇到了陈思航，就像春天遇到了夏天，心里那一朵一朵羞涩的花，被这热烈的气息激荡着，哗地一下子就全开了。

小桃如一个另
独来独往，不
动地搭理任何
亦不打算与任
人交往。

忧伤岸

等待一场与你无关的疼痛

陈赫始终不知道，他曾给过我那么多的快乐和慰藉，他只当我是一个不美亦没有什么爱和恨的女孩子。

许久之后的某一天，锦突然登陆我的博客，说：安，是不是，我们曾经在某一个地方，相遇？只是，你熟识我，我却不认识你？

陈小山，这个高傲无比的女孩子，她让连生远离我，不过是一时兴起的一个恶作剧，除了想以此证明自己的魅力，她并没有对连生，产生过丝毫的好感。

唐卡将一块牛肉放入口中，嚼了很久才道：喔，爱情就像这片牛肉，现在吃着很可口，谁知道明天会不会变质呢。我所想要的，就是现在的

夏小宝的四季镇

「壹」

夏小宝遇到了陈思航，就像春天遇到了夏天，心里那一朵一朵羞涩的花，被这热烈的气息激荡着，哗地一下子就全开了。

这还是去年春天的事情。那时候夏小宝参加学校举办的歌唱大赛，确切地说，不是参加，而是为歌手们在后台服务的义务勤杂工。周围的人都认为夏小宝五音不全，虽然一个人走路的时候爱哼哼小曲，但若是大家一起活动，要站在众人面前高歌，她则连跑调的曲子都唱不出来。所以，如果有什么娱乐项目，夏小宝一定是被大家共选出来跑龙套的那个人。

有时候朋友过生日，一起去K歌，大家都争抢着做最引人注目的那个麦霸，夏小宝则做后勤部长，为唱得不亦乐乎的朋友们奔前走后地拿饮料，点歌，买甜点，将脚底下滑人的饮料瓶捡起放入垃圾桶里。大家很少会想起她，只有没有雪糕吃的时候，才会大喊：嘿，那个谁呢，哦对，夏小宝，她跑哪儿去了，我想吃巧克力夹心雪糕呢。夏小宝这时候就像跑堂的那个小子，道一声："一会儿就来！"随后旋风般跑了出去。

夏小宝跟陈思航的相识，也是这样开始的。当时夏小宝在后台为歌手们服务，她刚刚将一瓶矿泉水递给一个即将上场的歌手，便听到一声痛苦的惨叫：“啊！”夏小宝循声看去，一个长相酷似陈楚生的男生，正捂着左脚踝，咬牙忍着疼痛。

然后便有个长头发的漂亮女生跑了过去，并回头大喊：“那个谁呢？啊对，就是夏小宝！她哪儿去了？”夏小宝慌忙地走上前去，低头看了一下“陈楚生”有些肿的脚踝，立刻丢下一句：一会儿就来，便跑出了后台。不过是两分钟的工夫，夏小宝便将一盒膏药拿了回来。她细心地将膏药揭下来，贴在陈思航扭伤的脚踝处，又像当医生的妈妈素常对病人们说的那样，安慰道：“不用担心，很快就会好的。”

夏小宝这样说完抬头的时候，便看到“陈楚生”的一双有一丝忧伤的眼睛，正注视着她。夏小宝从来没有跟人这样对视过，尤其是如此帅的男生，她一向是被人忽略不计的小数点后面的那个女生，所以，她的脸倏地一下便红了。

这样的羞怯，恰好被一旁叫许伊然的一个漂亮女孩看到，她立刻用带有醋意的声调调侃道：“呦，咱们的后勤部长见了众人推崇的歌手陈思航还脸红了呢，这一贴膏药在包包里准备了好久了吧？”

向来跟人友善的夏小宝，在周围的哄笑声里，对这个嘴巴厉害的许伊然，几乎生出恨意来。

「贰」

陈思航用一首自弹自唱的校园民谣，夺走了当季校园歌唱大赛的特等奖。他将奖品领回来的时候，没有回自己的位置，而是去了后台，找到正扒着帷幕一角看颁奖仪式的夏小宝，当着许伊然的面，说：“夏小宝，这份荣誉，也有你的一半，所以我想将这盘自己录制的唱片，送给你，还希望你不要拒绝。”

夏小宝被这样猝不及防的感谢，给弄得像是自己上台领取了那份大奖，手心里紧张得冒汗。她憋红着脸好一会儿，才结结巴巴地吐出几个字："你唱得真好。"

陈思航将唱片递到夏小宝手中的时候，周围有稀稀拉拉的掌声响起来。夏小宝低头，在眼角的余光里，看到许伊然正涨红着脸，瞪视着她，似乎，想要将那张唱片，一把夺过去。有人还就那句"一半荣誉"的话，小声议论，而且还跟那句"军功章里有你一半"的暧昧歌词联系起来。

夏小宝从来没有被人这样关注过，她觉得那个制作素淡的唱片，像一块烫手的烙铁，她想要拿回家，却又因为外人的注视，而迫不及待地希望丢掉它，冲出人群去。

最后还是陈思航帮她解了围，他说："夏小宝我先走了，我是高一（2）班的，叫陈思航，教室就在你们楼下，以后有什么事，下十六个台阶，在靠窗的位置上，就能看到我的。"

夏小宝也不记得自己有没有点头说好，反正她听见陈思航的脚步声远了，这才悄无声息地挤出观看颁奖的人群，一口气跑到学校有绿树重重遮掩的小山坡上，坐下来，大口大口地喘气。

夏小宝当天回到家，将自己关在卧室里，连晚饭都没有吃，小心翼翼地拆开了陈思航送的唱片。这是夏小宝第一次收到男生送的礼物，而且她今天才从别人口中知道，原来初中也就读本校的陈思航，已经是连续4届的校园十佳歌手，被人冠之"歌王"的称号。夏小宝只关注自己的那片小天地，也没人跟她说这些校园八卦，所以她考入这所重点高中半年多了，在陈思航上台领奖的前一刻，都不知道他就是大名鼎鼎的校园歌王。

那张唱片里，留有陈思航的手机和QQ号码，夏小宝仔细地将手机号存入自己的联系簿里，又打开自己的QQ，将陈思航的那一串很快便倒背如流的数字反复输入几次，最终，还是鼓足了勇气，点了申请加为好友，并在验证信息里，写了"高一（12）班夏小宝"几个字。

「叁」

几天后，夏小宝看到一个QQ头像闪了起来，头像上的名字，写着“四季镇顽主”的网名。夏小宝觉得熟悉，想了好长时间，才终于想起这是陈思航，因为他送她的唱片里，就有一首他自己作词作曲的歌，叫《四季镇》。歌词里说：我想建一个四季镇，小镇有明朗的春天、清爽的夏天、金黄的秋天、雪白的冬天，我要做镇上最开心的那个顽主，传播笑声，感染快乐。

夏小宝打开窗口，看到里面写着一句话：周六校门口八点集合，我们去自行车郊游。夏小宝相信这句话应该是群发的，因为陈思航既没有署夏小宝的名字，也没有和她商量，问她是否愿意去。似乎夏小宝本来就是他群聚的小圈子里的一员，有什么活动，不必说，她自会去的。

夏小宝看到这条消息的时候，已经是周五，她什么都没有收拾，不知道穿什么衣服合适，或者是否又要有唱歌的活动。周围的人知道她不爱人前说话，也便不为难她，可是陈思航那些朋友们呢，她与他们根本就不是一个圈子里的人，她若是站在圈外，始终不给面子表演节目，会不会让陈思航觉得难堪？

夏小宝拿出一本笑话大全，匆匆翻了翻，终于找到一个或许没有人会听过的关于猴子的笑话。在将那个笑话倒背如流之后，无意中她瞥到陈思航的唱片，她想，万一他们非要唱歌怎么办呢？如果她不唱，别人在一旁起哄，岂不是让陈思航也为难？想到此，她迅速地将唱片放入电脑，打开《四季镇》这首歌，戴上耳机，一遍又一遍地听，一直听到这首歌与那个笑话一样，可以让她倒着哼唱出来。她想不管怎样，即便是能够唱一句，陈思航也应该是高兴的吧，或许更大的可能是，她依然在后勤部长的位置上忙碌。

那天晚上，夏小宝抱着耳机睡着了，她梦见自己站在一群欢声笑语的人群背后，没有人搭理她，但也没有人让她出丑或者难堪，夏小宝看着别人的快乐，心底一片静寂。

「肆」

夏小宝没想到这次出游是许伊然策划的，更没有想到，那天是陈思航的生日。许伊然几乎通知了每一个人，告诉他们要给陈思航准备一份小小的礼物，唯独没有告诉夏小宝。不过也许她根本不知道夏小宝要来，因为当夏小宝推车站到她的面前的时候，她看见夏小宝一身洁白素朴显然是精心打扮过的衣裙，很是吃了一惊。

一路上许伊然的自行车，始终跟随在陈思航的左右。尽管陈思航一直在高声唱歌，不怎么爱搭理她。可她还是摆出一副策划人的姿态，照顾这个快点，又让那个注意安全——唯独对夏小宝一副爱搭不理的模样，好像，夏小宝根本就是一个隐形的人。倒是陈思航，总是故意骑慢了等着夏小宝，又一次次叫她的名字，好像要让每一个人都注意到夏小宝的存在。

目的地在一片郊区的山坡上，那里有大片大片的白色的小雏菊，婀娜娇羞地绽放着。夏小宝喜欢这片漂亮的山坡，她一下车，就不顾其他人，丢下自行车，去采摘那些与她一样朴素矜持的花朵。她听见许伊然在后面喊："嘿，那个谁！哦，夏小宝，不要走远了，我们要在这里野餐。"

夏小宝不知为什么，不再怕许伊然，她看到这片雏菊，便犹如自己的心，回归了天然，她在这一片与她一样的小圈子里，觉得除了内心的快乐，什么都不再重要。

夏小宝采摘了一大把的雏菊，一回头，她看见陈思航也离开了队伍，跟在她的身后，只是他采摘的是丁香树上的丁香花，那种紫色的花朵，有沁人心脾的清香，即便是花朵不在手上了，那种香味，还能若有若无地跟人许久。

夏小宝想问陈思航，他也喜欢这种丢到哪儿都能随遇而安的花朵么？可还没有等她开口，许伊然就跑了过来，一把抢过陈思航手中的丁香，笑道："嘿，给我的吧！真美。"陈思航想说什么来着，但却将头转向夏小宝，说："夏小宝，我们去唱歌吧。"

这句话，让夏小宝吓了一跳。那首《四季镇》尽管她在来时的路上还一路默唱着，可是真要在人前亮声了，她还真是觉得有想要逃避的惊慌。许伊然估计是看出了夏小宝的恐慌，笑嘻嘻过来挽了她的胳膊道："嘿，后勤部部长，今天你是逃不掉了，没给陈思航准备礼物吧，那么至少也得唱一首歌喽。"

「伍」

夏小宝至今都记得那天被人起哄站起来唱歌的情景，她以为自己会根本连声音都发不出来，她甚至恨自己没有近视，将那些等待她出丑的人的意味深长的笑容看得如此清晰，但是当她的视线与陈思航的相遇之后，她的心却是奇异地安静下来，就像她采摘雏菊时的静谧与喜悦。她很快启开了双唇，唱出了第一句歌词："我想建一个四季镇，小镇有明朗的春天……"

那首歌唱完的时候，周围一片安静，没有掌声，也没有笑声，夏小宝紧张地看着周围的人群，想着是不是自己的歌声太难听，将他们给吓住了。正不知如何进退，陈思航第一个鼓掌，随后，便是响到让夏小宝觉得山坡都在震动的掌声。

夏小宝记得回来的路上，有几个男生，总是围着她问东问西，夏小宝从来没有享受过这样的待遇，她一向是被女生们都给忘记了的。她用别人的眼光，重新审视了一下自己，突然间发现，原来她也可以和许伊然这样的女孩子一样，有看上去舒服的衣饰，有雏菊一样淡淡的让男生们喜欢的芬芳，有与许伊然的张扬一样惹人侧目的温柔。还有，她自己都没有发现过的，高声哼唱出来如此美妙的歌声。

这是去年春天的故事，夏小宝而今站在夏天的尾巴上，回忆这段过往，心里依然是无限欣悦，就像一朵花，寻觅许久，终于找到了一片泥土，可以落下种子，并赶在秋天来临之前，绽出柔美的花朵。

夏小宝至始至终，都没有能够融入到陈思航的圈子里去，陈思航依然是校园里被女生们推崇爱慕的男生，而许伊然，也还是经纪人一样，围绕在陈思航的左右，让其他的女生们看过去的时候，带着浓浓的醋意和嫉妒。

可是夏小宝却也因此有了自己的圈子，她开始喜欢上当众唱歌，面颊上带着一抹羞怯和潮红。她也依然会讲笑话，但没有人再说她讲得乏味，或者枯燥，并因此给她嘲笑。

彼时高中已经过去了一大半，夏小宝没有赶得上春天，可是她却抓住了夏日的影子，并拥有了属于她自己的“四季镇”。

等待一场与你无关的疼痛

「壹」

黎小宛的这个夏天，过得漫长又燥热不安。她每天都抬头仰望烈日下的天空，希望会有一场大雨倾盆落下，将所有的烦乱全都洗掉。这样的等待，在这个一直干旱的小城，显得如此渺茫。犹如，16岁的她，等待自己始终不肯到来的例假。

黎小宛的这场等待，从12岁就开始了。那时她刚刚读初中，住校，天天听一群早熟的女孩子议论谁又来了“那个”，肚子疼得上不了体育课，要被同学搀扶着去医务室打针。还说上课的时候看到谁站起来回答问题，裙子和椅子上全是红色的血。又说哪个女生粗心到将卫生巾当做餐巾纸，在食堂里讨好地拿给暗恋的男生用，结果遭来周围所有人的嘲笑。

黎小宛假装认真地温习功课，却是被这样的卧谈会撩拨得心烦意乱。她的身高，早早地就超过了同龄的女孩，走在校园里，穿上白色的棉布裙，总会引来一大批的人回头，可是唯独在这件事上，她是自卑的。

这个秘密，在初中毕业还没有来临的时候，便成了女生宿舍里公开的话题。常常有人当着她的面，骄傲地说起自己的“那个”来了，又以一种专家的口吻，发布消息说，没有例假的女孩永远都当不成女人呢。上体育课的时候，老师问有特殊情况的请出列，那些来了例假的女生，经过黎小宛的身边，总会意味深长地看她一眼，视线里还带着一种得意的探寻，像在问她：何时你也有机会出列呢？

黎小宛在这样的异样的注视里，觉得窘迫、恐慌、孤单。她很想找个人倾诉一下，告诉她，自己曾经爬到很高很高的楼上，对着夜幕下的星星祈求，祈求它们将这个女孩子们特殊的标志早一天赐予给她。她还偷偷地去买过卫生巾，和别的女孩子们一样，放在衣兜里，或者书包的侧袋里。她每一次看到别的女生拿起卫生巾跑向洗手间，都会微微的嫉妒，尽管她们的脸上写满了疼痛。

可是没有人听她的这些倾诉，黎小宛以为，这个公开的秘密会随着毕业的来临，在高中里，重新转入到地下，成为不为人所知也不会再抽枝长叶的真正的私密。但这个愿望，却是因为邱君慕，而成为似乎再也没有可能的梦幻。

「贰」

黎小宛以前从来没有注意过邱君慕，倒是听说过他的名字，好像是与她的教室隔两个班的学生，据说漫画很棒，还曾经在晚报上开过漫画专栏。黎小宛很少看漫画书，所以对邱君慕也很少关注过。况且每天的生活里，只是女生们种种的暗示和较劲就已经让她觉得心焦日忙乱，再腾出时间来关注这个见过几次都不容易被人记住的平凡男生，便有些多余了。

如果不是邱君慕恰好路过他们教室，并听到了那一场争吵，或许黎小宛自此便可以安静地等待例假的到来，可是偏偏，生活总是朝着与梦想相反的方向疾驰。那天是毕业前的最后一节生理课，老师刚刚出了教室，黎小宛便听见女生们叽叽喳喳地说，真可惜，以后再也不能听咱们苏老师的生理课了。有个高嗓门的女生，突然大声道："有人更可怜哦，上了苏老师这么多生理课，还没有派上过用场呢，或许，以后一辈子都用不上了呢！"

周围的女生随即配合着发出一阵嘘嘘的坏笑。那笑声在黎小宛听来，犹如鞭炮的炸响，噼里啪啦，永远都不会休止的样子。一向安静的黎小宛，不知道哪儿来的勇气，突然就从位置上站起来，将一本书恶狠狠地朝那几个嬉笑的女生身上砸过去，结果是击中了那个大嗓门女生的头部，让她发出一声夸张的惨叫。那群女生立刻围住了抓起书包要冲出门去的黎小宛。黎小宛在推攘之中，终于放声哭了出来。

而邱君慕则在这时走过来，指着那几个女生，气愤道："麻烦你们能不能有点素质？嘴巴别这么损好不好？"又是那个高嗓门的女生，冷冷道："你知道我们在说什么吗？就在这里多管闲事！"邱君慕道："我当然知道你们在刻薄什么，你们这样八卦的女生，除了会揭人家的伤疤，还会做什么？！"那女生说："那伤疤是她自己种上去的，我们可没有给她哦，对不对？"周围人又是一阵大笑。黎小宛就在这样刺耳的笑声里，冲出了人群，差一点，就将一旁的邱君慕撞倒。

黎小宛想，无论如何，她都不会报考重点高中，即便是她为此失去考大学的机会，也要将这个秘密，永远地埋藏下去。就像，她要忘记这个给她带来更多难堪的邱君慕一样。

「叁」

可是黎小宛没有想到，她选定的那所普通高中，没有遇到同班的同学，却是遇到了邱君慕。而且，不偏不倚，还和她同班，又在最初的老师排位时，因为学号靠近，而成了前后桌。

黎小宛自此觉得有一种芒刺在背的难堪。她觉得坐在后面的邱君慕，犹如一个密探，将她的一举一动时刻都监视在眼内。或许，他上课走神的时候，还会画她。

黎小宛常想，邱君慕会将她画成什么样子的漫画呢？一定是很夸张的那种吧：有丑丑的扁平鼻子，稀疏发黄的短发，鞋带松松垮垮地系着，脸上还有清晰的雀斑。邱君慕最擅长用漫画讽刺人了，所以黎小宛对他一直冷淡不理的这点小仇，他一定清楚地记着，并早就在心里为她画好了小丑似的漫画。

黎小宛的例假，依然没有来，虽然有时候会觉得腹痛，可是每次疯跑到厕所里，脱下裤子看时，却又什么都没有。她常常懊恼地将手里紧紧攥着的卫生巾啪一下丢进废纸篓里，而后在一旁女生好奇的注视下，快速地走出厕所。

黎小宛想，邱君慕肯定注意到了她总爱跑厕所的事情，否则，他不会将他的书桌，朝后拉了拉，比他旁边的书桌，差出了好大一块。黎小宛知道这是邱君慕想让她急跑厕所时方便一点，不至于将书包拉了出来，或者将他桌上的东西带了下去，引来周围人的注意。可是黎小宛却觉得心里很不舒服。她很想告诉邱君慕，她不需要他这样的好心，她也不想要这样的特殊服务，她是一个健康的正常的女孩，跟周围女生没有什么区别，不用他装模作样地关心她。

但是黎小宛不想这样冲动，她知道一旦这件事让周围人知道了，只会给自己带来更多的尴尬。她当初之所以选择这所升学率不高的学校，纯粹是因为她的姨妈就住在附近，她可以不必住校，避免让同宿舍的女生们窥到她的隐私。

所以黎小宛在邱君慕刻意的示好里，保持了一定距离的沉默。在这个班里，与她彼此相识的旧日学校的人，也只有邱君慕。她与他，本应在陌生班级里成为相熟的朋友的，可是黎小宛偏偏将这种看上去极有可能出现的情况，硬生生地给扭转了轨道。她漠视邱君慕做卫生时在她位置旁边多打扫一会儿的刻意；漠视他帮她擦黑板的好心；漠视上体育课时，她撒谎说“特殊情况”，跟别的女生一起出列，他帮她隐瞒这个谎言的善良。

黎小宛尽最大可能地忽视邱君慕，可是他偏偏不懂得她的这种刻意的忽视，惹出了一场不大不小的风波。

「肆」

那时已经是夏天，许多女生都穿起了漂亮的衣裙，每到下课的时候，班里便像是绽开了花朵，女生们穿来梭去，飘逸的裙裾也便擦着桌椅的边缘，飞快滑过。

黎小宛却是始终没有换下牛仔裤，她还穿了长袖的上衣，将自己严实地裹在其中，就像一只缩在壳中的蛹。她觉得只有这样自己才是安全的，那个不能示人的秘密也才不会被人窥去。她羡慕那些漂亮的裙子，她的衣橱里，其实也有十几条缤纷多彩的连衣裙，那是在她12岁以前的裙子，之后她便很少再买。每次她给父母要了钱，自己去沿街店铺里买衣服，最先看的，都是各式各样的裙子。在她的眼里，那些在大风里会蓬勃舒展开来的裙子，是专属于女孩子的，如果哪一天，她来了例假，和别的女孩子一样每月经历这种幸福的疼痛的时候，她想她一定天天穿着裙子，就连冬天也不例外。可是现在，她只能像个男孩一样，将自己严实地包裹在长裤长褂里，就像包裹住那个一不小心就会飞走的秘密一样。

黎小宛不知道究竟是谁将一包卫生巾放在了老师的课桌上，而那节课，恰好是班主任所教的语文。班主任素来严厉，站在讲台上，扫视一圈后，啪一下将作文本撂在讲桌上道："究竟是谁放的，老实招来，否则这节课全班停课写检查！"

终于有一个胖胖的男生站起来，低头小声道："老师，是我放的，可是，那是我捡来的，一时找不到失主，所以只能放在讲桌上。"

老师训斥道："捡的？我看你是偷的吧？"

班里有人捂嘴嘿嘿地笑，胖男生着了急，辩解说："真的是捡的，就在黎小宛的课桌旁边捡的。"这次那些捂嘴偷笑的人终于憋不住，成了哈哈大笑。黎小宛的脸，在这样的笑声里一下子变得通红，像是在火里烤了一般。

班主任啪一下又是一声："那谁能帮你作证，这是你捡来的？"胖男生求助似的将头转向黎小宛，用视线央求她，似乎想让她站起来承认这包卫生巾是她的。

邱君慕就在这时站了起来，大声地说："老师，这包卫生巾肯定不是黎小宛的，我敢作证。"班主任还没有开口，就有男生坏笑着嚷："你拿什么作证啊？难道你翻过人家黎小宛的书包，知道她从来不用这玩意儿吗？"

班里的笑声几乎要将屋顶掀翻了。看起来事情越来越大，班主任不得不妥协，说下课后再做处理。黎小宛却是没有等到下课，泪水便成了汪洋。

「伍」

黎小宛请了病假，避开别人的议论，在家里揉着哭红了的眼睛。她觉得自己像是个被遗忘的女孩，不仅父母将她忘记，同学将她忽略，就连例假，都不肯前来找她。

暑气一阵一阵地席卷过来，黎小宛的腹痛，也一阵一阵地纠缠着她，但她始终都不肯告诉父母。她总是固执地认定，这样的腹痛，是成长给予她的考验，一旦她闯过了这种疼痛，她就可以变成一个真正的女孩。

黎小宛是在有一天的清晨，迷迷糊糊掀开被子的时候，看到了床上的那团红色的血迹。它像一团燃烧的火，将黎小宛的心，一下子卷进一种狂喜的癫狂之中。黎小宛很想唱歌，或者跳舞，或者对着阳台高喊，她要将心中的喜悦释放给所有人看，她要告诉所有的人，她现在不再是一个特殊的女孩，她真正地融入了那群绽放的花朵里，而且因为这种绽放的姗姗来迟，反而积聚了更多的力量，在这个夏日里，成为最盛烈的那朵花儿。

邱君慕的短信，就在这时发了过来，只有三个字：对不起。

黎小宛微微笑着，很快地回复过去：没关系，其实一切，都与你无关。

黎小宛知道邱君慕永远都不会明白这句话包含的所有内容，她也不需要他明白。因为，这场近5年的漫长等待与成长，自始至终，只是她一个人的事。

可采与千贝的夏天

「壹」

暑假快要到了的时候，千贝在网上留言给可采：可采，这么漫长的暑假，我们去哪里玩呢？处处都是滚滚的热浪，我的灵感都被蒸发干了呢，所以还是你累死几个脑细胞，好好设计一个玩乐的方案吧。

可采收到留言的时候，刚刚结束了最后一场期末考试。她微微一笑，回复千贝说：可是千贝，你的灵感被蒸发，我的全被烤死了呢，不信，等试卷发下来的时候，你就会看到上面横陈的尸体啦。

其实可采很想告诉千贝，她想圆他一个离家出走去海边的梦想，可是当时她的Q上挤满了说话的男生，她实在有些顾不得千贝这提前来到的烦恼，于是便关了窗口，和其他人继续聊成一片。

千贝想要离家出走去海边的梦想，从可采遇到他的时候便已经有。那时候可采读初三，千贝则是高一的学长。可采想要报考千贝的高中，便时常过来温习功课，算是给自己一个好的兆头，一只脚先跨入学校的大门。

恰巧一次在图书馆自习室里，可采刚刚占好的位置，不过是出去上一趟洗手间的工夫，就被另一个男生给坐了去。可采低声说了声抱歉，那男生却装作浑然不知，继续戴着耳机做题。可采正尴尬着，对面的一个瘦高个子的男生就站了起来，直接伸过手来，将那男生的耳机摘下来，毫不客气道："这是这位女孩子已经占好的位置，人家不过是刚刚出去了一会，你就赖过来，现在可以起来不用装聋作哑了吧。"

那男生一脸窘迫地站起来，又狠狠地瞪了对面一眼，那视线里有威胁的意思。但瘦高个子男生不仅不怯他，反而一个幽默抱拳，意思是：你的拳头我心领了。

可采在安静的自习室里，不知该如何谢他，便写一张纸条，说：我是可采，邻校初中部的，不过或许很快就可以考进来做你的学妹了，所以谢谢学长的帮助哦。

可采羞涩地递过去后不过是片刻，便收到了"回礼"。可采展开来，见上面写着：我是千贝，千万次梦见扇贝与海边的千贝，时刻想着逃学离家出走去海边的千贝，如果你愿意，请投我的梦想一票。

可采微微笑着，将纸条叠起来，在上面写上"赞成票"，而后轻轻投进千贝用手圈起做成的临时投票箱里。

「贰」

这一票，让可采与千贝连在了一起。

千贝成绩算不上好，但还是以学长自称，来帮助可采复习功课，尽管很多时候，千贝常被题目急得抓耳挠腮，还要求助于别人。但能有一个走过此桥的人，陪着一起过这艰难的一关，可采还是觉得幸福。

可采那时候常常说的一句话是，等她考入了高中，她一定陪着千贝逃学去看大海。可采其实去过很多次海边，因为她的姑姑家就住在海边，每年放暑假的时候，只要她愿意，姑姑就亲自开车过来接她去度假。所以，她对于大海远没有千贝那样从未到过海边的人痴迷。千贝家条件算不上好，父母都是普通工人，也就供他读书刚刚好。再拿出多余的钱来让他在假期时外出游玩，看上去有些奢侈，是计划外的支出。所以千贝便从父母爷爷奶奶平日给的零用钱里，一点点地攒着车票，据说，已经攒够，可以成行了呢。

可采收到高中录取通知书的那个暑假，姑姑便打电话来，让她去海边消暑。可采刚要拒绝，突然想起了给千贝投的那个赞成票，便甜言蜜语地问姑姑："能不能带她的一个朋友去？" 姑姑笑说："可以啊，只要你没有什么坏点子来吓唬姑姑。"

可采开心极了，她网上留言给千贝，说：我要让你的梦想成为现实。千贝却是在收到信息后直接拒绝了她，又说：我要逃学独自去看海，而不是和大人，你明白么？

可采当然不明白，她想这有什么不一样的呢？都一样是去看海，况且能够住在姑姑家里，有饭可吃有床可睡，多么舒服啊，再说了，还能省下一笔钱呢。不过她也就只生了一会儿闷气，便不再去想这件事。因为，她考入了高中可以认识更多的朋友，这是一件多么让人兴奋的事啊。

所以等可采从海边晒成古铜色的健康肤色回来，在九月菊花香的校园里遇到了千贝，她并没有多么热烈，只是和他聊过几句，便飞跑去教室里看新的同桌了。

可采注意到当她嘻嘻哈哈地转身说"再见千贝"的时候，千贝的脸上有一丝的忧伤。但这抹忧伤在可采的脑子里没有存上片刻，就被校园里繁盛的花草给冲淡了。可采想：千贝真是傻，刚刚开学，有什么可以难过的呢？即便是难过没有去成海边，那也是他自己的缘故，我盛情邀请了他，是他自己不去呢。

「叁」

可采是个个性开朗的女孩子，她很快地便在这个学校里有了新的朋友，她与他们热热闹闹地缠绕在一起，就像生长在水里的草们，风一吹，便拥挤着、说笑着、吵嚷着，真是乐趣横生。

所以，如果不是千贝在教室门口找她，她差一点就把这个学长给忘记了。

那天可采正在教室里跟一个男生开一些不大不小的玩笑，那个男生还大胆地扭了扭可采的左耳，可采龇牙咧嘴地大叫着让他放手，不经意地回头，看见千贝正站在门口注视着她。她一下子红了脸，挣脱掉那男生的手，也不顾疼痛就跑过去有些愧疚地问千贝："你最近在忙什么，怎么也不来找我玩了？"

说完了她又觉得后悔，好像将责任全推到了千贝的身上，事实上是她自己将人家给忘记了。但她还是尽力地将左耳的那一小片红用长长的垂下来的头发遮掩住，就像遮掩住一个鲜明的疤痕。

千贝并没有责备可采，而是微微笑一下，说："最近是有些忙呢，你还好吧，下午放学我们一起坐公交走吧。"

可采回头看看那个扭她左耳的男生，有些尴尬，因为她与几个男生说好了放学后去游乐场滑旱冰，可是现在她实在是无力拒绝千贝。

但千贝还是看出了可采的犹豫，拍拍她的肩膀，说："可采，知道你忙，我只是说说，以后有的是时间，你先陪朋友去玩吧，我们改天再见。"

可采还没有回答好与不好，千贝便笑着走远了。可采看着千贝瘦削的背影，突然觉得他很孤单，孤单到他需要她的陪伴，可是，却又不去开口，霸道地要求她的陪伴。

这一声"再见"，便真的很长时间才再次见面。那时千贝已经读高三了，功课忙碌，他的父母给予他很高的希望，可是他的功课却并不见有多鲜明的起色，于是为了这份希望，他只能努力地用功，以至于当可采有一天在校园里与他偶遇，觉得他愈加清瘦了。

那天可采丢掉了其他"狐朋狗友"，陪千贝走了三站路回家。一路上依然是可采叽叽喳喳地说着身边那些鸡毛蒜皮的小事，而千贝则细心地倾听着，时不时地冲她笑一笑，鼓励她继续说下去。

是到了千贝家门口的时候，可采才止住了脚步，抬头看看眼前那栋有些灰旧的楼房，说："我就不上去了，千贝，你多注意身体，不要为了学习太过辛苦。"

千贝从书包里拿出一个漂亮的瓶子，说："喏，送你的，回去再看。"

「肆」

那个瓶子里面盛放了好多漂亮的幸运星，可采猜想是千贝从精品店里买来送自己的，她经常收到男生送的这样的礼物，所以并没有多么介意，便将它随手放进了抽屉里，与一大堆花花绿绿的礼物放在了一起。

这样一转眼便到了夏日，可采有一天突然想起了千贝，于是留言给他，说：终于腾出空闲来，不如我们做个背包客，去海边吧。

这句话却是很久都没有回音。可采有些寂寞，便无聊地翻看抽屉，并无意中碰触到那满瓶的幸运星。可采打开来，拈出一个蓝色的幸运星来，这才发现，上面竟然写着一行小小的字：投一票给千贝的梦想。而且，那近百颗的幸运星上，每一个上面都写满了这一行字。这瓶幸运星，原来是千贝每天晚上入睡前给自己去海边的梦想投下的一票。他在瓶子的最底部，还放了一张小纸条，写着：满一百颗，我与可采就去海边。

可是，千贝终究没有等到幸运星满一百颗，便去了海边。因为，那一瓶幸运星，在可采想起之前，永远都处在99颗的数字上。可是当可采发现，千贝已经独自一个人去了海边。

可采在不久之后，再一次看到了千贝的留言，只是这次是发到Q信箱里的。附件里还有许多张千贝的照片，他无一例外地都是笑着的。那笑容如此的明亮真实，又柔软动人，可采却是看着看着就哭了。照片上的每一处风景，她都非常地熟悉，熟悉到连千贝靠着的石柱上的污痕，她都清晰地记得。

可是记得又有什么用呢，她终究还是没有实践自己的诺言，陪着千贝一起去海边，而且，是要坐绿皮的火车，体会那种哐当哐当车轮碰撞铁轨的寂寞的声音。她本想还要带他在海边捡拾漂亮的贝壳，并坐上自己划桨的木船，在汪洋中航行。他们还要丢了鞋子，在海滩上飞奔、歌唱、高喊、尖叫。夜晚便支起帐篷，枕着大海的呓语美美睡去。

可是这一切，她都没有给他。是他自己，给这个梦想投了最后一票。尽管，这一票其实是千贝特意地留给她的，却因为她的忽略，而永远地错过了。

这一年的夏天，千贝没有考入任何的大学，可他并没有着急地为了自己的前程选择复读，或者去读一个职业大学，而是为自己的梦想，投下了最完美的一票。

这样一票的忧伤，只有可采知道。

成长那么痛

「壹」

那一年我也就16岁吧，却从来没有花季女孩的欢欣和骄傲。我成绩平平，长相也一般。父母忙于在外地工作，几乎没有时间管我，我一个人惯性似的吃饭读书睡觉，像我们家那只瘦弱孤独的小猫，寂寞地走来走去，停不住脚，但也找不到这样走下去的目的和意义。

为此我曾希望能像班里的女孩子一样有一个自己的小群体，讨论明星和时尚，或者在放学路上和一小撮男生嬉笑打闹；曾希望能在被人冷落的时候，有个朋友肯握住我的手，哪怕什么也不说；曾希望在上课举手的时候，老师会给我一个鼓励的微笑……但是，我什么也没有。如果一直这样过下去，我的青春至多是黯淡无光、没有波澜的吧？成长对于我，也只是时间上的一个概念：数字一个个叠加起来，也便成了我。

但一切远没有我所想象的那么简单。那时候的我，已开始知道关注我喜欢的男生。比如陈赫，便以他骑车时的悠闲姿态，晃晃悠悠地驶入了我的视野。我没有朋友，没有人告诉我任何关于他的消息，我只是在放学的路上，在我们必经的那条悠长的小巷里，一点点地了解着他。

我知道他爱穿火红色的运动衫，由此我想他一定是体育极棒，只有在运动场上被掌声包围的人，才敢这么耀眼和张扬。我知道他的后车座上，常会有一个漂亮也略略放肆的女孩子。那些女孩子的面孔，换来换去，但对我的内心竟毫无影响。我只是关心陈赫，只要他每日从巷子里驶过，我就会欢喜。即便是不幸迟到了被老师罚站，我也不会再像往昔那样哭上一宿。

陈赫始终不知道他曾给过我那么多的快乐和慰藉，只当我是一个不美亦没有什么爱和恨的女孩。而这一点点的了解，也是我将自己碰得伤痕累累才换来的。

「贰」

我至今还记得那天，下着细雨，青石板路很滑，陈赫无法骑自行车，只好淋着雨推着车走。我举着一把紫色的雨伞，慢慢跟在他的后面。长长的巷子里只有我们两个人。我看着前面将雨水不断溅开去的车轮，想了许久，终于抬腿跑上去，红着脸将雨伞递给他。陈赫接过雨伞，很奇怪地看我一眼，问道："你是哪个学校的？"我转身拼命地往前跑去，边跑边高声地喊："我叫枚烁，七班的枚烁……"我听着自己的声音在小巷上空盘旋，第一次发觉原来自己也可以像别的女孩子一样，幸福地放任自己。

第二天中午我逃掉最后一节自习，又偷偷跑到隐蔽的地方去抹了一点很廉价的口红，这才悄无声息地溜出学校，忐忑不安地在小巷中间的一棵梧桐树下站定，等着陈赫骑车经过。在我将陈赫看到我时热情洋溢的表情设想过N遍之后，他的身影终于出现在巷口。

我的心跳得厉害，几乎不能说话。但陈赫面无表情地驶过我的身旁，淡淡地瞥了我一眼，却丝毫没有减慢车速的意思。我开始失控般地朝陈赫大叫："陈赫，我的伞！"陈赫这才一下子刹住车，回头看了我片刻，终于微微笑道："你就是昨天送我伞的那个女生吧，实在抱歉，你换了衣服，我没有认出来。"我低头看着自己崭新的棉布裙和长筒袜，羞涩地一笑："对不起。"陈赫拍拍后车座，道："该说对不起的是我才对，不只把伞给落在了家里，还没有将你认出来，上车吧，载你一程，作为对你的补偿。"

我本该拒绝掉的，我从没有奢望过能坐在陈赫的后车座上，但我却无力抗拒这样的诱惑。我坐上去，看着长筒袜里鲜艳的脚趾甲，几乎笑出声来。陈赫噌地蹬起车子，我没有留神，将脑袋靠在了他的后背上。一个红色的唇印，就这样赫然印到了陈赫干净的T恤上。

我想我是太过激动了，第一次这样近地靠着一个男生，而且是我喜欢的陈赫，所以对于这样一个唇印，竟没有怎么在意。只有一种混合了甜蜜和浪漫的幸福，结实地充盈了我的全身。

「叁」

但我没有想到那个唇印，在第二天的课间操后，几乎让我成为全年级的焦点。那天做完操刚刚在位置上坐定，便看到一大帮人拥过来，趴在窗台上朝教室里看，最后又齐刷刷地将视线移向了我。

这些人中大部分是女生，她们全带着嫉妒和愤恨指点着我说："这就是那个不知自己轻重的女生吗，长得那么丑，还敢追我们的校草！竟然将唇印弄到人家T恤上，她不会是神经有问题吧？！"我的眼泪哗地一下子流出来，也丝毫没有注意到老师已经走到讲台上来，背起书包便冲出了教室。

这样让我觉得羞耻的指指点点，持续了长长的一年，我再也回不到往日无人搭理的角色中去。常有不认识的男生暧昧地朝我吹口哨，甚至盯着我苍白的双唇嘻嘻嘻地笑个不停。那一群一群的女生，会在我经过时突然地停止嬉闹，高声朝我嚷一句：“你的口红可以借我用一下吗？”而班里的意见簿上不指名道姓地对我的批判，一下子增加了几十页。我在无人的时候，翻着里面种种不堪入目的评语，常会伏在书桌上大哭。

没有人告诉我，将怎样走过以后的路；怎样在那么尖酸刻薄的言语里，让自己的心不再疼痛；怎样在班主任当着那么多老师的面告诫我不要再早恋时，抬头告诉他，其实我只想默默地在心里喜欢一个人，什么也没做……总之，没有一个人来将我从那么绝望的阴暗光影里拉出来！

「肆」

我以为这样的伤痛永不会结束，直到有一天，我无意中又走到那条小巷，远远地看到陈赫载着一个高声唱歌的女孩子欢快地驶过来——他们在经过我的时候，几乎没有正眼看我；只有陈赫，给我淡淡的一瞥，但是他的眼里，什么也没有。

他已经将我忘记，连同那把或许被他丢掉了的伞。我，在那个瞬间，竟是微笑着的。就像那些嘲弄和讽刺，只是一阵风，慢慢吹过，除了将我的衣角吹起，再没留下任何的痕迹。

那时的我，已经读了大学；而陈赫，只是街头一个爱打架的混混，一如他当年将我的那个唇印，作为炫耀的资本一样，将后车座上的女孩子当做唯一可以让生活有滋有味的调料。他原来只是一个轻浮的男生，不值得我付出那么大的代价的。

可是青春里的疼痛，是不该用值或不值来评判的吧？那么多的伤痛，一一地经过了，便构成了我们成长的痕迹。尽管是黯淡，带着苦涩和挣扎，但从中走过了，且慢慢地成熟，知道怎样保护自己，怎样在自己无谓的付出里学会微笑，便已足够。

只是一场恶作剧

「壹」

我在陈小山转到我们班之前，一直都是喜欢规规矩矩地顺着人行道走路的。

当然，这在很大程度上是因为连生，他说他最讨厌标新立异的女孩子。所以，如果我还想继续像初中时那样，跟在他的后面，像尾巴一样甩来甩去的话，那就最好不要打扮得太过另类。“而且，个性也要更温顺一些哦，因为，你实在是算不上漂亮，如果能够温柔安静一点，会有第二个男生喜欢跟你玩，也说不定呢。”

这样的打击，我早已经习惯。我记得第一次见到连生的时候，他就这样当着许多人的面朝我嚷：“嗨，林诗诗，幸亏你不是美少女，否则我会因为坐在你旁边，导致成绩飞速下滑呢。”周围的人哄堂大笑，我却是飞红了脸，只因为那么帅的连生，竟然主动过来与我打招呼，要知道好多女孩子看他穿着旱冰鞋，飞快地擦着她们的裙角滑过，都会兴奋地高声尖叫呢。

我就是从那时候开始对连生“言听计从”的。他让我帮他背着书包，自己却鱼一样在人群里穿来梭去，片刻便不见了踪影，只害得我怕他找不到我，站在原地等到路灯次第亮起，风儿鬼一样呼啸而起。他不喜欢背英语课文，我便每次都在老师提问到他的时候，以英语课代表的身份，信誓旦旦地向老师保证：我已经私下里听他背过了，就不必麻烦老师再浪费时间啦。周末的时候，他喜欢出去打两个小时的游戏，我便听从他的命令，站在他家楼下高声喊他去上“补习班”，借此骗过他的父母。

这样的跟屁虫，我每每都做到完美无缺，让连生挑不出任何毛病。也为继续跟他“戎马生涯”，并肩作战，树下良好的口碑。所以，当我央求连生与我考同一所高中时，他歪头想了片刻，便用笔敲敲我的脑袋，表示“恩准”。本以为，我又可以在众多女孩子的艳羡里，背着大大的书包，晃荡在连生的后面，听他唱歌，看他滑冰，伴他逃课，做他最忠实的粉丝。甚至在有喜欢他的女孩子写来情书的时候，模仿他的笔迹，代写一封无情的回绝信，让她们知道后连嫉妒的力气都没有。

可是，这样风光的时代，却在陈小山推门进我们教室的那一刻，结束了。

「贰」

陈小山的到来，像一股有力的旋风，哗地一下子便将连生从我的身边席卷了去。我甚至都来不及告诉连生，放学的时候，如果他没有时间等我，那回家后记得给我在Q上留言，他已不耐烦地转身追赶陈小山去了。

陈小山并不是那种惹人怜惜疼爱的女孩子，她的美，带着一丝丝的野，像那山林里一闪而过的小溪，或者旷野里倔强而生的一株山茶花。她从不会主动搭理任何人，但恰恰是这样的淡漠，还有漫不经心，吸引了很多的男生。当然，也包括从不对任何女孩子着迷疯狂的连生。

陈小山起初是对连生很不屑一顾的，她甚至在别的男生面前，含沙射影地讽刺连生，说他滑冰技术拙劣，却自以为很美地在全校女孩子面前卖弄招摇。又说他文字粗糙，连一封情书都写得青涩无比，还好意思在学校文学社里挂职。

一路走来，被所有人宠爱且从没有受过什么打击的连生，在这样闲闲的嘲弄里，像一只开了口的气球，噗的一声，便瘪下来，丝毫没了先前的锐气与张扬。我看了难过，便安慰连生，说："陈小山有什么好呢，学习不好，人缘也差，连老师都不尊敬，如此张狂的女生，何必跟她计较呢。"

我以为连生会在我的劝说里，如往昔一样，拍拍我的脑袋，赞一声"聪明"，便重新做回自信的自己。可是，这一次，他却暴躁地冲我吼道："你有什么资格说她？！先看看你自己吧，不漂亮，还啰唆，有哪个男生会喜欢跟你搭话？！"

我终于在这一句里知道，连生的心已经无可救药地被散漫不羁的陈小山给虏去了。

我背着连生，模仿他的笔迹，给陈小山写了一张短的纸条，问她，如何才能让连生成为她最信赖的朋友呢？陈小山并没有回复，却在一次放学的路上，坏笑着拦住连生，说："想让我相信你的诚意，好啊，那就按这张纸条上说的去做啦。"连生小心翼翼地打开那张纸条，脸上的喜悦突然便淡下去了。

「叁」

我不知道陈小山的纸条里，到底写了什么；我也不清楚，为什么陈小山突然就丢了先前的鄙薄，将一份若有若无的热情，给了连生呢？但我却清晰地明白，连生对我的冷淡，像那窗外栏杆上的冰凌，是凉到内核里去了的。

我就是从那时候开始，喜欢上逆着人行道走路的。没有了连生的陪伴，我便在那些陌生的面容里，寻找我想要的温暖。北方的冬天，已是彻骨的冷，我背着硕大的书包，如一只蚂蚁，在雪地上茫然地爬行。我希望会有一个如连生一样阳光的男生迎面走来，哪怕他并不喜欢与我同行，只要能够大声地冲我说一声"嗨"，我的心底也会倏忽明亮起来的吧。

有许多次，我都想拦住连生，问他，为什么几年的情谊，还抵不过陈小山几个月若即若离的魅力呢？但连生每次都是烦乱地一转身，便飞快地将我甩掉了。连生是连续几届的短跑冠军，他不刻意都会将我远远地落下，更不必说他现在对我是厌倦的，想要把我当一块难堪的桌布，丢到永不会让他瞅见的角落里去了。

他这样地将我冷落，我并没有抱怨。因为，我在心里是那么依恋连生，我们的这份友情连生可以视而不见，可是，我却知道它已如水杉一样地葱绿挺拔。

当有一天，我无意中看到连生的笔袋里被揉皱了的那张纸条时，才轰然地倒塌。这样的自信那张纸条上，是陈小山轻飘飘的一行字，写着：连生，如果你想与我做朋友，那么，先和你身边的那个丑丫头断绝联系吧，因为我不喜欢这样了无生趣的女孩子。

终于知道，只不过是因为陈小山不喜欢我，所以连生也心甘情愿地为了这份新的情谊而将我丢掉。我在他的心里，原来真的像他开玩笑时说的那样，是可有可无的。可是，那些一起骑单车回家的美好，那些我帮他逃过的一次次呵斥，那些难过时我陪他落泪的温情，那些没有一个人能明白的疯狂，那些我视若珍宝的往昔……连生，他怎么能够如此轻易地，就给忘记？

「肆」

我主动跟老师要求，将位子调到靠窗的一个角落里去。在那里，我可以看到连生，他在课下的间隙里，寸步不离地跟在陈小山的身后；就像以前，我曾那样缠着他一样。他还很傻地唱歌给她听，而后在陈小山的一抹浅淡的笑意里乐不可支。那个被许多女孩子爱慕着的连生，在陈小山的一笑一颦里，终于把特立独行的自己给丢掉了。

半年后，陈小山去了艺体班，她很快地又有了新的朋友，将对她忠贞不贰的连生懒懒地晾到一边，就像厌弃一件她穿腻了的衣服一样，将他给淡忘了。连生原本还锲而不舍地伴在她的左右，后来不知陈小山给他说了一句什么话，他突然就止了步，转身要来找寻被他扔掉一年多的那段时光。

但怎么能回得去呢？即便是连生记得回到从前的路，但是那终点处已没有了我。我再不会傻兮兮地守在那里，等迷途的他返回；我也不会在他刻薄的言语里，假装听过即忘；更不会任他这样疏忽地轻慢一份真情。因为，我再不是那个漫无目的走路的女孩，每一步的快乐我都会细细珍藏；同样，每一次的伤害，亦会在我的心里留下或深或浅的印痕。而连生给我的自尊所带来的疼痛，任是他如何地弥补，都已无法挽回。那条鲜明的伤疤，再无法让我们的心畅通无阻，息息相通。

我和连生，终于不能回到那最初的起点。陈小山，这个高傲无比的女孩子，她让连生远离我，不过是一时兴起的一个恶作剧，除了想以此证明自己的魅力，她并没有对连生产生过丝毫的好感。

可是青春，能经得起多少次的恶作剧？那些已经形成的伤痕，像一棵梧桐的年轮，一次次地刻下，便成了我们依恋也怅惘的过往。而少年，就在这旋转开来的痕迹里，慢慢成长。

出走在明媚忧伤的秋天

「壹」

我在复读了第二年之后，决定逃离厌倦已久的学校，逃离这个破旧的小城。尽管，不知道将要去往何方，但我固执地认定，任何一个地方，都有比小城更明媚的阳光。只要有我的单车，就能够成功抵达。

我将这个秘密告诉唯一的朋友辰诙，并劝他说，与其在教室里混到毕业，等着再一次了无希望的高考，不如将这段时间，拿来闯荡，若是好运，说不定等这帮人拿到录取通知书的时候，我们也混得一脸风光，可以荣归故里。辰诙与我一样，是教室最后 排被老师同学自动忽略掉了的差生。平日里爱吹些小牛，常有云游四海的宏愿，但却从没有胆量实施过。被我几句怂恿，他眼中的忧疑开始散去，取而代之的，是被我编织的梦想点燃的激情的烈焰。

两个人趁周末回家，偷了几百元钱，便骑着单车上了路。正是秋天，大朵大朵的白云，在湛蓝的天空上怒放，路两旁高大的由加利树，笔直地伸向蓝天，像是要努力地在上面抒写豪言。刚刚收获过的田里，还闻得见玉米的清香。柔韧的芦苇，在清爽的风里飘摇，似乎想要洗去整个夏日的疲惫。偶尔也可以看到绕城的小河，在不远处银链般若隐若现。空气里飘溢着植物的芬芳，我猜想是砍伐过的由加利树身上流出的汁液的清香；而辰诙则坚持说是校园篮球场边上木槿花朵的浅香。我听了便嘲笑他，还没有驶出小城呢，就又想回学校了么？早知道你这么依恋校园，我就一个人出来闯荡了。辰诙骑车朝我撞过来，我则轻巧地躲开去，任他砰的一声倒在一株柳树上，我哈哈笑看一眼他的狼狈，用力蹬了几下，便将他远远地落在后面。

「贰」

这样的小插曲，在上路的最初，是带着一点点压抑释放后的喜悦和放肆的。两个人时而比赛车速，时而对过往路人做最尖酸的点评；时而伸开双臂，叉开双腿，在飞速向前的单车上做高难度的飞翔姿态；时而做仰天长啸的豺狼虎豹状，直吓得擦肩而过的路人落荒而逃，而意犹未尽的我们，则愈加嚣张。途中我们还遇到一伙别着邻校校徽的家伙，他们看样子是集体逃课出来的，领头的一个，试图将我们拉进他的队伍里去，但被我和辰诙牛气冲冲地拒绝了。用辰诙的话说，就是男子汉要闯就闯得顶天立地，靠人多来壮声势，算什么英雄好汉，你看武侠小说中的高手，哪一个不是独自逍遥？这一句话，几乎引起一场战争，但两个人在重重的包围里，踏上单车，便勇猛地冲了出去。他们反应过来奋力追赶，但最终，还是被车技更胜一筹的我们甩掉了。

这一次小小的胜利，坚定了我们两个人的信念。辰诙甚是得意，说："看来做英雄，也不是那么难的，有胆有识，足矣。"两个人被这样的热情鼓舞着，一鼓作气，便用两天的时间，驶到了市里。在这个陌生但却繁华的城市里，我们的眼睛，在目不暇接的店铺商场前，几乎使不过来。为了方便，我们将车子寄存到一个地方，便漫无目的地瞎逛起来。逛到肚子饿的时候，我们才走到一个拉面馆里，坐下来，点了两大碗牛肉拉面，呼噜呼噜地吃起来。两日来的疲惫，在葱花姜末香菜的涤荡里，很快便散尽了。四肢筋脉打通了，我们便懒洋洋地站起来，打算付钱离开。但当手伸到口袋里的时候，却是空空荡荡，由我保管的两个人的钱包，不知何时长了翅膀，飞了。辰诙使眼色给我，示意逃掉饭钱。但还没等我明白过来，角落里便过来两个人高马大的服务员，边收拾碗筷，边斜眼看着我们，那眼神，不用看也知道，是告诫我们休想要什么花招。

最后，怕像电视剧里那样，遇到黑店，遭一顿毒打，两个人乖乖地走到收银台，老老实实地交代自己丢了钱包，老板能否网开一面，等我们有钱了，一定回来还上。胖胖的老板娘飞我们一个白眼，冷笑道："骗三岁小孩呢你们?！想白吃也不用耍这种花招啊，谁偷了你们钱找谁去，我不负责免费供应餐饭，今天交不上钱，就别想离开这店。"两个人面面相觑片刻，最后，辰诙猛地一掐我的手指，便拉上我，狂奔出拉面馆。一路上，我们撞倒了一辆自行车，碰翻了一个水果摊，又因为硬闯马路，而差点飞到一辆三轮车上。这样气喘吁吁地不知跑了有多远，直到后面安静下来，再无人的追赶恐吓声，肚子里的拉面，在惊吓紧张中，也差不多消耗殆尽，我们这才刹住了脚，惶恐不安地朝身后看看，知道这次安全了，才蹲在路边上大口大口地喘着粗气。

「叁」

这一次的成功逃脱，却并没有带给我们多少的喜悦和自豪。两个人闷头坐在路边，看着一辆辆飞驰而过的汽车，和匆匆赶回家去的行人，一句话也没有。秋风瑟瑟地起来了，那一身惊出的冷汗，嗖嗖地蒸发掉，连我们身体里最后一点热量，也给带走了。我看一眼一脸惆怅的辰诙，故作轻松地站起来，拍打一下屁股，头也不回地说："回去推车子吧，总会有办法的，我们的奋斗，才刚刚开始呢。"

的确，一切是刚刚开始，但不是奋斗，而是挥之不去的懈怠、失落和迷茫。辰诙的车子，不知怎么弄丢了，跟看车人理论，操一口外地方言的中年女人竟和我们吵起来，说一看我们这两个小痞子就是想要无理勒索，如果我们再不走，旁边就是派出所，有胆量就去那里评一评。辰诙还要继续跟她理论，但我看到不远处一个神情机警的民警，狐疑地朝我们走过来，刚才逃出拉面馆的恐惧，又像一件黑色的外套，哗一下罩了下来。我附在辰诙耳后，低声道："民警来了，快走吧，否则刚才那事捅出来，我们就更倒霉了。"

辰诙最终坐上我的单车，懊恼地离开了。两个人在拥挤的人群里，时而走，时而骑，心情阴郁惨淡到极点。走到一个修车铺前，看看那一排旧车子，我突然一狠心，将车重重放到修车人的面前，说：给个价吧。辰诙吃惊地看我一眼，而后在我的淡漠里，冲我吼："你疯了啊，卖掉车子，我们怎么回去？！"我头也不回地回复他："算什么男人，这点挫折就退缩了，就你这样，回去照例考不上大学！"修车人看出我们两个的矛盾，知道有利可图，立刻扔出一个价来，说："30元，不还价，爱卖不卖。"我将右手伸到他的面前，说："当然卖，拿钱来吧。"

「肆」

两个人在路边小摊上，花了5元钱吃了两碗凉皮。一声不吭地吃完后，我与辰诙不约而同地朝火车站走。火车的轰鸣，一声声地传过来，我的心却在汽笛声里，像无根的柳絮，一忽儿向东，一忽儿向西，不知这胡飞乱舞的生活究竟何时才是终点。

我们逃过了火车站铁警的视线，顺利地混到了站台上。这是一个小站，其中一个轨道，估计是废弃掉了，长满了荒草，偶尔还可以见到一两只鸟，停在杂乱的草丛里，四下里逡巡几眼，便又扑棱棱地飞走了。这是开往省城的火车，只有一列。我与辰诙拿着假车票，站在寥落的人群里，低头看着自己满是灰尘的鞋子，像一只因为逞能而失了群的大雁，连最后哀鸣的力气也没有了。

火车终于轰隆隆地开过来，在我们脚下停住了。人群有了小小的骚动，门口的铁警，一边大声维持着秩序，一边检查着乘客手中的票。我趁人挤，迅速地一亮车票，便收起来挤进了火车。正在我平息着内心的紧张时，突然听到身后有人大喊："不止我一个人，前面那个也是假票！"还没等我反应过来是谁，就被人一把抓住，朝车门口拖去。

辰诙在被查出假票后，毫不犹豫地将我也揪了出来。两个人站在空旷的车站上，看着载满乘客的火车一点点地远去，铁轨再一次安静下来，而心底的愤怒与焦躁，也在这旷野里抵达了顶点。

我与辰诙无声无息地从站台一路扭打到废弃的铁轨上，而后滚到有了凉意的荒草丛里，最后终于累了，躺倒在铺满杂草与石子的铁轨上，看着高远的天空，尽情挥洒着一向被我们鄙视的软弱无能的泪水。

那是我18年里第一次远行，亦是我18年里最英勇无助的一次出走。最初的义气、豪迈、自负、叛逆，不过是3天的时间，便被残酷的现实，击打得一败涂地，片甲不留。除了失败而返，我再也找不到退路。

但那样一个秋天，在我此后的记忆里，也是最明亮最温暖的一次。尽管我始终不愿意承认，即便辰诙不将我揪出，我也渴望乘警会把我赶下车去，断掉我前行的路。恰是这样的一场出走，让我在重新回到教室的时候，能够踏实地将心一点点沉下去，一直触到最柔软坚实的土地。

这一场没有主角的喧哗

「壹」

夏小桐被宿舍楼的胖阿姨带进我们宿舍的时候，5个女孩子照例说笑打闹，将瓜子嗑得满天飞。是胖阿姨高声喊一句："谁是舍长？"我才懒洋洋地将手中的小说在半空里一晃，算是做了应答。

夏小桐在原地站着，淡淡看我一眼，轻声道："我是新来的，叫夏小桐，请大家多多关照。"在娱乐八卦里乐此不疲的一群人，这才停歇下来，好奇地看着在陌生环境里从容不迫的夏小桐，没吱声，却用相似的冷漠与疏忽，示意夏小桐：我们5个人早已形成了自己的小团体，所以作为中途上车的人该懂得规矩，不要太过张扬；否则，五比一不管战争是大是小，她都铁定是要出局的。

其实在夏小桐没有调到我们宿舍之前，她便已是我们大家卧谈会上的主题之一。甚至有时候，比起王菲、周董和郭敬明，夏小桐的新闻更具有现实意义，让我们谈得眉飞色舞，兴致高昂。作为学校"北大班"的重点培育对象，她的一言一行，都几乎被女生们拿来做了谈资。

在男生们那里，夏小桐淡定不羁的眼神，处乱不惊的沉着，言谈举止的孤傲，是永久的话题；而在我们女生这里，夏小桐变幻莫测的衣饰，时断时续的绯闻，来了又去的摩擦，则更让我们津津乐道。

虽然隔着几个班的距离，早晨出操的时候，我还是会习惯性地去看个子高挑的夏小桐，今天又穿了什么独特的衣服，变了什么新颖的发型。有时候经过她的教室，在一大群穿红着绿的女生里，我亦能一眼便认出夏小桐，似乎她就是那最芬芳的一朵，香气袭来，其他的花花草草便瞬间没了踪影。

命运唯一还算公平的是——这样优秀的夏小桐并没有朋友，连那种虚情假意的朋友也没有。所以每次看到她一个人形单影只地来去，心底熊熊燃烧的嫉妒之火，才会略略地降温，想着曲高和寡，或许也并不是一件多么快乐的事。

但当老师通知我们宿舍夏小桐要调进来的时候，我们的心里还是掀起了一阵不小的波澜。一个曾经那样高高在上的公主，突然要入住我们宿舍，将大家曾千方百计想要窥视的生活，一览无余地展现出来，这该是一件幸事吧。可是，女孩子天生的虚荣，还是让我们在卧谈会上一致决意，如果夏小桐依然如往昔一样，骄傲到不肯屈尊、与人为善，那么，我们也有权通过“公民投票”，将她驱逐出舍。

「贰」

夏小桐的加入，让宿舍的空气倏忽变得不再透明。卧谈会依然兴旺，只是话题变得暧昧不清，常常在最关键的地方，谈论戛然而止；像是一条小溪，本当清清爽爽地流下去的，可是忽然返了身，另寻了出路。外人当是诧异，但我们却是看着那溪水转了身，自己也彼此对视一眼，扭头走开去。

夏小桐自始至终，都没有像我们希望的那样，吸取前车之鉴，用实际的言行来讨好周围的人。哪怕，带一丝谦卑的笑容，无声无息地，慢慢融入我们这个圈子也好。她从一开始，就似一滴悬浮的油，在我们这湾溪水里静寂飘着，不卑微，亦不招摇。我们大家把饭菜凑在一起，品“百家饭”时，她则独坐一隅，静享一个人吃饭读书的时光。偶尔她的父母过来，将大堆好吃的放到桌上让我们共享，大家谦让一番，并不去动，等她微笑来让，她却并不客气，揽过去独自慢慢享用。考试前大家习惯稀里哗啦地翻着课本，猜有可能考中的题目，一向压题很准的她，却从不参与，只坐在床头，漫不经心地边嚼着零食，边翻看最新的娱乐杂志。

原本我们还抱着一丝幻想，希望能够感化夏小桐，让她体会到集体的温暖。几个月后方知，这不过是我们一厢情愿的想法。夏小桐，她多么不可一世，自以为有了男生的情书，老师的宠爱，便可以横行世界。可是她忘了，一条小溪尽管没有江海的威力，可是要把一滴飘来荡去的油冲撞出去，也是无需花费多大的力气的。

和夏小桐的摩擦，由此开始。言语上的含沙射影，自不必说。很多时候，我们不会再像以前，给她留些面子，措辞尽量委婉，而是直截了当，给她难堪。你夏小桐不是不把我们放在眼里吗，那好，我们也不会在意你的光芒；你只管做男生心中的无瑕美玉，可在宿舍这一方天地里，你不过是个受我们管束的小小舍员。你被子叠得不好，影响宿舍形象；你晚上挑灯夜读，耽搁我们休息；你言语尖酸犀利，不给大家颜面，那么，我们又为什么要对你宽容忍让，且善良温柔？

「叁」

战争最终爆发是在半年后，艺体班一个对夏小桐一直锲而不舍的男生，一日晕头晕脑地竟是跟在她的身后，径直到了我们宿舍门口。而且，将一封情书塞到门缝里就飞快逃走了。

这封信恰恰被我捡到了，我嘻嘻笑着找到夏小桐，朝她晃晃手中的情书。我以为夏小桐至少会脸红，求我把信交给她吧，不想她却是冷冷一瞥，道：“哪儿捡到的，麻烦你还扔哪儿去，我对这样的情书不感兴趣。”

当场红了脸的，结果换成了我。我尴尬地站在那里，捏着那封不知该如何处置的情书，心底的愤怒和失望，如发了疯的海，一个浪接一个浪地猛拍过来。夏小桐多么得意啊，她只用了一句话，就将我们素日的八卦爱好，贬到分文不值。她不过是借此重申了自己的清高，告诉我们不管我们如何孤立鄙薄，她都不会低头向我们求和。

经过5个人的秘密商讨，那封情书，最终被我们上交给了年级主任——一个我们素来厌烦的多事老太。主任很郑重地研究完那封信后，便把我们5个人叫到办公室，打探更为详细的情况。

心内疯狂涌动的嫉恨与虚荣，此刻，终于找到了一个发泄的出口。那个曾经被我们远远羡慕着的夏小桐，就这样在我们夸张的描述里，成为一个虚伪自私、蛮横骄纵的霸道女生。而当多事老太听到那个男生，竟然私自闯入女生宿舍楼时，再也不能平心静气，她拍打着桌子，吼叫说：“再也不能让这些早恋的学生，如此恣意妄为下去了！”5个人在她的威严里彼此对望一眼，到底没有憋住，偷偷笑开了。

像我们期望的那样，当天晚上，夏小桐便被多事老太叫到办公室去狂批一通，而且，停课让她写深刻的检讨。那晚夏小桐是在我们快要熄灯的时候，才悄无声息地开门进来的。原本吵吵嚷嚷的宿舍，在她开门的那一瞬，倏地安静下来。5个人不约而同地用被子蒙住头假装睡着了，甚至有一个人还很快地发出幸福的鼾声。而夏小桐却是在黑暗里，抱着她柔软的小熊靠枕默默坐到很晚。

「肆」

夏小桐再次成为全校议论的焦点，只是，并不像成绩与引领时尚潮流一样的光彩。曝光台、请家长、点名批评、做自我检讨，一个优等生最不屑做的事，夏小桐一件件地都做过来了。她无人可以匹敌的锐气在这样的打击里，终于如那被针刺了的气球慢慢瘪下去了。

我们5个人一如往昔地在宿舍里，当着夏小桐的面笑闹成一团。可是，隐隐地那看似平静的心湖，却暗含了某种热烈的期待和渴盼。渴盼什么呢，每一个人都不肯说，但却清楚，我们用尽了疏离与计谋，一直想要的不过是夏小桐能够略略地收敛一下她夺目的光芒，面带谦卑地加入到我们的圈子里来。哪怕，她在这种喧哗里并不开心。

我们最终等来的是夏小桐搬出我们宿舍，到学校附近姑姑家去住的消息。夏小桐没跟我们任何人打招呼，就在我们午饭的时候，带了人来收拾东西。是几个外班的男生，素日仰慕着夏小桐，听说她要搬走，纷纷过来帮忙。夏小桐依旧是神情淡然，言语极少。我们在男生们奔来跑去的混乱里，默默扒着碗里的饭，又用眼角的余光扫着将东西全部打包收拾干净的夏小桐。

我们期望着夏小桐会说些什么，不管是叱责还是虚假的客套都好。可是，她只给我们一个优雅的转身，便轻轻带上门走了。而门里的我们，在走廊里渐行渐远的脚步声里，一颗被莫名其妙的渴望充溢了的心，终于如夏小桐干净的床板，瞬间地空掉了。

夏小桐又回复到那个我们无法靠近、亦无法企及的神秘女生，在这一场无声的较量里，她果真像我们当初预言的那样：五比一，惨败出局。只是，为什么我们的心里，始终没有胜利的喜悦？原以为，让一个不肯俯身的人出局，会是一件快乐的事；可是，年少的我们却忘了，自始至终，夏小桐，都是一个走在我们窗外的人，她连敲门都不肯，又何谈出局？

而这场青春的喧哗，不过是我们自己制造的一场缺少主角的宴会，嬉闹过后，收拾残局的也只能是我们自己。

龙小桃，请你一定忘记我

「壹」

龙小桃第一天到我们班，我就给她起了外号，龙卷风。那天中午放学后去食堂，一眼瞥见了龙小桃，她正拿着三个菜包，风卷残云般地嚼着，不过是短短的两分钟，手里便空空如也。我看着龙小桃打着响亮的饱嗝，从行人稀少的食堂后门快步走出去，突然就觉得一向死气沉沉的生活，像是陡然添了一块韧性极强的口香糖，有了长久咀嚼下去的滋味和芳香。

龙小桃的外号，晚自习的时候就传遍了整个班，甚至大有向邻班进军的趋势。班里的每个人，都开始注意这个低头飞快走路的龙小桃；邻班的一帮男生，对这个幽灵一样做事沉默迅疾的女生，也开始关注。下课后走廊里照例展览似的陈列着一个个言语刻薄的男生，他们漫不经心地吹着口哨，长长的腿故意懒洋洋斜伸着，以便可以“不小心”将一个美女绊住，给自己制造一次“焦点访谈”的时机。对于新来的龙小桃，他们更是充满了热情，不仅很快了解了她的过往，知道她来自一所打工子弟学校，父母皆是这个城市里最底层的民工。此前她已随父母辗转了几所学校，都没有人愿意接收，是后来她的一个老师极力推荐，她才转到这里。据说她之所以走路如风，是因为要赶在父母回家之前将馒头蒸好，这在我们这群娇生惯养的“公主少爷”们看来，简直是不可思议的事情。

其实我们的好奇里，更多的是一种居高临下的得意和骄傲，龙小桃的到来，为我们的幸福做了最完美的陪衬。她像一片绿叶，我们则是其上簇拥的花朵，我们的种种喧嚣和争艳，妖媚和张扬，不过是因为有了龙小桃，她悄无声息地跟在我们身后，却又那么鲜明地被我们明艳的色彩瞬间比下去。

「贰」

龙小桃和我就隔了一个走道，坐在我的左边，但她似乎丝毫没有像其他女生那样，想要尊我为“老大”的意思。上课的时候，我走神视线散漫地落在她起满毛球的外套上，还有一支裂开了难看裂纹的圆珠笔，突然地就有了一丝同情，悄悄将自己刚买的笔，夹张纸条放到她的桌上。我在纸条上写着：支援你一支漂亮的笔。我以为龙小桃会对我无限地感激，至少也应该还我一抹温暖的微笑吧；没曾想她只是淡漠一瞥，就将笔重新放回了我的课桌。

我自此便与龙小桃记了仇般的不再搭理。不只在教室里会故意拉拢其他的女生，窃窃私语地对她每天的衣着品头论足，而且会在走过她身边的时候，故意学她的样子，旋风般加快了脚步。有时候看她走近了，一群人的嘴会盒子般啪地关严了，以此用这样的沉默，将她与我们截然地划分开来。龙小桃对我们的冷淡，看上去并没有丝毫的反应，似乎，她并不介意我们将她孤立开来；亦似乎，我们这群小丑一样跳啊唱啊的人，她根本就不在乎。

但我们知道，龙小桃其实是非常在乎的。她一个人孤零零地在课间时，倚在窗口看天空飘过的几片白云，眼底是看不见底的一汪深潭。彼时，我们正在她视线穿越的阳台上，谈论着周杰伦新出的专辑，或是争论着到底谁才会成为这届电影节的最佳女主角。偶尔我们与龙小桃的目光会重合在一起，但随即就会触了电似的彼此跳开去。但还是看清了，她眼中淡淡的向往和惆怅。

那次龙小桃又低头快速地穿越走廊，一个痞子似的男生，轻挑着眼睛，装作没有看见，将一只脚，突然伸了过来，龙小桃一不留神，就跌在了迎面走来的一个男生身上。整个走廊上的人，都捂嘴嬉笑起来。而我竟是在龙小桃满脸通红地走过身边时，一下子笑弯了腰。

那天晚自习，我便收到了龙小桃的纸条，上面只有一句话，写着：林美西，虽然我们不会成为朋友，但也希望不要成为敌人……

「叁」

这句话一说出来，我与龙小桃之间，其实就已经无法挽回，注定了，此后只能成为敌人。我始终对龙小桃的这一句耿耿于怀，并为此开始公开地与她作对。我还为此制定了一个“三步走”的路线，打算让全班同学，都与我一起，孤立龙小桃。

老师们对成绩中等偏上的龙小桃还算是关心，有时候她回答不上来问题，常常就会批她两句，说她骄傲退步了之类的话。这样的批评，在我听来总是音乐一样地悦耳。我喜欢看那时候的龙小桃，站在众目睽睽之下如一只迷路的羔羊，可怜兮兮地等人来救她走出困境。偏偏没人来救，反而笑她，又将她赶入更加绝望的山谷。我在用视线无声嘲弄了她几次之后，终于想出一个让她出丑的绝佳方案。

那天是龙小桃最胆怯的英语测验，作为英语课代表的我，在中途去办公室送试卷的时候，突然心生一计，将龙小桃的试卷抽出来放进自己的书包里。没有人知道这一个小小的把戏。老师只认定龙小桃不交试卷，是对他尊严的藐视；而不交还要赖说交了，那更是“罪加一等”，不可原谅。老师忘了问我到底有没有收到龙小桃的试卷，龙小桃也突然像是变了一个人，执拗地跟老师较着劲，也没问一下我到底试卷为什么会丢掉。两个人这样坚持的结果，是龙小桃被老师罚站一节课，外加写一份两千字的检讨。像是有一阵风，龙小桃的名声倏忽便飘出了很远。

「肆」

整个年级的人，都知道了这个求了人才来到这所学校读书的龙小桃，正公开地与英语老师叫板，不仅故意不交试卷，连检讨书上都写满了对老师的愤慨。事态朝我没有预料到的方向发展，英语老师好面子，他将此事汇报给了班主任，而班主任又一个电话将龙小桃的父母叫到了学校，且当着很多领导的面，将他们女儿种种的表现，添油加醋地大肆渲染了一番。结果，领导决定要给龙小桃一个记过处分，并在年级的大会上，作为典型公开地对她进行点名批评。

那张试卷在我书包里，像一颗随时都可能引爆的炸弹，让我坐卧不宁，再不能在龙小桃面前保持昔日的风光。甚至当龙小桃的视线，无意中落在我身上时，都城像是千万根针无声无息地刺着我，直至我的心溢出了血。我最终在一个无人注意的傍晚，悄悄溜进办公室，将龙小桃的试卷扔在了英语老师的椅子下面。

我等了许久，英语老师都没有再提及试卷的事。后来有一次，我装作无心地问起试卷的事，老师竟然神情紧张地瞥我一眼，便立刻拿了别的话题岔开去了。而就是这一眼让我知道，龙小桃的冤屈，再也没有翻身的可能。而我所欠龙小桃的东西，也无法再还上。

我曾经试图做一些挽回，譬如主动地对那些狐朋狗友说起龙小桃种种的优点；譬如在无人会经过的路口处等着龙小桃，只为能讨好似的向她问一声好；又譬如收作业的时候，会亲自跑到她的面前问她做完了没有，如果没有那就再等她一会儿。我以为这种种的努力，会换来龙小桃至少一丝的好感，哪怕，她能够用一个柔和的眼神接纳我的歉意也好，但是，什么也没有。我们两个人之间的冰，已经在龙小桃的冷淡里，变得愈发地坚硬。

「伍」

龙小桃几乎完全将自己封闭起来，在这个极少打工子弟的学校里，龙小桃是另类，独来独往，不主动地搭理任何人，亦不打算与任何人交往。像是一朵花儿，一季都没有开完，便自动闭合了花瓣，且再没有绽放的希望和勇气。

龙小桃终于没有读完高二，便转学去了一所打工子弟学校，走的时候，没给任何人说，是老师走到我的身边，淡淡说一句将这张椅子搬走吧，我这才知道龙小桃再不会回来了。许多人对于她的离去不过是议论几句，便不再提起，她的来去，在周围人的眼里，如一缕青烟，飘近又散去。而我，却是很奇怪地，在龙小桃走后，再也不能将她忘记。我曾经试图沿着她昔日放学回家的路线，去找寻她的住处，但最终却是走失了方向。我也曾到附近的打工子弟学校闲逛，希望能够与她偶遇，向她当面说一声对不起。可是，时间终于没有给我这样一个机会。

后来的某一天，我在一个街口，与龙小桃不期而遇。我几乎是满含了惊喜，想要过去拥抱住她，告诉她，我曾用怎样长的一段时间，为所做的一切自责，我也曾怎样渴盼着，她能将我原谅，且与我成为朋友。但是龙小桃在看到我的那一刻，却一扭头，快步走开了，任我怎么呼唤，她都不再回头。

那一年，我与龙小桃皆读了大学。我一直以为两年的时间应该能让龙小桃宽容我所做过的一切，而她一个转身，让我终于明白，有些疤痕一旦烙下，即便是手术也无法除掉。而我，则是龙小桃漫长无助的青春里，最难堪的一道疤痕，难堪到她用了那么长的时间，都无法忘记，难堪到只有逃避，才能渡过时光的河流。

而能彼此忘记，那么，该是我与龙小桃，最好的结局。

谁是谁的替补

「壹」

说不上那时候为什么不喜欢秦生。她只知道，在这个八人间的宿舍里，她和秦生，都是另类。

秦生在搬进她们宿舍以前，名声就已不好了。据说她交了一个极有钱的体育系的男友，整日里早出晚归。自己从来都是身上浓妆艳抹，光鲜亮丽，却不肯为宿舍扫一下地，抹一下窗户，出上一点点的力。又传她极其自私吝啬，还有洁癖，在别人碰了她的东西后会大惊失色。因是借了扩招的名声，多交了钱才来到这所大学的，成绩当然是差得让人连同情都不会给的那种。

这样的女孩子，她当然是不屑于为伍的。尽管她其实和秦生一样，很鲜明地便被同宿舍的人疏离了开来。只是，她不像秦生，有优越的家境和美丽的容颜。她的所有费用，都是从银行里贷款来的。每次系里张贴减免学费的名单，她的名字，也总是高居榜首。她的父母在一次车祸中，双双去世，把她和未成年的弟弟，撇给冷漠的叔叔。她是为了毕业找份好的工作，才丢了中文学习外语的。当时并没有意识到，这对她而言，这是一个多么错误的选择。每天拼命地学习，换来的却只是平淡如水的成绩。在宿舍里，她是一个勤快的人，会主动地打扫卫生；提水的时候，另一只手，从不会空着。可是这样，并没有赢得任何人的心。似乎她小心翼翼做的这些，全是理所应当的。她们出去逛街、游玩、参加舞会，从不会喊上她。甚至是她起早去念书，她们也会不咸不淡地来上一句："再努力有什么用，脑子这么笨，复习上十遍都不如别人一遍管用！"所以，她竟也慢慢地和秦生一样，早出晚归，不参与她们的卧谈。只是秦生有惹人嫉妒的爱情相伴。而她，却是游魂般地孤独地来去。

「贰」

倒是秦生对她，有种不同于别人的热情。父母捎来的好东西，会趁舍友们不在的时候，主动地让她。逛精品店遇到了喜欢的首饰，总会毫不心疼地多买一份给她。男友不在的时候，会拉她去吃从没有吃过的美味。这样足以让她受宠若惊的恩惠，她却是惶惶然地想拒绝掉。连秦生当着宿舍人的面，微笑着坐在床沿上，想与她说些什么的时候，她都会很紧张地找一个借口打断她的问话。

其实她是多么渴望有一个女孩子像秦生那样，给她点滴的爱与温情呵。可是为什么秦生这样做的时候，她感到的却是深一层的寂寞与隔膜！

后来有一次卧谈会，秦生不在，她被一个女孩子含沙射影地讽刺她愚笨的话，弄得心绪极糟。后来不知怎么的，她们谈到了秦生。她被人用刀子削得愈来愈尖的心，突然地一硬，冷冷地抖出一句："这有什么奇怪的？有其父必有其女，她现在的妈才刚刚30岁，比她还要娇媚！"这一句，像是一枚炸弹，将每个人的耳朵，震得嗡嗡作响。也将她与舍友间那堵高耸入云的隔墙，炸得片砖不留。

那次卧谈会，因了她的加入，而有了不小的高潮。而她，也因了这种从没有过的畅通无阻的交谈，一下子寻到了那种渴盼已久的交融与幸福。

「叁」

终于可以与她们站在同一战线上，批着她其实并没有嫉恨过的秦生。又恰恰是秦生做了一个靶子，让她终于有机会可以在舍友们的眼中，不再做人人疏离的另类。这一点，她很清楚，却不愿意承认。她很快地用言行告诉秦生，她可以与她们一起唱歌、跳舞、逛街。尽管，她依然做着让人不屑的配角。可是，毕竟有一个比秦生更大的群体敞开门，让她挤进去了。对于她的近乎有点残酷的冷漠，秦生并没有在意；依然在周末男友回家的时候，拉她去吃她钟情的腰果海米。终于有一次，在秦生发出邀请后，同宿舍的另一个女孩子挑衅似的冲她说："今天宿舍聚餐，你去不去？"她一下子愣住了，对面的两双眸子，一个清亮寂寞，一个黯淡繁华。她终于冲着那世俗繁华的所在，重重点了点头。而后，又对着秦生极轻却又极坚定地说："麻烦你以后，别再让我做没男友陪伴时的替补。我不需要，也不值得去做这样的替补。"在宿舍里其他人一起指责时，总会高傲地反唇相讥的秦生，在那一刻，却是用力咬了咬下唇，一言不发的，转身走出了宿舍。

那晚的聚餐，她终没有去。她想起和秦生在一块时，故意忍住了的欣喜与快乐；想起她被小集体强加给的，对秦生的冷淡与疏离；想起她被人挖苦的时候，秦生毫不留情地抛给那人的恶言恶语；想起卑微的她，其实在这个小集体里才是真正的替补。可是为什么本该对秦生说的，她不肯提一个字。不该对她们讲的，她却是证明什么似的，迫不及待地敞开所有的门窗？

等她终于明白，孤独在漫长又短暂的青春期里，并不是什么无法示人的错误。而她，更不应该为此用另一份同样孤傲的青春，换取一个在喧哗里做替补的位置。毕业，已是飞一般的来临。秦生，也早已搬出了宿舍。一份自卑，与一份桀骜，终于呼啸着擦肩而过。

为你一个人跳舞

「壹」

春天的时候，她打电话给我，说：“院子里的桃花开了，一朵朵地，芳香扑鼻，连邻家的狗狗，都吸引来了呢。”我笑，说：“一定记得摘最明艳的一朵，戴在耳际哦。”她略略迟疑，试探说道：“别人，会笑话的吧，都这么老了呢。”我看着电脑桌面上她年轻时灿烂明亮的笑容，飞起的发辫上闪烁的光泽，视线望向不可及的远方，那样外人无力阻挡的自信与骄傲，让我一度以为，我与她，除了遥遥地看一眼，而后各自行路，永远不会真正地抵达对方的心灵。况且，我与她，又都是那样执拗的女子，只是，她的执拗，是因为美丽，而我的执拗，则是因为这么多年，我一直想要摆脱掉她留给我的阴影，就像而今，她想要摆脱掉疾病带给她的恐惧和时光无情罩下来的衰老一样。

她从什么时候开始老的呢？或许连她自己，都没有察觉吧，她只是开始一次次问我，自己眼角的皱纹，是否又多了一道？耳鬓的头发，怎么又白了一片？新买的衣服，为何怎么穿都觉得别扭？而那些院子里开得热烈的花花草草，为何她看着看着，就会莫名地感伤？这样的问题，每一次打电话，她都会拿来问我，但从来不指望我会回答。这更像是她一个人的自言自语，而我，不过是一个可有可无的听众。就像许多年前，我在她的面前，曾经也是一个可有可无的外人一样。

很小的时候，她就为了自己的事业，将我丢给了奶奶。她是一个舞蹈演员，极其爱美，生我都是勉强，我只喝了几个月的奶，她便毅然地给我掐掉，而且迫不及待地从家里逃出来，去舞蹈房拼命地健身。我很少依偎在她的怀里，或者像别的女孩子那样，吊在她的脖颈上撒娇。她总是将我渴盼的眼神，用华美的服饰、闪耀的耳环，冷冷地熄灭在萌芽状态。她每隔两个月，便会做一次外地的演出，行前，她总是哼着歌，一件件地收拾自己的行李，将化妆用的瓶瓶罐罐，叮叮当当地放到背包里去。看见我站在门口，小心翼翼地看她，便会走过来，蹲下身，用力地抱我一下，说："乖，在家听奶奶的话。"我拘谨地靠在她陌生的怀里，闻着她头发上茉莉的芳香，常常就微微地闭起眼睛，安享这样难得的温柔。

这是她留给我的童年，唯一柔软的记忆。此后我便被寄养到郊区的奶奶家，与她愈加的生疏。

「贰」

读初中那年，因为她在电视上频繁地出镜，附带地我也成了学校里的名人。常常就有男生截住我，挑衅似的问道："嘿，章小爱，你妈妈真的是电视上那个跳芭蕾舞的女演员么？"我极骄傲地白他们一眼，反问道："难道还有假的么？"男生们嘻嘻坏笑："说不定哦，她长得那么漂亮，可是你一点都不像她，不知道究竟哪一个是假的呢。"而女生们也会在课下围成讨厌的一小撮，说起她在电视上的一场演出，又回头居心叵测地瞥我一眼，低声说："嘿，真是奇怪，身材那么好的妈妈，怎么生出一个矮矮胖胖的女儿呢，她不会是收养的吧。"

我快被那些八卦的男女生给弄疯了。直到有一天，一个女孩出主意说：“让你妈妈每周来接你一次，或者等到我们元旦晚会的时候，你请她来跳一段舞，我保证那些搬弄是非的人，会嫉妒死你的。”

我那天晚上做梦，梦见她真的去了我们教室，是上课的时候，她先是在外面微笑着等我，提了许多好吃的东西，而后又轻轻叩我们的门窗，老师走过去打开来，看见她竟是兴奋地尖叫起来，说，一定要请她跳一段芭蕾给大家看。她先是羞涩，看见我期盼的眼神，终于走上讲台，说：“请让我将这段天鹅湖，献给我亲爱的女儿章小爱，没有她在背后默默的支持，就没有我今天的成绩。”台下的掌声雷鸣般地响起，而我的眼睛也涌出热乎乎的眼泪。

但还没有来得及听到同学羡慕的议论，梦就醒了，侧耳听见客厅里走来走去的脚步声，睡眼惺忪地打开门，看见她已经收拾好了东西，准备新的外地演出了。回头瞥见我失落地倚在门口，她只是习惯性地问一句：“小爱，睡得好么？记得在家听爸爸的话，我要许多天后才能回来。”我第一次主动地问她：“那你能不能来参加我们班里的元旦晚会？”她略略一愣，回头探寻着看我一眼，说：“我会争取尽快回来参加的。”而我却在她这句温柔的回话里，迅速地将头扭向一边去。

她是到元旦晚会的前一天，才回来的，我等着她来敲我的门，将可以去参加我们晚会的好消息告诉我。但最终她没有来，迷糊中，听见她跟父亲说：“明天晚上市里又有一场演出，你和小爱自己做点饭吃，不必等我了。”

我知道那场我已经向同学承诺过N次的晚会，也不必等她了。她已经完全地将我鼓足了勇气才说出的邀请忘记，就像忘记我是她亲生的女儿一样。

「叁」

在我高中毕业以前，她就像电影《红菱艳》里那个女主角，一旦穿上舞鞋就再也停不下来。如果舞蹈是她心里的大片草坪，那么我顶多算是其上最衰颓的叶子；她只记得如何侍弄那些夺目的花草，如何将自己小小的花园经营得有声有色，却不记得我这片叶子也同样需要她温柔的爱抚。

而这样的爱抚，我还没有等到，她就被一场大病，击倒在地。

起先是她的眼睛时常模糊，她并没有在意，照例各地奔波着去演出。直至她的头也开始疼痛，不得不去医院医治。在那之后的一年里，她辗转去过很多的医院，药吃了一副又一副，连她卧室的梳妆台前，日日萦绕的薄荷香水的味道，都被草药浓烈呛人的苦涩给遮掩住了。她听信了一些平庸医生的话，以为只是眼睛的疾病，只要坚持吃药，很快就会痊愈。她依然每日上班，在舞蹈房里练到很晚，又细心地为自己熬药，洗脸的时候会用毛巾在眼睛上热敷很久。

我站在一侧偷偷地看她，她并不会察觉，我一直以为，她之所以如此，是因为她从来都将我视作一团可有可无的空气。是几个月后我才知道，她的眼睛已经病到很严重的地步。

医生做出必须做手术切除她脑中肿瘤的时候，她的恐惧迅速传染了我。我那时即将大学毕业，在考研，她固执地让父亲打电话给我，说，她要动脑部手术，无论如何，她都要在手术前见我一面，如果失败，也算是最后的告别。那时距离考研还有十几天的时间，听到她要做脑部手术的消息，我愣了许久才说服自己，这个在生死边缘挣扎着要见我的女子，是昔日那个鸟一样四处飞翔，且几乎不会在我的枝头栖息的她。

见到她的时候，我几乎不相信自己的眼睛，她的一头乌黑的长发全被剃光，取而代之的是奇形怪状的塑料管子，白色的绷带从头上一圈圈绕下去，几乎盖住了她的眼睛。有那么一刻，我觉得她不再是那个我认识的能歌善舞的女子，而是某个怪异的任人随意处置的标本，尽管气息尚存，可是却已了无尊严。

我很想朝护士大喊：“这不是她，她不是这样的！为什么你们要将一个活得如此精致优雅小资的女子，变成这样难堪尴尬的病人？！”

但我这样的喊叫，在冰冷的医院里，谁又能听得到呢？

「肆」

出院的那天，照料她的护士说，没见过这么爱美的病人，睡觉的时候都要戴着帽子。一行人皆笑，而她抚抚新长出的一缕头发，却蹙了眉，低声道：“比以前粗糙了呢，怎么能上得了舞台？”她到底还是不能放下昔日那个熠熠闪光的自己。

但再怎么不舍，也得放下了。她的眼睛，在脑部康复之后依然只能看清正前方的视阈，她所属的文工团，出于对她的健康考虑，很快给她办理了内退手续，而这样一份善意，却让她几乎发了疯。她许多次去敲领导的门，求他们让她上班。领导们起初还安慰她，说，为了身体还是放弃工作吧，这在别人是求之不得的事呢。后来他们终于厌倦了她的喋喋不休，看到她来，就即刻躲开，任她怎么敲，都装聋作哑。那一阵她成了人人厌烦的祥林嫂，心里充溢着一股子热情，却无论怎样努力都无济于事。

我们之间，似乎并没有因为这场大病而有多少的改变，至少，我依然是那个她不怎么能够想起的孩子，而她，在我的心底除了提前抵达的衰老，也还是那个爱美爱到成癖的女子。我们之间究竟有多少交流，彼此是都不清晰的。

夏至来临的时候，我要出国，打电话轻描淡写地告诉她，她突然就挂了我的电话。再打，已是无人接听。我不知道她究竟为何生了气，但因为琐事繁忙，想了片刻便将她忘记。这样直至出国前的一周，我收到她一个快递来的包裹，打开，是一张光盘。我放入电脑，看了几分钟便关闭了。那不过是她年轻时一次获奖的舞蹈演出，而这样的荣耀，她或许并不知道，一直都是我在极力抵触的东西。

在飞往美国的飞机上，我闲极无聊，再一次打开那张光盘，漫不经心地看，看到快要睡着的时候，音乐突然小下去，睁开惺忪的睡眼，看到身着病服的她，正对着医院白色的墙壁，随录音机里的乐曲，翩翩起舞。阳光从窗户里射进来，她的影子，在温暖的墙壁上晃动。正是春天，窗外可以隐约看见明黄枚红纯白的花儿，拥挤吵嚷着次第绽放。而她，穿着肥大的病服，戴着草编的帽子，在闭锁的病房里起舞，是一件多么不合时宜的事。

最后一个镜头，她朝向我笑，说："小爱，这两段舞，一段，是跳给我自己；一段，则是跳给你，是为你一个人的独舞。许多年前，当我因为这段舞获奖的时候，却无法满足你小小的虚荣，与你共度学校元旦的晚会，现在，这样带有缺陷的弥补，不知，你还能不能原谅……"

十年的岁月，犹如穿越云朵的机翼。温柔与刚硬，竟以这样完美的方式，在纯净的蓝色下相遇。

漂泊的孩子也有温暖的家

「壹」

这是我跟着爸妈第三次搬家了。尽管为了我的学习，每次搬家，并不会离学校太远，但我的心里，还是会觉得空茫。这种感觉，就像一株植物，被强行拔下，尽管那根部，依然是带着泥土，可对命运的无法把握，还是让整个的枝与叶，在太阳的暴晒下，瞬间便失去了先前的光华。

所以当我在推门的瞬间，与合租的陈子恢一家人撞了个满怀的时候，我即刻将内心所有晦暗的尘埃都化作一个白眼，弹了出去。他的父母，大约是忙着出门，并没怎么在意；倒是陈子恢，很敏锐地接收到了我这不友善的信号，而且不假思索地，迅速回馈给我一个同样刻薄的白眼。我上下打量一番这个瘦高个子的男生，最后视线定格在他胸前的校徽上，实验中学的牌子，在阴暗的楼道口，闪烁着逼人的光芒。因为中考发挥失常，而不得不选择一所普通中学的抑郁，在那一刻突然消失得无影无踪。我想，与这样骄傲自负的人做同学，再好的学校，也会即刻变得索然无味了吧。内心有了庆幸，再看他得意投过来的视线，便对自己黯淡的校徽，陡然生出了勇气。擦肩而过的那个瞬间，想起以后要在一个屋檐下生活，刚刚明亮的一颗心，忽然又暗了下去。

第二天早起去上学，穿过冷清的菜市场，远远地就看见陈子恢在帮父母搬运货物。看看表，路口的公交快要来了，陈子恢却依然不慌不忙地干着，不知为什么，我很想走过去告诉他一声：时间快到了。但瞥见那个背影，我还是一扭头，快步走开了。

车已经启动的时候，陈子恢才疯狂追赶过来。我本想假装没有看见他的挥手，但嘴却是不由自主地打开来，朝司机高喊："师傅，停车！"司机惯性似的停下来，扭头看见气喘吁吁上车来的陈子恢，便急了："这车成了你专车了，每次都停下来等你，实验中学的学生没见过你这么懒的！"陈子恢似乎习惯了司机的喊叫，没有说对不起，亦没有在众人的冷眼里感到难堪，而是径直走到我旁边的空位上，坐了下来。眼睛，依然直视前方，似乎我不过是一团可有可无的空气，不值得也不屑于搭理。

「贰」

所以，这样几次为他叫停之后，我便自动熄灭了这善良的火焰。哪怕他赶下一辆车铁定会迟到，我也不会这么好心。反正，换来的都是一样的淡漠，何必呢？而且我不会为他让座了，看见他上来，立刻把大大的书包放到一旁的椅子上去，直到他问了两遍有没有人之后，才懒洋洋地将包拿起，而且将视线别到窗外去，不让他有丝毫说话的余地。

陈子恢的学校，比我的要近两站路，所以每次我放学回到家，看到的一个固定场面，必是陈子恢在家帮父母做饭。我放下书包，去洗手，总会习惯性地朝厨房里看看。陈子恢也是，只不过，两个人的眼睛里，有不一样的内容。我的，是可以吃到现成饭菜的骄傲；他的，则是对我好吃懒做的不屑。谁都不会开口说好，但视线在空气中，却是剑拔弩张，寒光闪闪。

终于有一次，两个人在逼仄的厨房走道里，一个转身，撞在一起。我手中的碗，啪地掉在地上碎掉；他刚刚熬好的一小盆玉米粥，也洒了大半。许久以来淤积的怨恨，此刻终于像那四溅的瓷片，迸射出来。我说："陈子恢你看我不顺眼你就说啊，何必朝人老翻白眼？"陈子恢也不示弱，挑衅道："你觉得跟你这样的懒人有话可说吗？！"说完了便要收拾东西进房去，我却是不依不饶，站在他家门口继续喋喋不休，一直说到房门打开，4个大人疲惫走了进来。

不过是两个人故意找茬的一场争吵，却因了被琐碎生活折磨得气极败坏的父母，迅速便升级为两个家庭的大战。谁家用水多了，谁家不讲卫生了，谁家又吵得孩子没法学习了，平日里被隐藏住的矛盾和烦乱，全在那一刻垃圾一样倾泻给彼此。直至最后，越吵越凶，他的母亲甚至和我的母亲扭打在一起。许多人拥在楼道里看热闹，而我和陈子恢，作为最初的导火线，反而在大人们的打闹里，瞬间镇定下来。两个人不约而同地撤出战争，关上房门看书，直到两家的父母吵累了，在夏末的傍晚哼哼唧唧地下楼去，收拾遗忘在月光下的货摊。

「叁」

这一场战争，反而让我和陈子恢之间的敌意冰雪一样慢慢消融。我依然会在上车的时候，将背包放在身旁的空位上，只是看见陈子恢飞奔过来，即刻会拿开。陈子恢依然不说谢谢，但看过来的视线里，明显地有了善意。有一次，他甚至转头问我："嗨，你们几点上课？"这句废话的结果是，在剩余的不长的一段时间里，我们接连说了很多的废话，关于老师关于学习关于学校，唯独没有谈及彼此的父母和生活，尽管在这方面我们似乎可以有更多的共同话题。

两个人之间的关系真正转变是从一次让座开始的。那天我又习惯性地在陈子恢踏上公交时，将座位上的书包拿开来。不想有个男生眼疾手快，一屁股坐在上面。我即刻朝他嚷："同学，懂点礼貌好不好，这座不是给你让的耶！"男生并不怯我，反问道："那你给谁占的？"我想也没想，指一指陈子恢便道："当然是给我朋友了！"说完之后，我和陈子恢竟在那男生不怀好意的笑里，同时呆愣住了。

公交行驶到陈子恢的学校门口时，我们不约而同地说出同一句话来："该下车了。"说完了彼此相视一笑，陈子恢道声再见，我冲他点点头，回说放学见。片刻后扭头看见陈子恢在敲窗户，而后听见他大声地朝我喊："顾小南，谢谢你。"我趴在窗户上，看着陈子恢的身影，慢慢消失在人群里，那样坚实不惧的脊背，多么像我一直都在努力找寻的另一个自己。

我开始盼着放学，盼着公交行驶到蓝山路时，站牌下会有自己熟悉的那个身影；盼着有一个人，会穿越重重的人群，挤到我的面前，说，嗨，顾小南，我来了；盼着回到家后，大人们还没有回，我便可以赖在厨房里，给陈子恢做小工。这是我们两个人的秘密，没有一个老师和同学会知道。他们不明白我为什么突然喜欢起在课上回答问题；为什么一放学便飞奔去坐公交；为什么素日对人冷淡的我，忽然间便展开了笑颜。

以为这一切变化，没有人会注意，可当那欣喜的小芽，欣欣然探出头时，还是有人一眼便窥到了它。

「肆」

那天妈妈卖菜中途，回来取遮阳的帽子，一推门，看见我与陈子恢正坐在书桌旁，翻看一本什么书。因为太过认真，我们竟是连她的两次喊声都没有听见。等到我反应过来，妈妈的脸早已是铁青。陈子恢走过去，道声"阿姨好"，妈妈不过是从鼻孔里哼出一声来，算是应答。但等到陈子恢关门进了自己的房间，妈妈则把手中的东西嘭地摔到桌子上，说，以后不准你再跟那小子混在一起，交什么朋友不好，偏偏交菜贩子的儿子，你是不是以后还想跟你爹妈一样没出息，去卖菜啊？！

第二天在公交上遇到陈子恢，看到他的眼睛，竟然也是红的。想说些什么话安慰他，却发现言语是如此苍白。彼此沉默了一路，公交到站的时候，我与陈子恢，不约而同地，在他起身要走的瞬间，脱口说出一声“对不起”。说完了两个人脸上的表情，便犹如风中的百合，在摇曳里现出温柔的底色。

我以为我和陈子恢，依然可以这样心心相通地交往下去，我以为生活，至少会在这段铺满金色阳光的路上，安静地走上一程，再走上一程；可是它却一个转身，向我们相反方向飞奔。

不过一个月，妈妈便找了理由，在靠近我们学校的另一个菜市场附近，找到了一个一室一厅的小居室。搬家的那天，我不知道，照例与陈子恢去坐公交，一路上两个人谈了许多，谈起彼此的父母，谈起在困顿里曾经怎样努力地攀爬，才不至于让站在高处的人，看到自卑；亦谈起一年后想要报考的大学，和在奋进的过程里，曾经有过的惶惑和迷茫。我们毫不疲倦地说啊说，似乎要把此后一年的话，都在这短短的一程里，说完道尽。

依然是我看着陈子恢下了车，混进穿校服的人群里去，看不清晰。而后公交继续开下去，就像生活的流水，毫无止息地奔向前方。

「伍」

那天放学后，我在校门口看到妈妈，她说：“小南，我们又换了房子，以后可以不必再坐公交，节约下来的时间你能好好学习了。”我没有吱声，默默跟在她的身后，走到新的家。

一个星期后，我再一次踏上公交。我以为会在校门口的站牌下，或者长长的菜市场里，寻到陈子恢的身影，但却是只有失望。我一级级踏上那栋生活了一年的老楼，在4层左边的门口停下，而抬手敲门的时候，出来的，却是一个完全陌生的面孔。我这才知道，陈子恢一家在我们搬走后的第二天便被房东撵走。因为，房东找不到愿意与他们合租的人，而他们自己，又没有能力，将两室两厅的房子，全都租下……

后来的某一天，我在传达室里看到一封写给我的没有署名的信。我微微笑着打开来，一行行地读下去，那颗在路上始终找不到方向的心，便如一粒秋日里的微尘，被温情的阳光抚过，便瞬间落定，化为芬芳的泥土。

是的，就像陈子恢说过的那样，我们都是漂泊在路上的孩子，我们需要自己为自己找寻温暖的家园；尽管无法与朋友一路同行，但是知道彼此都在不远的路上，知道只要努力，那终点处，会有一样的灯火，为我们守候，那么，又何必为了暂时的分离而难过感伤？

而那株向泥土里用力扎下去的植物，快要生根了……

孤单中有你相陪

「壹」

林小北穿着肥大的校服，拼命向我挥手告别的那个瞬间，我听见青春呼啸着与我擦肩而过。

我转学到这所学校之前，关于我的种种，便传遍了整个校园。譬如说我不仅没有来过北京，就连县城也没有出过；譬如说我连坐公交该如何打卡在哪一站下车都不知道，至于地铁更是没有见过；譬如说我肯定理着朴实的平头，穿最土气的校服，走到哪儿都有一股子让人掩鼻的葱蒜味。

所以，当我以一副公子哥的模样，漫不经心地走进教室的时候，下面女生高分贝的尖叫，很明显是发自肺腑的。我很满意这样的效果，又故意将一只手放入裤兜里，目不斜视地穿越男生们那重重诧异或者嫉妒的视线，直接坐在老师指定的位置上。

没有人知道，这样一个镜头，我早已演练了许多次。在家里，一个人对着镜子。镜子的一角上，可以看见我与父母的照片正挂在墙上。那张照片，有十年了吧，那是我第一次来北京，在天安门广场前面，被舅舅抓拍下来。而今再看，这张照片上的人早已没有了昔日单纯幸福的微笑，似乎，他们随了岁月，被我日益窜高的个子遮住了；或者，是躲进父母的皱褶里，找不到出口。不过是短短的几年，父母便各奔东西，且有了新的归宿。而我，这多余出来的一个，当然，要被他们废品一样便宜处理掉，丢给北京的外公外婆。

我在知道自己即将去北京的那个暑假，骗了他们一笔钱，沿着在网上查好的路线图，独自去了北京，且在开学后就要入读的那所中学附近，逗留了一个星期。而教室最后一排的林小北，就是在这时闯入我的视线。

她是个孤僻的女孩子，至少，是孤单。我从来没有看见她与其他学画画的女生，一起出入过。甚至，在有女生故意地与她搭讪时，她不仅不会搭理，还会挤一丝嘲讽的微笑，淡漠地奉还回去。

但我还是被裹在肥大校服里的林小北，坐在石凳上画画时，专注安静的神情吸引了去。当她坐在那里，脸上，没有刻意的悲喜，像一朵从容绽放的花朵，并不因为有人看了一眼便瞬间光华照人。她，那一刻，只是她自己，没有谁能够改变。

包括，我出其不意的那一声招呼。

「贰」

那时的我，即将弹尽粮绝，手头除了买一张回山东的车票钱，剩下的便只是一把毛毛角角的零钱。我坐在校园的紫藤架下，攥着那把发热的钢镚，犹豫到底该不该买一支雪糕，送给因为在日光下画得太久而鼻翼渗出细密汗珠的林小北？犹豫之时，看到林小北正好起身，朝旁边的冷饮店走去。

就在林小北拿了一杯可乐，准备转身离去的时候，一不小心，“恰好”碰到我的身上，而那杯可乐，不偏不倚，洒到了我的白色T恤上。本应该是林小北先开口，向我道歉的，我却忙不迭地向她介绍自己：我叫安树声，9月份开学后就会转入高二文科班，不知你在哪个班里？林小北显然被我还没有接受她的道歉，便急匆匆来一通自我说明的话给弄糊涂了。又或许，她本没有打算向我道歉，是我太自作多情；因为，她不过是轻描淡写地“哦”一声，便咬着吸管，漫不经心地走开去了。

所以，当我在转学后的第一节课结束后，林小北从画室里回来上文化课，不经意间与前排的我视线相遇，我依然不计前嫌地上去要做介绍。而林小北，却是头也不抬地在我开口之前，就淡漠问一句：“安树声同学，麻烦你能把椅子朝前抬一下么？抱歉，我的画架太大，放不进去。”

林小北竟是记住了我的名字，这让我几乎欣喜若狂，但我并不知道，她不过是一瞥眼看到了我胸牌上的名字。而至于我究竟是不是新来的，很少来教室的她，其实从来就没有关心过。

我在几天后放学的路上，再一次遇到了林小北。只是不知为何，她竟是背着画夹，一个人在路上狂奔，似乎在逃避着什么；而她的后面，是一个40岁左右的男人，跑得也是气喘吁吁。我看了当即逞起英雄，以百米冲刺的速度，追上了那个男人，而后，又用刚刚学到的拳击技术，一下打在那个男人的眼睛上，直让他发出一声悲壮的惨叫。

林小北听见男人的哀嚎，猛地停下来，扭头看过来。我以为她至少会长吁一口气，而后感激地朝我笑笑，但不想，她却是一步步走过来，愤怒地朝我喊：“安树声，谁让你多管闲事？！”还没有等头脑发晕的我明白过来，那个捂着脸的男人即刻抓住了林小北的胳膊，而后边拉着奋力要挣脱的她往前走，边不忘回头对我喊：“谢谢你帮我拦住女儿！”

那一刻，我一下子知道，自己究竟做了一件多么愚蠢的事。

「叁」

第二天上课的时候，林小北迟到了。她的眼睛通红，班主任冷冷看她一眼，道：“如果实在不想读书，干脆别来，不要每次你一个人迟到10分钟，影响全班40个同学400分钟。”

林小北默不作声地走到课桌前，却并没有坐下，而是收拾好书包，从后门径直走了出去。全班一片哗然，而班主任的脸，则霎时变成难看的酱紫色。

下课的时候，听邻桌几个人的聊天，这才知道，原来林小北习以为常的迟到旷课，已经招来了班主任的警告处分。他曾经当着全班同学的面，说，如果再有下次，除了将她遣送回已经离婚另娶的父亲家，他别无他法。或许，班主任不过是气愤之语，他明明知道学艺术的学生，会因为画画晚了经常迟到，而且，他是没有一点权力开除学生回家的。

可是，谁也没有想到，班主任没有认真，林小北却是当了真。

放学后，我径直去了林小北画画的教室。我从窗外瞥见偌大的画室里只有林小北一个人，她背对着我，安静地画着一片灿烂的雏菊。她的背影，忧伤，无助，又倔强执著，似乎，家庭与学校施予她的一切不过是在她的画板上那片等待涂抹的空白，颜色落上去，便再也不存在。

接连敲了几次窗，林小北才淡漠地回过头来，看我一眼，又回过头去。轻轻推开门，我不知所措地轻咳了一声，而后站在离林小北几步远的地方，语无伦次地说：“林小北，其实，我父母也离婚了，之所以转学过来，是因为我父母都再婚了，我成了比你更惨的剩余产品。”

林小北扑嗤一声，笑了出来：“谁说我是剩余产品了，是我父母都抢着要我，但我谁也不愿意跟着。”我即刻也笑着跟过去：“你看，你比我幸运多了，所以，干吗难过呢。你不知道刚才班里的同学都在强烈谴责班主任，说他想要篡夺校长的权力宝座呢。”

林小北终于转过头来，正视着我的眼睛，说：“安树声，我知道自己在班里的名声，所以，你不用安慰我，但，还是要谢谢你。”

我略略羞涩地一笑，傻乎乎道：“不客气，这是雷锋同志应该做的。”

这一句，终于让林小北，笑弯了腰。

「肆」

林小北开始按时上课，尽管每次气喘吁吁地进来，还没有坐定，上课的老师就在讲台上喊了起立。坐下的时候，我跷起大拇指，向她致意，而她，则会传过来一张纸条，上面画着一个背着画夹一路狂奔的小人儿，而小人的背后，则是一排横眉竖眼的老师。

我与林小北，在这个时兴拉帮结伙的班里，都不再孤单。我们像其他矫情地命名为SHE或者HERO的小团体一样，在课下大声地说笑，谈论明星八卦，指点校园江山。并在遭来周围人的侧目时，愈加眉飞色舞、得意非凡。

无法像以前那样，旷课守在画室里，但林小北并没有在课下的空当里闲着，她充分发挥自己的所学，在我们单调的校服上，画各式的花鸟，虫鱼，或者可爱的小人儿。我的背上或者臂膀上，也成了她的用武之地。这样另类的绘画，果然吸引了全班人的眼光。连古板的体育老师，都投过视线来——尽管，那视线里带着几分震惊，因为，那上面，有一个龇牙咧嘴拿着篮球的家伙，极像他的特写。

有一些人，带着几分讨好，来找林小北，求她给他们的衣服上，画喜欢的偶像，或者用美术体，写自己信仰的格言。林小北手里的“订单”，几乎够开个小小的店铺，不仅是我们班，连外班的学生，也开始慕名而来。我们班里的门槛，用一个曾经嫉妒过林小北的女生的话是：快要像老太太的牙齿，剩不下完好无损的几块了。

就在林小北和我这个为她接订单的秘书都忘记了来自家庭的烦恼，慢慢融入这个曾经讨厌的班级的时候，林小北的妈妈终于下定决心放弃北京的工作，回到自己出生的城市，而离开时最不能忘记的，则是林小北，这是她唯一的宝贵“财产”。

就在林小北还没有来得及反抗的时候，她的母亲就已经背着她，给她办好了转学手续。除了离开，已经在此没有学籍的林小北，再也找不到待在这个学校的理由。

林小北走的那天，我才意识到又一个暑假即将来临。我则被小舅挟持着，南下去父母家度过暑假。时光，竟匆忙到让我连回味这一年的美好都来不及，便飕飕地呼啸而过。

而那剩下的一年，没有了林小北，除了课本，除了高三一场又一场无休无止看不到尽头似的考试，我在北京还能有什么？

林小北的离去很安静，安静到就像我的到来。我找了许久，才在抽屉里找到林小北曾经给我画过的漫画，是两个小人儿，肩并着肩，气宇轩昂地奔跑着，一缕阳光，斜射下来，将他们的影子，拉得很长。这是我们在被人孤立的时候，自我鼓励的漫画。林小北曾说，这是给我的医治创伤的良药，难过的时候，看看这幅画，就知道我们都不会孤独。

是的，有了这段短促但却深深嵌入青春里的时光，在成长中艰难蜕壳的我们，都不会孤独。

我在游戏里向你认输

「壹」

高二结束的那个暑假，爸妈都去北京参加总公司的培训，我一个人在家，简直是乐翻了天。可以随意地跑到网吧去打游戏，在虚拟的世界里，与几乎快把我忘光了的网友们强强联合，将恶魔一一铲除，那种快意恩仇的江湖豪情，让被学习憋傻了的我好不兴奋。

那天刚刚坐定，便听见有个中年男人站在门口气势汹汹地大喊："霍宇飞，你给我出来！"然后便看到一旁的瘦高个子男生，啪地关了电脑，一脸淡漠地斜看着我的屏幕。那人又在大吼："没考上大学，不待在家里反思，还跑到网吧来当你的'神龙教主'……"我惊讶地转过身去看这个男生，想：难道这就是在网上指导我打游戏，又所向披靡的神龙教主？我下意识地站起身来，对着冲进来的那个男人张口说出一句："他在查关于学习的资料，我亲眼看见的。"这次惊讶的轮到他们，但那个男人还是反问了一句："那怎么不回家去查？明明是偷跑出来想玩。"被叫做霍宇飞的男生没理他的话，却是很礼貌地冲我道了谢，便随着明显消了气的男人走了出去。

此后一整个暑假我都没有碰到霍宇飞，我很有些失落，想我美女救下的英雄不会这么轻易就被“敌人”收服了吧。没想到开学的第一天，我便在教室门口碰到了他。站在比我整整高出一头半的霍宇飞面前，我几乎有些晕眩。我说：“嗨，霍宇飞，还记得我吗？”他看也没看我，便冷冷答道：“对不起，我是来复读的，你们这一届的学生，我一个也不认识。”我有些气结，大声朝他嚷：“那神龙教主领导下的小飞龙，你也不记得了吗？”他终于低下头来，认真看了我一会，笑道：“原来是你。”

「贰」

老师并没有将复读的霍宇飞介绍给大家认识，或许他觉得没有必要，无需为一个没有把握给他带来荣誉的人浪费口舌？反正他在自习课上，从不会转到最后三排去，只要他们不给他捣乱，他就可以视他们为虚无。我坐在中间最好的位置上，通过嵌在书本中间的小镜子，可以看到霍宇飞的眼睛，很明亮，亦很冷寂，像窗外慢慢凉下去的天。我喜欢这时候的霍宇飞，和网上被人追崇着的神龙教主几乎是神似，尽管少了一袭白色的教衣，但寂寞又略带一缕温情的神色，却是不减丝毫。

下课的时候，许多的男生拥在楼道里，朝过往的美女宣泄被大考小考榨干了的激情，甚至连年轻的女老师也不放过。我在这群快乐和愤怒皆无处逃逸的男生里，会看到瘦瘦的霍宇飞，斜倚在窗户旁，似笑非笑的嘴角，有淡淡轻嘲的味道。我想他一定是不屑于与我们班这群小师弟们为伍的吧？他在网上是所向无敌的王者，常常因为武功非凡而找不到对手，就像因为我高高在上的成绩，我在女孩子面前始终寂寞无依一样。我们其实是一样的人，我想。

邻班新来的一个美女老师，是被男生们赞为比网上的“天仙妹妹”还要清纯可人许多倍的。我去办公室抱作业，看到她温柔的眼睛，也会忍不住痴痴看上一眼。可惜她不教我们班，无法让我们班那群男生们，在学习的时候也可以欣赏她的美丽。他们唯有在下课后一股脑拥到走廊里去，满满当当地几乎将她的去路堵了住。我坐在教室里，一瞥眼，便可以看到很艰难地穿过我们教室前的“美女姐姐”。她的脸上总是飞着一片红云，像天边的彩霞，只是它的颜色会随着那群男生呼声的高与低，而忽浅忽亮。

「叁」

我看出霍宇飞也是喜欢美女姐姐的，他看她的眼睛里，除了有与那群男生一样的热烈与激情，还有一丝不易察觉的温柔与呵护。这让我的心里，莫名其妙地有些感伤和嫉妒。尽管他站在走廊里，什么也不做，只是静静地看着美女姐姐像蹚河一样趟过一只又一只脚，手臂很随意地斜靠在墙上，但看上去却似乎随时有去扶住什么的趋势。终于有一天，这只手臂发挥了它的作用。那天不知是谁故意伸出一只脚来，美女姐姐没有注意，身体一下子向前倒下去。是霍宇飞的手臂扶住了她。几乎所有的男生，都暧昧地“嗷嗷”叫起来。引得对面办公室的老师们，都纷纷探出头来，向我们教室的方向张望。我看到霍宇飞的脸，几乎和美女姐姐的一样红。而美女姐姐的眼里，早已是蓄满了泪水。

之后的课上到一半，霍宇飞便被怒气冲冲的班主任叫了去。我看着他依旧一脸的淡漠和平静，似乎班主任的气愤与他没有丝毫的关联。突然地很为他担心，尽管半个小时前，我的心曾因他不经意的动作尖锐地疼痛过，但是此刻，却很奇怪地只有焦虑和不安。

我不知道班主任究竟对霍宇飞说了些什么，但在晚上的班会前，他却交给我一张纸，说：把它在班上宣读一下。我迅速地扫了一眼，立刻脱口而出：“老师，您误会了，不是霍宇飞策划的，您不能把这么重的处分给他！”班主任一向是宠爱我的，他尽力压住愤怒，淡淡问道：“难道你亲眼看见什么人，策划故意让邻班老师出丑的事了么？他这样的人，高考前还去网吧里上网打游戏，除了他，还有谁会这么做？！”我低着头回道：”可是老师，上网打游戏就一定能说明一个人的品质是坏的吗？”“那是肯定的！”我呆立了片刻，终于慢慢吐出一句话来：“那么，老师，我和霍宇飞应该是一样的人，我在学习累了的时候，也常会出入网吧，去打几个小时的游戏来发泄的。我向您保证，霍宇飞，真的没有做错什么事。”

我听见老师停了足足有五分钟，才重重吐出一口气来：“你先回去吧，我再仔细考虑一下。”那堂班会，本应该由我来主持的，却被班主任接了过来。他还是宣读了那个处分，但在最后，他又加了一句：“鉴于某些同学的建议，我决定暂且不将这个处分交给学校，先看霍宇飞在以后时间里的表现，如果有改进的趋向，那么，我将完全撤掉这次处分。”我在小镜子里，看到霍宇飞的眼睛，一点点地亮起来，像他在游戏里，战胜所有鬼怪妖魔时的骄傲与张扬。

「肆」

圣诞节的时候，班里同学互送贺卡，我习以为常地在别人捧着一大堆卡片炫耀的时候，低头复习功课，小小的心里，却在一遍遍地安慰着自己：“没有什么了不起，我的优秀，足以抵消一切的寂寞与孤独。”可是当我无意中从一本书里，看到一张小而精致的贺卡，闪烁着温情的光泽时，我的心还是不可遏制地疯狂跳动起来。我抱了书，一路狂奔回家，饭也不吃，便将自己关在卧室里，小心翼翼地将贺卡打开来。在淡蓝色的背景上，只有极少的字：谢谢。圣诞快乐。霍宇飞。那么普通的“谢谢”，可是我明白写这两个字的主人，心里的快乐与忧愁。

我知道霍宇飞选择了晚上而非清晨将贺卡送给我，是不想让我像别的同学一样，落入俗套般地礼尚往来。但我还是在第二天，在走廊的拐角处，拦住他，说：“周末的时候，我们去打游戏，如果你输了，答应我高考之前再也不要去上网，好吗？”霍宇飞静静看了我一会，终于在嘈杂的人群里，低声说：“好。”

我们没有在一个网吧里，霍宇飞只是将游戏的时间发短信告诉了我，但我还是凭感觉知道，他就在我隔壁的网吧里。两个人的战争，远没有几十人的战争打得热闹，但那种无声的较量和比拼，还是让许久都没有上网的我，沉迷其中，且为了一个游戏以外的目的，奋力将自己的防御部队，快速升级到最强大最威猛的级别。霍宇飞不愧是教主，将我的先头部队杀得片甲不留。就在我调兵遣将有些力不从心地继续抵抗时，对方的兵力和防御，不知为什么，突然地减弱和松懈下来。我瞅准机会，从一个小小的缺口处，一举攻入敌人的内部，将他们打得落花流水。

我在霍宇飞隐了身的灰色头像上留言给他，我说：“你败了。”我微微笑看着那个熟悉的头像闪起来：“我认输，但是，高考的时候，不会。”我呵呵笑起来，直到眼泪流出来，门外那个瘦瘦的男生，在冬日稀薄又温暖的阳光里，喊我的名字。

几个月后，我去帮班主任整理材料，他莫名其妙地突然问我一句：“这个霍宇飞竟然报了北京的重点大学，真是想不到啊 ，不过他这个成绩，估计是没有问题的。”我看着志愿表上温暖的字迹，还有那个亦被我向往着的大学，竟当着走过来翻看成绩单的美女姐姐，呵呵傻笑起来。

有种疼痛可以让你飞翔

「壹」

苏成智是哥哥的死党，比我高一届。我理当看在哥哥的面上，尊称他为苏大哥或成智哥。偏偏我是最不愿讲礼节的家伙，不但对哥哥连名带姓地称呼着，见了名扬全校的苏成智，也是毫不客气地直呼他的大号，偶尔还会嘻嘻哈哈地喊他——“亲爱的苏成智”。成智是从不介意我叫他什么的，倒是老对我黑口黑脸的哥哥，动不动就训斥我：“林小茉，女孩子家能不能有点修养，别这么嚣张！再这样下去，小心将来嫁都嫁不出去！而且，恐怕还会有人吃了醋，路上将你截住臭贬一顿噢。”

我知道哥哥说的那个会吃醋的人，是与我一届的校长的女儿，漂亮但却很是高傲的陈小美。很多的男生都小心翼翼地将她奉若公主，许多的女生亦是带着嫉妒追星般地仰视着她。唯独我和成智，却从不爱提及她。路上见了被人簇拥着的陈小美，成智依然是若无其事地与我谈笑风生，从不向陈小美行注目礼。

而我，亦是在陈小美肆无忌惮地看过来的时候，狠狠地剜她一眼，以此告诉她，即便她再怎样地身价高贵，本小姐也不会向她抛一个媚眼。但我清楚陈小美像许多女孩子一样，喜欢上了成绩优秀又多才多艺的苏成智。那样张扬又咄咄逼人的一种喜欢，常会让我觉得莫名其妙的嫉妒和惆怅；就像自己心爱的宝贝要被人抢走了，而自己，却是无力将它守护住的无奈与忧伤。

这样的感觉，我当然不会告诉成智。我照样大大咧咧地混在他和哥哥的圈子里，跟他们在周末打上一天的电玩；而后跑到热气腾腾的小吃街上去，装作附近大学的大学生，跟老板骗上几杯扎啤，就着大把羊肉串，尽情地享受这难得的休闲和恣意。有时候我们也会去玩过山车，故意在别人哇哇大叫的时候，老油子似的全体沉默不语，直把邻座的男男女女吓得再次啊啊大叫起来。

偶尔闲得无聊，我们也会去“挑衅”临近的大学生，仗着家在本地，牛气冲冲地说要与他们打一架。我们当然是打不过他们的，但会在吃了亏后跑到人家BBS上，集体向他们灌水；直到版主不得不强行关闭了论坛，甘拜下风。这样的“挑衅”，哥哥他们总是玩得乐此不疲。有一天我问，万一被他们告到学校怎么办？哥哥狡黠地冲我一笑，道：“这还不容易，只要我们的苏成智一出面，肯定万事大吉！”我不明白，直到成智一脸不悦地走过来，说：“林坤，不要开这样的玩笑好不好？我不喜欢一个人，就不会利用她的爱；那次忙，是她自己主动帮的，你们不去谢她也就罢了，怎能和别人一样传播些流言飞语？”哥哥吐了吐舌头，赶紧道歉。而我，却不知为什么，听到这样的流言，突然地很伤心。我想为什么那个可以在成智最需要的时候，能给他帮助的总是陈小美，却不是和他离得这样近的林小茉？

「贰」

秋天来的时候，我便开始飞针走线地织起了围巾。纯洁如白雪般的，当然是送给成智。浅蓝色的那条，是附带织给哥哥的，以便在他要去告密给父母的时候，及时地将他贪图小利的一颗心收买住。没有人知道我的秘密，我总是会在舍友们都睡下的时候，偷偷地溜到走廊上去，就着楼道里昏暗的灯光和满天的繁星，将我永不枯竭的热情与欢欣，一点点地织进细密的围巾里去。

爱恋某个人真是奇妙的一件事，它会让一个曾经连羞涩都不懂的女孩子，突然地那么细腻和温柔；会让她原本简单枯燥的时光，一瞬间便妙曼多姿，缤纷如画。而她自己，亦在其中，渐渐浸染出最美丽的颜色和轮廓。

我终于在成智生日来临的前一天，织好了两条漂亮的围巾。那天我逃掉晚上的自习，去参加成智举办的生日Party。我们在很冷的屋子里大口地喝着啤酒，吃着蛋糕，唱着生日快乐歌。礼物堆满了大大的桌子，闪着耀眼喜庆的光芒。18岁的苏成智，围着我送给他的洁白的围巾，在热闹喧嚣的人群里，像童话里开心又幸福的王子。

Party结束的时候，外面已经飘起了悠扬的雪花来。我的对这样一场浪漫的雪充满了无限的欣喜和感激。我娇嗔地一扬头，冲着成智"命令"道："我今天不想回宿舍，我要让你送我回家去。"成智是像哥哥一样宠爱我惯了的，他几乎想也没想就说："好啊，这么美的下雪天，能陪着妹妹走一程也是种幸福嘛。"不顾哥哥在身边，我拉起成智便冲进纷纷扬扬的雪花里去。

冬天里的第一场雪，让每一个人都觉得温暖和舒心。已是10点多，店主们还不舍得打烊，兀自倚在门口，什么也不说，默默陪着这些从天而降的精灵。不知谁家的铺子里，传出一首名为《七月》的民谣来：那一年的寒风中，我化了很浓的妆，第一次牵你的手啊，却装作老练的模样，我等你说，等你说我很漂亮，我真的，真的很想……

这样一首轻柔忧伤的民谣里，我很想握住成智的手，将我心里的秘密，一点点地讲给他听。或者，什么也不说，只是把手放在他宽厚的掌心里，用心灵的语言，畅通无阻地交流。

但我终于还是止住了，因为，我看见不远处的路灯下，飘飞的雪花里，陈小美抱着大大的书包，安安静静地看着我们走过来；她的身上，已是白白的一层雪。我一下子停住，不肯再向前半步。而成智，却是没听我的劝阻，直直地走到陈小美的身边去。我看见陈小美从大大的包里掏出一个东西来，而后不容分说地戴在了成智的头上。那是一顶浅褐色的棉帽，是一针针亲自织出来的，隔得那么远，我却看得分明。

我本以为成智会摘下来，送还给陈小美，因为他说过不喜欢她的啊。而且，我的围巾，怎么能和陈小美的帽子衬在一起？尽管，它们看起来是那么和谐。可是，我深深爱恋着的成智，却是任那顶帽子骄傲地戴在他的头上。甚至，任陈小美帮他拍掉围巾上的雪花！我终于不愿继续看下去，在这个本应属于我和成智的下雪天。

「叁」

成智很多次地来找我，还让哥哥捎来一封封的信。我却是躲起来，再不肯见他。那些信，亦被我夹在大堆的书里，不去碰触。似乎看到它们，我便会想起那个将我的心冻伤了的雪夜，想起离成智那么近的自己，却是抵不过陈小美一顶并不精致的帽子。高三的功课开始紧张，成智和哥哥开始收起心，迎接几个月后的高考。而我，也忙着马上就要来到的期末考试。那个快乐又哀伤的雪夜，终于没有人再提起。

寒假过后的某一天，我在学校宣传栏里，看到成智被保送北京一个名牌大学的喜报，还有喜报旁成智意气风发的照片。我看着那个熟悉的身影，戴着浅褐色的帽子，没有围巾，在雪地上灿烂地笑着。哥哥最好的朋友拿下唯一被保送的名额，我本应高兴才是啊，怎么嘴角轻轻上扬，我的泪，却是哗哗流下来？

成智还是利用了陈小美的爱，他背叛了那个一直被我敬仰着的自己，也背叛了一个女孩子真诚善良的心。我想。

哥哥高考完的那个暑假，他们一班人又开始满城地疯玩。我报名去北京上补习班，又一次躲开了成智。等我补习完回来，成智早已去了北京，匆忙得连再见都没有来得及说。我强迫自己忘记所有的过往，亦强迫自己淡漠所有的一切。包括每次上楼都会碰见的陈小美。她依然从不正眼看我，而我，再也不在乎。我被冻伤的那个裂口，已经结了厚厚的痂，硬得足以承受任何的伤害和冷漠。

「肆」

这样心如止水地苦读一年后，我终于拿到了北京一所名牌大学的通知书。那所大学，距离成智的学校，只有短短的一站路。我在去补习的那个暑假，每天都可以看到那扇古朴的大门，它安安静静地敞开着，等着要入学的成智，还有，发誓一年后每天都要来看它的我。

陈小美落榜了。这是我意料外，亦是我意料中的。我知道我没有必要把这个消息再告诉成智，就像，成智也没有必要将那个雪夜之后的故事讲给我听一样。我在那样苦读的一年里，像是一只笨拙的金龟，艰难地蜕去钻出地面时被坚硬石块划破的外壳后，却惊喜地发现，原来那样一种伤害和疼痛，竟是可以让自己长出美丽的翼翅，在清晨的阳光下，唱起歌儿飞翔。

与我飞翔的，当然还有苏成智。他那么优秀，没有任何人的帮助，便比我们飞得高。只是他拐了个弯，我没有看到，误以为他再也不回来。就像他舍不得戴我送他的围巾，将它放在温暖洁净的角落里，珍藏着不给任何人看一样。

你是我最温暖的手套

「壹」

我讨厌冬天，我常常就在阴冷的天气里冻哭，并有流离失所、无家可归的恐慌。可是，我唯一对他温暖的想念，却全在年少时那些呵气成冰的冬日。

那时他与母亲，尽管并不相爱，但在平淡琐碎的生活里，还是有些许的明亮。这样的光亮，犹如阳台上许久没有打理的一盆花，在晦暗里，悄无声息地开着小朵小朵纯白的花儿，你于忙碌之中，不经意间扫上一眼，会觉得心内欢喜。

我记得冬日里我步行回家，一路上瑟缩成一枚干瘪的枣，上唇紧咬着下唇，想要哭，却又怕那眼泪一出来，便冻成屋檐下的冰凌，砸过去，会将我的肌肤划出清晰的伤痕。

所以每每快到家时，最期盼的，便是可以看到他站在当街的路口，等我飞奔过去。那时的他，宛若课本里学到的某个英雄，在风雪中屹立着，有永不倒下的英勇与威风。同行的孩子们嘻嘻哈哈地散去，我则哭哭啼啼地将手交给他，任由他用力地握着，将我像某个走丢的小猫小狗一样，牵回家去。

常常是母亲在厨房里忙碌，他则放下手头的活计，做我温暖的“手套”。我喜欢将冰冷的小手突然放入他的脖颈，或者腋窝，听见他“啊”一声大叫，我便无比地得意且开怀。他则一边呵斥着我，一边迅疾地将我的手拿出来，放在唇边呵着热气，等到那手上的寒气，驱散了，这才放心地放入他的腋窝，帮我暖到掌心发烫。

这样冬日的一抹橘黄色的温情，被我记忆的长镜头探伸过去，便定格在岁月颗粒质感的胶片上。之后他与母亲争吵不断，在离婚的路上，不再能顾及到我的冷暖。而我，也在他日渐与我疏离的微凉中，生出恨意，甚至，刻意地将他忘记。

「贰」

那一年他买了摩托，打算周末的时候，去我读书的县城拉散客赚钱。彼时我住校，恰好车站就在学校旁边，所以每到下课，我隔墙听见马路上穿梭而过的摩托，常常就出神，想，是不是他又在马路上，因为争抢客人，而和人追逐厮打？

他极少在我与母亲面前，提起在县城所受的种种委屈。母亲与他一样脾气暴躁，并不怎么关心他在外奔波的辛苦，只一味抱怨他挣钱太少，连买一件漂亮衣裙的钱都没有。他每次听到，都要愤怒地摔东西发泄，甚至连我，都不再避讳。

有一次，他正与母亲争吵，我周末放学回家，一推门，他便将一个杯子，朝我砸过来，我将头一歪，杯子擦着我的额头，在身后的门上碎裂开来。我与他，彼此注视着，足足有五分钟，没有一句话。我看见他双唇微微地动着，似乎想要说些什么，但我却是没有给他开口的机会，便抖一抖落在脖颈中的玻璃碎片，径直走入自己的房间。

我始终没有给他道歉的机会。他也不曾主动地找过我。我们在同一个县城，常常相距不过是几十米，我靠在校门口沿护城河无限伸展下去的栏杆上，与一两个不爱学习的小混混，仰望着头顶深蓝的天空。而他，则载着某个客人风驰电掣般地经过。他会微微地歪头，将视线扫向散漫不羁的我。我依然骄傲地仰在栏杆上，近乎倒立着，看那大朵大朵的云彩，慵懒地，从上空飘过。

我总是这样假装没有看到他，假装他与母亲一次凶过一次的争吵，与我没有关系。尽管，我不止一次地听到他们在争吵中提及我的学业和我未来的归属。

如果没有看到他与母亲签好的那份离婚协议，我与他的关系，会不会像那天空上飞机划过的尾线，清晰地延伸到无限美好的地方去呢？或者，我们是并行的两道铁轨，在最温暖的距离上对望着彼此？

可是，我却在那个春天的午后，于抽屉中无意中翻看到了那张无情的纸。他在上面写着，等到一年后我考入大学他们将协议离婚，我将跟随着母亲生活，他除了供我读大学的费用，还会给我和母亲每月的生活费，直到我大学毕业后可以挣钱养活母亲。

我当着他的面，将那张纸撕得粉碎，而后我冷冷地告诉他，我不用他养活，如果他那么想要离开我与母亲，那么最好现在就从这个家里远远地走开去，再不要让我和母亲碰到。

他第一次过来拉住我，说，丫头，别这样……

我不等他说完，便将那双有些陌生的粗糙的大手，重重地甩开去，头也不回地拎起书包大踏步地走出了家门。

「叁」

我在学校里，住到弹尽粮绝的时候，去找母亲讨钱。母亲劈头撂下一句："找那个要甩掉我们独自过的男人要去！"我一扭头，说，用不着你们任何人！

我很快地找一个小混混，借了一笔钱，而后打算远远地离开这个小城。我不知道火车能够载我去哪个城市，但我却清楚，火车驶得越长，我与他之间的距离，就越远，远到我可以将他给予我的一切，都忘记。包括，那双手传递过来的温度。

我一个人背着书包，在邻城下了火车。陌生的环境与离家的欢欣，让我有短暂的新鲜，但随即而来的，便是被人盯视的恐慌与不安。我随便租了一个地下的旅馆，买了一大堆零食，而后缩在隔音效果很差的房子里，漫无目的地翻一本书。

走廊里的钟敲响到十二下的时候，我听见前台有一个男人的声音，很焦灼地向睡眼惺忪的服务员询问着什么。但随即那个声音便低了下去，直至走廊里又恢复了宁静。

我捧着书，很快地在冷硬的床上睡过去了。再醒过来，已经是天亮，翻一下身，觉得昏沉沉的，摸一下头，很烫，这才知道是感冒了。挣扎着起身去前台要一杯热水，服务员给我倒上，又像是想起了什么，突然问我："你是邻城高中过来的学生吧？"我毫无防备地点一下头，她若有所思地看我片刻，便又低头去忙别的。

半个小时后有人敲门，打开来，他便出现在我的面前。我想要逃开，却被他一把抱住。我踢他捶他，甚至想要像一只小狗一样地咬他，可他却像儿时在风雪中等我扑过来那样，丝毫不动地挡住了我的去路。

我终于还是被他"挟持"着，踏上回家的旅程。是他骑着摩托车载着我，却让我坐在前面，用两只有力的臂膀围拢着我，似乎我会像一只鸽子，他不过是一个转身，便扑啦啦地飞走了。

他一路上，始终没有提起他如何骑着摩托，顺着火车的方向追赶着我，又如何找遍了邻城的每一个旅馆，并将一个公共电话的号码，告诉所有问过的人，让他们如果看见了我，一定记得打电话给他，他会守在那里，哪怕几天几夜都不吃一口饭，闭片刻眼。

他只是很讨人嫌地，一遍遍告诉我一句话，说，他再也不会和母亲签什么离婚协议，他们要好好地爱我，供我读书，看我念完大学，然后找一份稳妥的工作，嫁一个懂得疼我的人……

「肆」

我一直记得那一年的春天，桃花开得格外地热烈，路边的木槿与连翘，也孜孜不倦地盛放着。我在他刻意营造的幸福中有些恍惚，似乎，我真的可以凭借这一次的出走，赢取我想要的未来。

可是我却忘记了，春天会很快地过去，那些怒放的花朵，也总有一天，会逆着春天的方向，枯萎凋零。

我在他许诺的美好未来里，安静地读书，并弃掉与所有校园小混混的联系，一心一意地将自己投入书本里去。他在那一年中，像所有尽职尽责的父亲一样，在周末骑着摩托，载我回家改善生活。每隔两天他还送来母亲炒的新鲜的蔬菜，或者洗得干净的水果。摩托开过的声音，在我听来不再那样刺耳，而是慢慢如一首曲子，我隔着校园高高的墙听见了，觉得有一股暖流，漫溢过我的心田。

一年之后，我拿到了省城一所大学的录取通知书，并同时得知他们离婚的消息。我依然记得他将这个消息告诉我的时候，扭身过去，不敢看我的眼睛。是我转到他的面前，一字一句地问他："为什么骗我？"他这才坐下来，抱着头，沉默了许久，而后说："丫头，是你妈，非要与我分开的，这一年，我们都隐藏得太累，如果你不喜欢，我们还可以勉强在一起，可是……"

我终于没有能够阻挡住他要离去的脚步。而他，也没有能够阻挡住我拒绝再与他见面的执拗。那一个暑假，他在县城租了房子，拼命地打工赚钱，为我挣取开学的学费。

我依然记得那个初秋的午后，我即将踏上去省城的火车，提了大大的行李包，在候车室里坐着，他突然就朝我走了过来，而后将一沓钱塞进我的书包。我等他开口，他却慌张地转身便要离开。然后便有一群人，气势汹汹地赶过来，一边高喊着："别让他跑掉！"一边朝他围拢过来。

那些人使劲地踢他，骂他，说他这一个月一次次厚着脸皮违反行规，抢别人的活干，也不知道挣那么多钱究竟是干什么！

而他，则无声无息地抱着头，任由他们打骂，一直到警察赶过来，将那些人扣下。

我在人群的注视之下，径直地朝他走过去，而后，在他还没有开口之前，将他紧紧地抱住。他手足无措地轻拍着我的后背，说：“丫头，爸没事，爸挺好的，爸只是想多挣钱供你读书，爸……”

我听他语无伦次地絮叨，像母亲嘴里抱怨的世上最无用的那个男人，又像许多年前的冬天，我们依偎在一起，他喊叫我的手凉，我则嘻嘻笑着，说：“我要让你，做我一辈子最温暖的手套。”

友爱阁

流年里有你天使的笑容

原来她一直都在掩饰，装做什么都不介意，装作淡忘了我写给她的信，但却把它们一封封地放到随身携带的小熊枕里。

那样天真愚蠢、快乐美好的时光，终于在我们一次次的反悔里，再不会有。

16年前那个夏日，我们早已回不去了。晨踩着我的脚印，寂寞走了这一程，终于被我丢下，有了完全迥异的人生。

当青春散场，我们被无法预知的时光推着，背道而驰，愈走愈远，那段曾经一同走过的岁月，却变成夏日的夜空上，闪烁的星群里，最亮的那颗。

原来青春，如果你真正懂得，它便可以一直美好。

某个深秋的黄昏，我和丁小美在小城新建的广场栏杆上，刻下了友谊天长地久的没有创意的留言。

知道陈大志原是这样默默尽着一个朋友的责任，尽管我们从没有过真正的情谊，一切只是他一个人，在快乐地做着与我有关的一切事。

没有人知道小小的我，心底竟会泛起忧伤；我将晨当成了我的影子，我希望她每日都能忠贞地守在我的身后，仰头看我在花丛里翩翩飞舞，一旦哪一日她漠然地转身走掉，那么，我的世界，将只剩下阴霾。

我们坐在人群寥落的小摊上，谈起在记忆深处兀自生长的童年。

但还是有一些东西，犹如那阳光里的尘埃，不知不觉地，落入了心灵的缝隙，并成为其上，苔藓一样的一点绿色。

我以为，童年时便没有交集的我们，再不会相遇；或者，即便是相遇，我们也已经形同陌路，互不相识。

流年里有你天使的笑容

「壹」

我在门口的走廊上，一眼瞥见被老师厌烦地推出邻班的教室，与我一样，面壁思过的丁小美，不知羞耻地冲我嬉笑，便知道，我在这个小城里，此后不会孤单。

那节课后，丁小美不等老师说完让她写检讨的警告，便飞奔过来，厚着脸皮将我抱住，说："嘿，安西西，你的战（站）功比我厉害多啦，你瞧，我小腿都肿了呢。"我低头看着她漂亮的小腿上，为骗取老师同情，而故意掐红了的一片，忍不住捏捏她不怎么可爱的扁平鼻子，说："丁小美，放学后我们去吃凤梨冰沙怎么样？"

丁小美兴奋地连连点头，但视线也没有忘了在我们班帅哥舒朗的位置上一次次逡巡，直到看到舒朗不答理任何放电的女孩子，高傲冷漠地从我们面前走过，这才放下心来。

那节课的罚站，丁小美战（站）果斐然。用她自己的话说，是不仅利用自身魅力，成功俘获了我的芳心，而且还在脑中，设计出了修改一件旧衣为时尚式样的草图。

丁小美毫不讳言自己在交友和衣服设计上的"天赋"，她说刚学会走路的时候，她就知道自己挑拣衣服，且懂得漂亮的打扮是女孩子一件杀伤力很强的法宝。至于已经17岁的她，还没有被任何一个男孩子看上过，更不用说收到过怦然心动的情书，她则一概略过只字不提。

那一年的秋天，小城里大大小小的冰激凌店，都被我和丁小美席卷了一遍，以至于店里的服务生，在街头遇见我和丁小美骑着单车逍遥而过，便会朝我们大喊："嘿，冰激凌女王，店里新进的香草奶昔，记得有空来吃哦。"这个称号，让我和丁小美很是得意了一阵，好像自己真的成为加冕的高贵女王，在金碧辉煌的宫殿里，可以不再有被老师当众K掉颜面的烦恼。

我们当然不是什么女王，连公主也算不上，因为拖了班级后腿的成绩，老师们对我们早已不屑一顾。明明知道我有绘画的才能，出板报时却偏偏不重用我；而擅长设计的丁小美，也不比我好到哪儿去。她在校园里热情地拍老师马屁，却依然被毫不留情地揪到办公室去，罚抄20遍英语课文。

但这样的烦恼，丝毫不能阻碍我们对于绘画和时装设计的热情。而对于即将到来的校园文化节，我们当然更不会轻而易举地错过。

「贰」

在丁小美决定文化节上来一次"行为艺术"的那个午后，她像喝醉了酒一样言语颠倒，思维跳跃。她说要让全校老师都知道，差生丁小美，是一个最漂亮最出色最有才的女设计师；而且还要隆重推出自己的完美搭档安西西，将她魅力非凡的绘画天赋，一举推到先锋艺术的最前端。

我知道丁小美并不懂什么"行为艺术"和"先锋文化"，但却并不妨碍她用那有限的从网上剽窃来的时髦词汇，来想象一场美仑美奂的盛大展出。

丁小美很快为了此次展出，开始设计唯美服装。她在将我和她自己的几十套衣服都一一仔细检点之后，最终决定去布店买布，自己设计好了，再请裁缝师傅给赶制出来。我当即否定了她的这个决议，说，首先我们没有那么多时间逛店，其次要让父母知道了必定计划泡汤，再次也是最为重要的，我们没有那么多钱，总不能从牙缝里一点点抠出来。

丁小美却笑嘻嘻地啪一下拍了桌子，说："就这么点小困难，全都包在我身上啦！大画家你只管按照我说的创意去实施便是了。"

丁小美将两个人的书包翻了个底朝天，最终搜刮出来50大洋。这点钱要想做两套精美的衣裙，还差得太多。但丁小美还是将50大洋欣喜若狂地放进书包的最里层，说："剩下的钱，不出两天我肯定可以搞定。"

丁小美究竟是如何搞到的钱，她始终不肯说。我也没有过多地追问，只跟着她，在下午放学后夕阳渐渐隐下山去的黄昏里，乐此不疲地，混在一群中年女人堆里，一家家地逛着布店。

我记得那时的小城，暮气四浮，人烟稀少，马路上除了追逐打闹的学生，或者喊卖菱角的小贩，便是跟着我们不停歇的脚步，一溜烟小跑的枯黄的树叶。当我们终于逛完了所有的店铺，并权衡比较，最终返回几里路去，买到两块天蓝色和明黄色的布料的时候，两个人几乎像是那高高的枝头上疲惫悬挂着的破败的桐花，恨不能一头扎进深深的泥土里去，此后再不醒来。

但丁小美却用那高涨的热情，再一次驱走了我的困倦。她拉起我，将明黄色的那件布料交给我，而后自己哗地一下铺展开那天蓝色且带明亮小白花的布，借着初冬开始锐利的风，在空荡荡的马路上，飞奔起来。那一刻，我听着风在布上呼啸而过，像是一只画笔在泼墨挥毫，作着世间最豪迈的画；我突然间就想拥有一只马良的神笔，将这样飞扬的瞬间，永远定格在纸上。

「叁」

校园文化节来临的那天，我和丁小美早早地就守候在展厅的门口，看门的大爷不耐烦地说："回去睡一觉再来吧，那些作品早就挂在了墙上，跑不了的！"我和丁小美相视一笑，很想骄傲地告诉不识字的他："我们就是墙上作品的重要组成部分呢。"

我们几乎花了半个小时，才在展厅最不起眼的一角，看到我们上交的绘画作品。墙上以我和丁小美为模特的两个天使，在半空里眼睛明亮、笑容纯净，她们温柔地俯视着树木葱郁、花朵芬芳的人间，翅膀灵动飞扬着，一副跃跃欲试，想要飞落下来的欢欣与喜悦。而我们的"行为艺术"则是使这幅美丽的画作最终完美无缺的一个重要组成部分。

观众大多集中在动漫、手工等展品的周围，对于我们这个本就冷落的角落，则丝毫不予关注。我看着偶尔经过的观众，有些无法继续的失落，丁小美却是不停地打气，说："放心吧，我丁小美花费时间做的事，肯定会引起巨大的轰动效应。"

等到我们脱掉笨重的初冬的服装，穿上设计好的天使衣裙，又在头顶戴上缤纷的花环，背上插好透明的翅膀，将柔软的染成黄色与蓝色的头发散开，而后一脸羞涩地光脚坐在水竹编成的蒲团上，冷清的角落，果真在十分钟内，便聚集了几乎馆内所有的观众。

那个被策展人贴上的"天使"的名字，早已被我们换成"天使降落人间"的鲜明标题。画上的两个天使，从头到脚，与我们的装扮，毫无二致。就连最细微的手腕上的一处胎记，都是一样的淡紫的颜色。

人群里有人惊讶，有人指点，有人嬉笑，有人则开始打听，我们的名字与班级。而曾经教过我们的一个女老师，则小声道："这不是那两个经常被任课老师们罚站的女孩子吗？这样自恋又招摇，怪不得不讨老师们喜欢。"而搞恶作剧的一个邻班男生，则站在人群的后面，大声地喊："嘿，二位天使妹妹，千万别再飞回画中去哦，人间苏杭堪比你们的天堂呢。"

哄笑声一下子充溢了整个的大厅，且将寂静沉闷的展览，瞬间推向了高潮。而我的眼泪，则在这样高声喝倒彩的声音里，哗地涌了出来。

最终，是策展的老师走过来，疏散了想要继续取笑的人群，并以维护展览顺利进行为由，软硬兼施地让我们收起所谓的"行为艺术"。

我看着将家里所有水竹都连根拔起才编成的蒲团，把丁小美家旱莲开的花朵全都摘下才做成的花环，还有从丁小美舅舅看管的文工团里偷来的天使翅膀，被人粗鲁地盯着，突然间就明白，天使为何始终不肯生活在人间的原因。

「肆」

这一次失败的画展，却让我和丁小美在校园里名声大噪。每当我们结伴出现在校园的某个角落，总有人这样说，看，这就是那两个想要做天使的灰姑娘！我们两个人被罚站的不良记录，倒数的成绩，迟到后老师们的斥责，甚至连丁小美曾经写给舒朗的情书，都被八卦的人翻出来，当成饭后的谈资。

丁小美依然是满不在乎，她在我要哭的时候，总是大呼小叫，说："嘿，安西西，别这么没出息好不好，你知不知道我们今年可是校园网的论坛上，最红的姊妹花呢。"我看着她故意逗我的怪相，还有自我解嘲的幽默，忍不住，一咧嘴，又哭又笑地将她抱住。

丁小美的成绩，连她的父母，都不再抱有希望。她在半年后，兴高采烈地办理了退学手续，去了一所职业高中，学习她喜欢的服装设计。而我，则被分到艺体班，梦想着可以通过画画的道路，走进一所三流的大学里去。

班里关于我和丁小美的八卦新闻，终于在一次全校的高考动员大会后，彻底地销声匿迹。丁小美写信给我，动情地"哭诉"说，这些没有良心的人，怎么能够那么快地就将他们曾经飞过人间的天使给忘记了呢?

而我则用丁小美传承给我的特有的幽默，"教训"她说："嘿，丁小美，振作点啦，总有一天，我们的天使会飞进每一个人的记忆里，到时候，哼，如果本姑娘不开心，他们极力想挽留都留不住呢。"

一年后的某个深秋的黄昏，我和丁小美在小城新建的广场栏杆上，刻下了"美美"和"西西"友谊天长地久的没有创意的留言，当我们对着天边滑过的一颗流星，发完誓言的时候，广场上的环卫工人，因为我们留下的"劣迹"，而开始追赶着我们讨要罚款。

我和丁小美牵起手，绕着空荡无人的广场飞奔。当风在我们的耳边呼啸而过的时候，那个牵引着一匹明艳无比的布，在小城飞翔的黄昏，又回到了我的面前。我兴奋地朝丁小美高喊："丁小美，天使真的回来啦！"

那一年的秋天，我最终成功考入了一所三流的大学，学习深爱的绘画；而丁小美，则喜气洋洋地进入一家民办的职业大学，继续为世间那些与我们一样平凡的天使，设计最漂亮的衣裙。

而我们心中的那个天使，则在半空里，微笑俯视着我们，自始至终，都没有将我们放弃。

你可以用来交朋友吗

「壹」

认识陈大志的时候，他已经很胖，看到像蝴蝶一样翩翩起舞的我，便眯起眼睛来笑。我白他一眼，得意叫一声“陈胖子”，就嬉笑着飞快逃掉。陈大志站在原地，却并没有难过，只是捡起我发鬓上掉下的小白花，呆愣上片刻。

那一年，我们都不过是7岁，我被忙于工作的爸妈下放到乡下姥姥家里读书。对于爱慕虚荣又贪恋玩耍的我，这恰恰是一件无比快乐和幸福的事。老师们非常宠爱我，不仅喜欢看我在课下领着一群丫头唱歌跳舞，还喜欢听我说悦耳的普通话，即使在我做错了事情的时候，亦不过宽容地笑笑，即刻将我的过失忘记。

我记得我曾经将一瓶墨水，全洒到陈大志的新书包上去，陈大志的妈妈跑到学校来要求赔偿，老师只是几句就将麻烦给我拦在了外面。还有一次轮到我和陈大志做值日，我趁他去提水的空当，偷偷溜回了家，结果到检查的时候，陈大志一个人没有干完，给班级抹了黑。老师又是将我的过失淡忘掉，只罚陈大志擦了一个星期的黑板。

似乎每一件事都与陈大志有关，事实上，我那时是在千方百计地想要看他出丑。我甜言蜜语地骗他与我们玩瞎子摸象的游戏，却是在蒙上他的眼睛后，一行人嘻嘻哈哈地跑开去，再不回来。我故意将做错的习题借给他抄，而后偷偷笑着看他被老师批得一塌糊涂。班里的女孩子，都被我收买了来，亦都和我一样，不喜欢陈大志。谁让他那么胖，又那么笨呢，除了会扛起扫帚兴致勃勃地干活儿，怕是再不能给我们带来任何的用处了吧。

但还是有一天，陈大志做了一件他有生以来最为光荣的事。是老师领我们去野外郊游，行至一个水塘边的时候，我只顾着看水里畅游的小鱼和纯美的莲花，不小心就将书包掉进了几米深的水塘里。想起书包里那么多还没有来得及给周围人炫耀的宝贝，我哇一声便大哭起来。就在我的不值钱的眼泪，肆无忌惮涌出来的那个瞬间，池塘里又是一声扑通钝响。随后便是陈大志在大家的惊慌尖叫里，傻乎乎高举着我的书包，露出一对憨笑的细小眼睛来。

那是陈大志第一次得奖，老师破格在班里给了他口头表扬，又将我不怎么乐意拿出的几张漂亮邮票颁发给了他。陈大志站在讲台上，手足无措地听着下面的掌声，一激动，鞠躬时竟砰一下撞到了讲桌上……

「贰」

初中时我考回市里去，而陈大志则很意外地被靠近市中学的体校选了去，当然是练举重。14岁的他，已经长到150斤，被我戏称为“半吨”。童年的记忆，因为我的转学一下子断掉，只有在见到陈大志的时候，才会想起那些绚丽斑斓的过往。而陈大志，是那么热切地盼望着与我“偶遇”，他给我提供着一次又一次思念往昔的通道，尤其是那次与我密切相关的“得奖事件”。

但我却是宁愿回忆那些鸡零狗碎的嬉笑玩闹，回忆我曾因捉弄他而心底泛起的种种得意和快乐，回忆他无法得到我的友谊时，眼睛里的失望和孤单。甚至我在校门口的小吃摊上遇到他时，会下意识地想要躲开他。这个被我一向不屑的小胖子，就这样成为我华丽衣衫上的一块无法示人的油渍，黑乎乎的，只是瞥一眼，便觉得难堪和羞愧。

陈大志的回忆却只与我有关。他亦渴盼将这份荣耀一直持续下去。他似乎是体校里唯一从乡下来的学生。吃饭的时候，常常是一个人，买了做得很难吃的大锅菜，在校园的石凳上，寂寞地吃。

我那时候依然是个张扬的女孩子，常常带着几个“小太妹”去体校的球场上做拉拉队。便会看到陈大志，远远地朝我打招呼，喊我的小名。女孩子们看他端着饭盒晃晃悠悠地跑过来，一脸的热情和朴实，便会毫不掩饰地哈哈大笑起来。边笑还边会挑眼问我：“糖糖，你连这样型号的大胖子也招惹啊，那么傻气的人，好像和你不是一类人吧。”说完了便吹起口哨先行一步，将我和白白胖胖的陈大志，晾在日渐薄凉的秋风里。

在经历了第N次这样的尴尬之后，我终于主动去找了陈大志。我带了陈大志一直想看的一套日本的动漫小书，在人都走光了的周六下午，约见了陈大志。

陈大志显然有些受宠若惊，不知道怎么表达他内心的欢喜，竟是一下子便将身边的自行车，高高举过了头顶。我看他满头的大汗，还有喜乐，突然不知道该怎样才能告诉他，请他以后，再也不要来找我；我喜欢聪明又个性张扬的朋友，可是他那么愚笨，我想要的骄傲，他丝毫不能给我。

已是深秋，我的勇气在四起的凉风里，日渐地微弱，但还是在陈大志高举着我喜欢的巧克力缓缓跑过来时，朝他大喊：“陈大志，以后你再不要来找我，我不愿有你这样傻笨土气的朋友！”说完了便飞快地跑开了。在一个拐角处的小店铺旁，我气喘吁吁地停下来，回头去看，竟是发现陈大志依然站在原地，像许多年前，我喊他“陈胖子”，他不记仇，亦不哀伤，只傻呵呵地捡起我丢落的小白花，定格似的微笑不语。

「叁」

陈大志果真不再来找我，偶尔会在马路边上，看见他，有些瘦了。依然是一个人，不像那些城市里的男生们，穿了旱冰鞋，着了火红色的运动衫，成群结队地招摇过市。遇到了他，男生们会故意高声喊：“陈胖子！”待他欣喜地回头去看时，他们一下子横冲过来，再次大叫：“让道！”有时候会把他撞倒，或者将他手里的东西碰出去老远。

陈大志永远是一副笑眯眯的憨厚模样，甚至让这群蛮横无理的家伙们，在戏弄了他几次之后，便突然失去了兴趣和斗志。可是远远注视着的我，却是不知为什么，会微微地难过。尽管，我比他们更深地伤害了他。

一年后，我和陈大志都直升了各自学校的高中部。9月开学前的某一天，一开门，却看到姥姥站在门外，脚下是大大的包裹，我吃惊地大叫，说：“姥姥，你怎么一个人跑来了啊，这么远，该打电话让妈妈去接你才是。”姥姥便笑，说：“要你们接，不知猴年马月有空想起我这老太婆呢！还不是多亏了大志啊。”说完了便回头去喊大志，却是发现已是连他的人影也寻不到。

那几天，连妈妈也在念叨，说让那个胖小子来家吃顿饭吧，省得你姥姥总是丢了魂似的茶饭不思。我从来都只拿话岔开去，直到有一次，姥姥突然问我一句：“丫头，你好像很不喜欢大志啊，这么好一个孩子，你从小时候就一直欺负他，怎么长大了，还对他不理不睬？他可是一直把你当好朋友看啊。每次回家，你托他捎给我的好东西，他即便再忙，也要亲自送到我手里呢。还有一次我病了，他就请假晚走了两天照顾我，回去后还又写信给我，专门将你说得贴心话告诉我呢……”

第一次从姥姥这里，知道陈大志原是这样默默尽着一个朋友的责任，尽管我们从没有过真正的情谊，一切只是他一个人，在快乐地做着与我有关的一切事。而我，又给了他什么呢？不屑、冷漠、讽刺，甚至连唯一一次送给他的礼物，都是为了结实彻底地，将他像一块口香糖一样地甩开去。

「肆」

有些不敢见到陈大志，也不再去隔壁的体校做拉拉队，尽管自己疯狂暗恋着的小男生，每天下午都会在操场上打球。一块打闹的女孩子，便笑我，说："是不是被人家帅哥拒绝了，丢了面子？"我不语，但却是难过，想，原来人的面子，这么脆弱，丢了，连捡起的勇气都不再有。

高二开始的时候，体校举办了一次大型的运动会，各个学校的体育精英，皆带着夺冠的野心和霸气，汇聚于此。那几天班里的女孩子们天天跑去看比赛，遇到高大得让人眩晕的男生，便很八卦地去打探与之有关的一切新闻。

我一个人在空荡荡的教室里，听着外面的欢呼声，有些孤单。但还是坚持着不去体校，怕遇到陈大志，怕他明明那么渴盼遇到我，却是看见我夹在一大群花枝招展的女生里，陌生人一样扭头走开去。

在运动会快要结束的那天，邻桌田小卉突然神秘兮兮地凑过脑袋来，说："颁奖仪式结束后，会有一场更精彩的比赛看哦，记住，下午5点半，体校南操场第三棵松树下，一定不要错过噢。"

终于还是耐不住好奇，下午早早吃了饭，匆匆赶往南操场。还没有走近，便看到了胸前挂着耀眼奖牌的陈大志，正站在第三棵松树下，一脸激动地翘首等待着什么。正犹豫着要不要过去，陈大志却是早已跑过来，很羞涩地低声说道："糖糖，我是大志，你还记得我吗？"我亦低头，不去看他，只瞅着他脚上褪了色的蓝色球鞋，淡漠道："你来这里干什么，不会也来看精彩节目的吧。"陈大志的声音，一下子充满了温情："是这样，我这次比赛得了冠军，其他四名选手说要与我交个朋友，我们约好了在这里见面的……"

我惊愕，抬头刚要说什么，却是被陈大志的欢呼声打断：“糖糖，你看，他们来了！”顺着他的视线，我看到几个体型威武蛮横的大个子男生，正摇摇晃晃地朝这里走过来，脸上，是他们一贯的嘲弄不羁的得意神情。我终于在他们气势汹汹的举止里，知道这样一场好戏将会怎样开始。

是什么给了我勇气呢，我拉起陈大志，拼命地朝前跑，直跑到那帮痞子似的男生，七折八拐地再也寻不到我们，而我和陈大志，也没了丝毫的力气。一屁股蹲在喧嚣的马路边上，我说：“陈大志，为什么那么傻，你以为什么人都是可以用来交朋友的吗，他们眼里的嫉妒，难道你一点也没有看出来？！”

陈大志却是很长时间，才慢慢地吐出一句：“那么糖糖，你可以用来交朋友吗？”

积蓄了一路的眼泪，在这句话里，终于哗地流出来。

少年在潮热的午休里醒转

「壹」

我一直记得晨。年少的时候，她站在我家门口的大槐树下，怯怯地朝门内张望，黑白分明的眸子里，既有暗涌的渴望，亦有淡淡的疏离。而我那时，正蹲在院子的青石板上，用父亲从城里买回来的漂亮的儿童牙刷，仔细又骄傲地刷着牙齿。

那是夏日的清晨，阳光稀疏地从密实的树叶间洒落下来；空气似用清凉的井水冲洗过的，有细细的小风，一股股地吹过来，将我口中牙膏的芳香带走。我喜欢将整个刷牙的过程，长长地拖延下去，直到母亲一遍遍地过来催我，早早吃完饭跟她去幼儿园。可我带着嘴角的泡沫，转身离去的时候，还是不会忘了用眼角的余光，瞥一眼不远处的晨。如果她在，我的早餐，定会吃得香甜，连素来烦厌的鸡蛋，亦是变得可口。而若是她已在我不注意的时候悄无声息地转身走了，那么，我定会无故地朝母亲发脾气，又推托身体不适，不跟她去幼儿园。没有人知道小小的我，心底竟会泛起忧伤；我将晨当成了我的影子，我希望她每日都能忠贞地守在我的身后，仰头看我在花丛里翩翩飞舞，一旦哪一日她漠然地转身走掉，那么，我的世界，将只剩下阴霾。

那是我的一个秘密，我将它小心翼翼地藏在心里，对谁都不肯讲。母亲是幼儿园里的老师，可她并不明白，为什么我在玩耍的时候，总喜欢跑到校门口去，装作若无其事地，朝来时的路上张望。那里有许多大人，扛着工具，三三两两地走过；也有不知谁家的小狗，在闲闲地溜达；或者是父亲从城里下班回来了，脸上溢着笑，一路叮叮当当地骑车过来，接我和母亲回家。但这些，都不是我所期盼的。我只希望那弯曲的小路上，会有晨，穿了松松垮垮的短裤，踩了大大的凉拖，飞跑过来；而后在离学校不远的路口处，停下，静静看我们在校园里跳舞，唱歌，或是跟了母亲念朗朗上口的唐诗。只有那时候，我觉得幼儿园里的时光，才是有意义的，一分一秒，都如一块透明的水果糖，在阳光下看过去，有温暖诱人的光泽；而一旦含到口中，则是沁到心底的甜。

「贰」

我从来没有问过晨，当她这样看着的时候，究竟有没有注意过那个像猴子一样在人群里蹿上跳下的女孩？她带了粉红的蝴蝶结，穿最耀眼的小裙子，跑起来的时候，爱高声尖叫，似乎要向每一个人，证明幼儿园是她们家开办的。而她自己，当然是这里最高贵的公主。

我一直以为，晨在我的张扬里，会永远沉默下去，可还是有一天，我在老师的办公室里，遇到了晨。她正很大声地唱一首歌，是母亲刚刚教的。一屋子的人，皆漫不经心地捧了茶杯，说着闲话，并没有谁停下来刻意地去注意晨，除了母亲。等她唱完了，母亲怜爱地拍拍她瘦弱的肩膀，说：“晨，如果你喜欢，以后就来旁听吧，学费，可以不用交的。”而我，不知为什么，却是很霸道地，一把将晨撞开去，而后故作娇羞地趴到母亲怀里去，又用一双略带敌意的眼睛挑衅地看着晨。晨淡淡瞥一眼得意洋洋的我，没吱声，而是给母亲道声再见，转身走了出去。

晨在第二天，便来了学校。依然离我们远远地，坐在教室的最后一排，没有书包，也没有文具，只安静地盯着母亲，看她在小黑板上，写下那些她向往着的美丽的文字。母亲教孩子们拉起手来跳舞，她也只是孤单地站在边缘，从不靠近。没有一个人，欢迎她，但每一个人的脸上，又都因她的出现，有着无法掩饰的欢喜。晨的到来，像是一盏台灯，倏然打开，便将光与影，截然分割开来。但妈妈却是喜欢晨，每每做游戏，都要过去温柔地拉了她的手，让她与我们一起做。那时的晨，常常会羞红了脸，因为激动，不过跳了片刻，便已是气喘吁吁；鼻翼上，有一点点的汗，在阳光下闪烁。那一刻，我觉得，被母亲右手牵着的晨，已然代替了我，成为这个群体里最明亮的星辰。

「叁」

但晨并没有因此而来讨好于我。她从来都是一个人来去，没有书包，也不与我们这些有包族同行。她走在队伍的最后，像一只落了单的鸟儿，没有声息。我曾经不满地质问母亲，为什么要让晨跟我们一起呢，她明明连文具盒都没有。母亲便笑，说："那小美为什么不把自己用旧了的文具盒，送给晨做礼物呢？"这是我从没有想到过的答案，我只是想让母亲将晨赶走，而母亲，却柔声给了我另一个解决的途径。我当然是不舍，可当母亲将我的一套旧了的书包与文具，拿到面前时，我的心里，突然有了一种居高临下的悲悯和同情。

我当着全班同学的面，将那套文具送给晨。晨在一片掌声里，第一次勇敢地迎着我的视线看过来。我看见晨大大的眼睛里，竟是浮起了一层浅淡的水雾。我在母亲鼓励的微笑里，很认真地对晨说："晨，以后，你可以和我们一样了。"晨的眼泪，在这句话后，终于哗哗流出来。

那是我与晨，唯一一次心与心的碰撞。那之后不久，我与母亲便随父亲搬去了县城。听说晨在母亲的帮助下，一直做了4年的旁听生。后来，终于因为她的父亲病逝，为了更小的弟妹她出打工。

那一年，晨14岁，而我，刚刚读完小学。彼此的童年在时光的调色板上，不管是黑白还是彩色，都悄然画上了句号。

「肆」

此后的我一路顺风地读书，失去了晨的消息，只偶尔得知，她在离家很远的深圳，一直不停歇地打工。就像我一直不停歇地用父母的工资，四处游玩。我以为，童年时便没有交集的我们，再不会相遇；或者，即便是相遇，我们也已经形同陌路，互不相识。谁也没有想到，时光却在16年后，给我们安排了一次意外的相逢。

那时我已经在省城，有了一份稳定又高薪的工作，刚买了房子，正打算让父母搬过去同住。一个夏日凉爽的清晨，蝉还在梦乡，我早起下楼去买早点，在拐角的小摊上，便遇到了晨。说不清是谁先认出了谁，但彼此在看到对方的那一刻，却是不约而同地，叫出了对方的名字。似乎我们从没有走远，依然像儿时那样，在明暗相接的地方，默默注视着彼此。

我们坐在人群寥落的小摊上，谈起在记忆深处兀自生长的童年。我以为在晨的心中，我不过是个自私霸道又高傲张扬的丫头，不曾想，晨却说，我一直，都是她仰慕渴盼的童话，不可能实现，但又如此热切地盼望会出现奇迹。晨说："你知道么，小美，你的身上有一种奇怪的光芒，它引领着我让我不顾一切地想要靠近。我为此去求你的母亲，希望她能将我收下，跟你一样唱歌跳舞读书写字。我站在你家门口偷偷地看你刷牙，只因为我希望上天能将你所拥有的幸福借我一天。当我的手被你母亲握着，我觉得那一刻，我握住了自己一直想要的生活。所以当后来你对我说，我与你一样时，我竟是感觉，生活，真的向我敞开了窗户……”

关于现在，晨只轻描淡写地，说起自己即将结婚，是个做小本生意的男人，无法在深圳给她一栋房子，但却可以给她一个温暖的家。她沿着我从没有珍惜过的生活，一点点地找寻，最终却发现，我所拥有的，上天并不肯给她。十几年的执拗追寻，不过是一个奢侈又遥迢的梦。

至于在追梦的十几年里，晨又历经了怎样的生活，有过怎样的辛酸，吃过多少的苦楚，晨自始至终，都没有提及一个字。似乎，中间那漫长的一段路，于晨，不过是一段潮湿燥热的午休，醒转来，窗外依然是那个蝉鸣阵阵的夏日。

连桑，我们去挤地铁吧

「壹」

陈生从一个海边小城转到上海来读书的时候，并不像妈妈那样快乐。

他并不是多么喜欢这个春日总是湿漉漉的城市，尽管妈妈为了让他来到上海，费尽了周折，又抛弃了工作，才最终在舅舅的帮助下，成功转了学。但陈生总觉得，上海，是妈妈的上海，与他无关。妈妈从小生长在这里，后来因为爸爸，才千里迢迢地在威海落地生根。

妈妈一直保存着上海人所固有的许多习惯，譬如极爱干净，又固执地在家里教他说上海话，有时候与人争吵，常常就滔滔不绝地刹不住车，也不管那对面的人，是否能听得懂。而陈生，却是秉承了父亲渔民出身的沉默与宽厚，喜欢大海，也喜欢海边这个安静从容的城市。

但他知道妈妈一心一意地想要回到上海去，所以才这样宁肯辞职陪读，也要在儿子身上，实现自己重回上海的梦想。就为了妈妈这个做了16年依然鲜亮如初的梦，陈生依依不舍地离开威海，来到多少人向往的繁华之都。

陈生所插入的只是一个普通中学，所以当第一次英语测验过后，陈生出色的成绩，即刻让全班人哗地一下抬起头来，将初次见到陈生时漫不经心的视线全都聚集了来。

这让陈生反而有些不习惯。他在小城的时候其实并不是个沉默寡言的人，但不知为何到了上海话少了，连妈妈都说，你这孩子怎么没有一点上海人的热闹劲儿啊，好歹你也流着一半上海人的血，你看哪个上海人不像那菜市场里的鱼，活得鲜活生猛啊。

这个比喻，他每次听，总会笑。上海的确是个市民的城市，连班里那些打扮得时尚另类的女孩子们，扎堆说起娱乐八卦来，都带了一股子生菜鲜奶味。但还是有一个叫连桑的女孩，在叽叽喳喳嬉笑打闹的一群里，如一朵出水的莲花，轻扬了头，悄无声息地兀自绽放着。

而这清香，陈生在第一次闻到的时候就依恋上了。

「贰」

那次测验，陈生排在第一，连桑，则是第二。这让陈生有一种寻到依靠似的温暖。他已经来到上海有一个月了，但一颗心似乎还在那来时乘坐的船上，摇摇晃晃地漂浮着；是从没有说过话的连桑，让他在这个孤单的上海，觉出一丝的稳妥，摇摆不定的心，也跟着连桑上了岸。

与连桑开口说话，是在第二次英语测验之前。陈生的笔袋，不幸忘在了家里，他将书包翻了个遍，也没有找出额外的一支来救急。正懊丧之时，突然就有一支夹了纸条的笔，被左边的同学传过来。他打开那张纸条，见上面有娟秀的字，写着：用这支笔，护佑你第一的位置吧。隔了三个人，陈生向左看过去，恰好在那窄窄的过道里，与连桑的视线不期而遇。那场考试，陈生握着那支天蓝色的圆珠笔，却做得心神不宁。他第一次在一向游刃有余的考场里，因为与考试无关的事情开了小差。

试卷交上的时候，他捏着握出汗来的圆珠笔，穿过嘈杂的人群，走到连桑身边，低声道：“谢谢你。”连桑没有接他的话，却是歪头俏皮笑道：“这次会不会被我赶上呢？”陈生也跟着笑了：“如果你跑得快，不仅能够赶上，而且会把我远远甩开呢。”正是芬芳暗涌的春天，陈生听见自己的心思，也如花儿一瓣瓣地舒展开来。

陈生是断续地从连桑的口中得知，她也是转学到上海来的，但是却不像他有妈妈陪着。连桑是寄居在舅舅家里的，每个月只有一次，父母会从苏州坐火车来看她。停留不过是几个小时，便又连夜赶回去。上海的住房紧张，连桑在舅舅家，都是与12岁的妹妹睡上下床，所以更不必说腾出地方留父母住宿；况且，连桑也不愿让舅妈在父母走后，含沙射影地指责一番，说喜欢上海，有本事自己买房住啊，既然买不起，那就别怪别人瞧不起。

连桑这样淡淡说着的时候，陈生的心像被什么东西刺了一般地疼。陈生想：原来连桑与自己一样，是那长在水里又没有根的浮萍。

「叁」

连桑从学校到舅舅家，需要坐三站地铁，而陈生，则也坐三站。只是，出站后他会目送连桑走远了，再返回一站去。

这是一个秘密，陈生谁都没有告诉，甚至自己的妈妈。他只是在妈妈问起怎么月票用得突然快了时撒一个谎，说自己会多坐一站，去图书城看一会儿书。这个谎言，当然并没有讲给连桑。他为了让连桑相信，每次都会顺着与连桑相反的方向，多走上一段；回头看连桑在人群里看不见了，这才返身重回地铁去。偶尔，他与连桑的视线会在涌动的人群里温情触碰；陈生总是羞涩地笑笑，又继续大踏步前行，直到连桑真的没有了踪影。

这样相陪的时光，总是很快，他们彼此说不了多少的话便到了站。赶上放学高峰的地铁里，总是挤满了吵吵闹闹的学生。他们在这狭仄的地铁里，拥挤着，嬉笑着，遇到相熟的人，会旁若无人地大声打招呼。陈生和连桑本已是不爱说话的人，在这样吵嚷拥挤的环境里言语便更少了。偶尔两个人被人群裹挟着，一前一后地遥遥望着，陈生便会觉得微微的难过，似乎那距离是千里万里，无法逾越的。

这样的感觉像在教室，陈生于那下课的间隙，会下意识地侧头看向窗户旁沐在春日阳光里的连桑。只是看一眼，并不会像别的男生跑过去说话。陈生的上海话其实说得很好，但他从心底是拒绝说的。他宁肯保持沉默，似乎这样他就能与那个往昔的自己不弃不离。而与连桑肩并肩靠在一起的时候，那个依然游离的自己，则会突然地安静下来，就像一只疲倦的飞鸟找到了归途，或是一粒飘飞的种子寻到了结实的泥土。

没有人能够明白连桑带给陈生的这种依恋，甚至连桑自己，也是心底淡然的。但是，那些不相干的人，却是记住了陈生与连桑这两个异乡人之间互相安慰的笑容彼此鼓励的言语，还有连桑突然给予陈生的奇怪的热情。

「肆」

这种热情，是连陈生都有些许诧异的。素日在课间只低头翻看杂志的连桑，很突然地便喜欢绕一个大大的圈子，走到陈生的身边，有一句没一句地与他闲聊。在教室里近距离地与连桑交谈，让陈生觉得紧张。他其实更喜欢地铁里坐在一起的时光，没有人认识他们，但他们彼此的心，却是相依的。而这样看似亲密无间的交流，却是让陈生，瞬间觉得隔膜了。连桑的眉眼里，看似兴趣盎然，但实则是漫不经心的。时不时地，窗外便会有人，吹着暧昧的口哨看过来。让陈生那一点说话的热情，倏忽便熄灭了。

但陈生还是愿意陪在连桑的身边，即便是什么也不说，他也是快乐的。而连桑能够这样依赖自己，陈生心底，亦是温暖。两颗漂浮不定的心，如果靠近一些，应是能够多一点光亮，在那孤单行走的路上的吧。所以连桑很突兀地在放学的时候，拉着他飞奔着去坐地铁，或是在车上，紧靠着他瘦削的脊背，又一刻不停地说许多在陈生看来莫名其妙的话，陈生都当是连桑的可爱与任性，微笑着一一接纳。

这样直到有一天，地铁快要到站的时候，陈生的背后，突然重重挨了一拳。回头还没有看清，脸上又是一记拳头。待那人还要出拳，地铁到站，一旁的连桑拉起他就跳下车，混进了人群。但陈生还是在回头一瞥里，看见一脸得意的男生——那个总爱在教室门口晃荡游逛的隔壁班学生，一个屡次被学校曝光的小痞子。

陈生还没有搞明白自己怎么惹了痞子男生，他就收到一个纸条，说：以后，不要再和连桑在一起……

「伍」

陈生这才明白，那个暗恋连桑的痞子男生，误会了他。他与连桑不过是因为境遇相似，而可以交心的朋友罢了。心底明净，陈生也便不怕别人的谣言，照例等着连桑来找他一起去坐地铁。但是，连桑却开始躲避着他。陈生起初以为连桑是担心那个痞子男生，再来骚扰而有意护佑，后来，才发现他错了。

是连桑在Q上给他留的言，说：陈生，如果一个在外了无依靠的女孩子，为了逃过一个不喜欢的人，而试图借用另一个人来阻挡这飞来的烦恼，且因此伤害了他，那么，这个女孩是不是因为这样小小的策略，而无法再被原谅？

陈生读了许多遍，终于明白，连桑是借了自己，来赶走那个痞子男生给她带来的麻烦，却无意中给他带来了本不该有的烦扰。明白了真相，陈生有一刹那的失落，再遇到连桑，竟是无法如往昔一样自然。有什么东西，就这样横亘在他与连桑之间，将那温暖的行程，戛然止住。

那个痞子男生，因为再次与人打架，最终被父母强制转学。得知这个消息，是在一个月后的Q上，是连桑发过来的。陈生在电脑旁呆愣了许久，想起那些电影胶片一样，一格一格走过的时光；想起他与连桑同样的孤单、惶惑与迷惘；想起他多陪一站路，其实亦是给自己，多一站的依靠；想起上海在他的心里，终于开始澄澈明朗，而这，只因为是有了连桑这份淡若无痕的情谊……

陈生终于在电脑前敲下一行字，他说：连桑，那么，我们又可以畅通无阻地聊天，挤地铁，甚至是成绩，都一前一后地紧紧相随了，是吗？

答案，陈生其实自始至终，都是知晓的。

姐妹当然会有一样的光芒

「壹」

小白提了大大的行李，一脸倔强地站在我面前的时候，我很是吃惊；但还是尽量温和地嗔怪道："为什么不说一声，让姐姐去接你？"她还是一贯的任性，说："我太累了，让我先睡觉，不要烦我。"我知道小白是不需要说废话的，便径直领她去了宿舍，给她铺好床，而后理理她凌乱的碎发，说："睡吧，吃饭的时候姐姐来叫你。"

小白很不客气地就这样躺到我床上，不过一刻钟，便起了轻微的鼾声。还像年少时的模样，在梦里撅着嘴，似乎受了欺负，但懒散横陈的四肢，暴露出她不过是个没心没肺的孩子。刚要转身离去，听见她小声嘟囔"姐姐"；我回头看她：依然是一脸的漫不经心，只是眼圈有些微微的红，定是一路上哭着过来——只是见了我，又装作神情淡漠的孩子。

打电话给家里，妈妈说，高考成绩下来后，她就一直这样四处游逛，不回家，也拒绝听任何人提关于复读的事情。其实本就没有对她抱太大的希望，是她自己，在最后的几个月，突然地要发奋，戒掉所有不良少年的习惯，不再和那些边缘的孩子游荡，但最后还是失利。这次，她是丢下一句“永远不会按父母的方式走路”，就收拾了包裹，千里迢迢来到我的学校的。

我安慰父母，说自己会好好劝她，让她回去。但事实上，我和小白之间，已是有些陌生。自她13岁那年，我就一直在外读书，关于她，只是一年年模糊的面容，还有打电话回家时，她在电话那端与父母的争吵声。这个小我六岁的妹妹，她的青春期，叛逆、冷硬、尖锐，而我，就这样远远地看着，任她一个人寂寞艰难地绽放。

「贰」

她一生下来，就不讨人喜欢，而且明显是个自私烦人的孩子。常常在父母最疲惫的时候，为了一点小小的委屈，放肆地大哭，直哭到愿望可以满足，再没有人欠她。能到处乱跑的时候，就惹是生非，把我刚写好要交的作业，塞到马桶里去。我贴在墙上用来炫耀的奖状，她爬到高高的凳子上，撕下来扔掉。邻居家天台上的茉莉，开得好好的，她全掐下来，戴在自己辫梢上招摇过市。读书的时候从来没有得过老师的夸奖，试卷上总是红红的一片叉号；还在读小学，老师们就在家长会上给她下结论说，这基本是个无药可救的孩子，至少在学业上不会有任何的成绩。

对一个女孩子来说，或许这是最糟糕的——长得不漂亮，又不聪明，或者只把狡猾用在别处，嘴上也刻薄，没有丝毫温柔的模样。父母至此便对她几乎有些放弃，只求她可以做一个安分的女孩子，不要惹事，也不必有什么可以与我相媲美的成绩。似乎一出生，小白就时时地被父母拿来与我比较。他们常说，小白要有姐姐这么甜美文静就好了，为什么她从来不像姐姐一样懂得体贴大人，懂得学习是为自己好呢？她似乎脑子里从来都是算计着怎样不让自己受委屈呢。

小白从小就在这样的比拼里走路，我们以为她已经习惯了这样的比较，而她自己，也似乎从来不在乎。她更感兴趣的，似乎是怎么给别人制造麻烦，给自己寻找乐趣。我们之间很少有过交流，她甚至极少喊我姐姐，总是直呼姓名，口气里满是不客气。

我们彼此都习惯了这样的冷淡。记得我去读大学的那一年暑假，本想着按妈妈的要求，给她补习功课，她却跑到同学家，疯玩了一个月。我走的那天，她亦没有来送，只是看着我提着大包小包下楼去，在门口站立片刻，就继续去看她的电视。

是走了很远了，我和妈妈回头，看见她站在阳台上，逗引隔壁家养的鸽子，神情里是惯有的疏忽和淡然。爸爸说："这个丫头，是不是后悔了，跑到阳台上目送姐姐？"妈妈便笑，说："小白是这样心细的孩子吗，她从来只让人伤心的。"而我，不知为什么，听见她大声歌唱着看楼下穿梭而过的男孩时，心底突然地有一阵疼痛，我想这究竟是一个怎样奇怪的孩子啊。

「叁」

我读到大三的时候，小白已经发育成一个饱满成熟的女孩，依然是不美，但懂得打扮。千方百计地骗爸妈的钱，而后和那些乱七八糟的朋友跑去穿孔，在隐蔽处纹身，将蓄得长长的指甲打磨得圆润光洁。郊游的时候会躲开老师，偷偷地抽烟。周末则在家里对着镜子涂银色的眼影，又自己用染发剂把头发染得五颜六色。老师们视她为问题少女，父母也不愿过分地苛求她，只求这个与我完全不一样的孩子，能够安静地长大就好。

但是那年她还是出了事情。起因是与一个男生在上课的时候，用手机发彼此爱慕的短信，被英语老师当场抓住。那个老师，曾经教过我，当着全班人的面，便讽刺她，说："你姐姐如此优秀，为什么你这个妹妹，这么糟糕？成绩不好也就罢了，还早恋，你以为你和你姐姐一样漂亮吗？！"小白当场便摔掉手机，冲出了课堂。

小白在一个破旧的旅馆里待了将近十天才被父母找回家去。我终究没有给她安慰。这样一场出走，其实是因我而起。我的光芒，遮掩了小白，她努力地想要冲出来，但还是被我罩住，无力逃脱。我只当什么都没有发生过，而小白，却是至此连我的电话都不接听。

她就这样开始放任自己，一次次早恋，一次次逃课，出走，和街头的小混混疯狂飙车。她成为一个彻底的问题少女，连父母都已对她厌倦。我曾经试着给她写信，但从来没有过回复。亦曾经在她闪烁的QQ上留言，希望她能在与别人聊天的空隙里，随手给我一两句问候。但是，什么也没有，她宁肯青春就这样孤单落魄地走下去，也不愿听来自一个姐姐的关爱。

「肆」

我没想到她会来找我，亦没想到前一刻还面目模糊的小白，这一刻就躺在我的床上，一脸掩不住的倦容，那么真实可触。她醒来的时候，我在看书，她怔怔地看着满宿舍叮当作响的小玩意儿，突然笑道："原来你也和我一样爱玩啊，我以为你真的像爸妈说的，只喜欢读书呢。"这是第一次听见小白谈起我，尽管还是不称呼"姐姐"，但却让我的心里觉得温暖，是一种缘自亲情的柔软和怜爱。

那几天，我们谁也不提彼此的过往，不提高考与复读，还有曾经有过的隔阂。我只是陪她四处地游玩，给她买喜欢的玉石，安静地看她将一朵怒放的玫瑰纹到腰际处，走路的时候，可以隐约地看到清晰翠绿的枝叶。我带她将大学城里所有的学校都逛遍了，她脸上依然没有我想要的向往和羡慕。这样一个嘴巴尖酸的孩子，我们一起生活了这么多年，可我却不知道，在她18岁的时候，她究竟想要寻找一条什么样的路走。

小白执意要去北京的前一晚，我们在灯下看书，她突然嘻嘻笑着凑过头来，说："要不要做个心理测试？"我一向不相信这些供娱乐用的测试，但还是有一搭没一搭地回答起她的问题。

这是一个关于个性的测试，我从没有见小白如此的认真，每一个问题，都要确认我最终的选项。小白絮叨地念完后，开始紧张地算分。几分钟后，她"啊"一声大叫，说："我们竟然是一样的人！"我拿过来，看到上面写着：你是一个敏感骄傲的人，你从不愿意输给任何人；哪怕是一句话，你都要计较，都要争先；这样的个性，会让你成功，亦会让你遭遇到很重的挫败，但是，梦想终究会让你奋起……

我感谢那个晚上，小白的测试，还有我脱口而出的一句，我说："小白，我们是姐妹，当然也会有一样的个性和光芒哦。"原本神情黯淡下去的小白，在这句话里，眼睛瞬间变得明亮无比，她犹豫着反问道："真的吗？"除了坚定地点头，我还能说什么呢。这个一路被我遮掩着的女孩子，她已经长大；她被所有的人，淡漠了18年，而今，她要和我一样，有耀眼夺目的光芒。

送她去车站，在拥挤的人群里，她将大大的包抱在胸前，奋力地劈开一条道给身后的我。车要开的时候，我向她挥手，她却是不看我，嘴开开合合，当是在唱歌，视线飘向别处去。

突然想起几年前读大学的时候，她站在阳台上，也是这样漠不关心的神情。原来她一直都在掩饰，装作什么都不介意。装作淡忘了我写给她的信，但却把它们一封封地放到随身携带的小熊枕里；装作不怜惜自己，却每每遇到心理测试，便紧张地去找寻结果；她所有的伪装，只不过是要躲避那个光芒四射的姐姐。

而我们彼此，是在一个心理测试里，才知道原来我们的青春，可以温情地相遇。

与你并行在没有交叉的时光里

「壹」

莞尔在校园门口，看到李思哲穿着旱冰鞋吹着口哨一路滑行过来，一副死灰复燃的得意模样，便知道这次又逃不掉他的八爪鱼似的无休骚扰了。

莞尔跟李思哲的相识是在一辆公交车上，一车人像传送带上的鲨鱼罐头一样，摇来晃去的时候，她突然就感觉到有人在身后撞她一下，随后便挤进来一个嘻哈打扮的男生，朝她一挤眼道："嘿，你在哪个学校，实验还是育才？"

莞尔看着他一脸不怀好意的探寻的笑，一扭头，没答理他。他却依然不依不饶地问："你中考成绩怎么样？数学一定没我好吧，我可是不到二十分就满分了呢。我爹妈高兴坏了，非要奖励我一身名牌，瞧，就是我现在穿的，多恶俗，我李思哲是这么物质主义的90后么？"

莞尔快要被他的聒噪给烦死了，幸好车到了站，她几乎是一个箭步冲了下去。可惜还没有舒口气，就见李思哲也跟着闲闲地下了车。而且，莞尔沿着马路走，他也在后面吹着流氓曲子优哉游哉地跟着。

莞尔简直要气坏了，一扭头站定了朝他喊：“你想要做什么?！难道非得逼我喊警察不成?！”李思哲一脸的无辜：“我不干什么啊，我只是恰好跟你一个学校罢了，难道，你还不允许我上学不成？嗨，你不会是女班长吧，我初三时的班长跟你长得很像，天天妻管严似的把我管着，那怎一个难受了得？”

莞尔没了话，只好任由他跟着，还喋喋不休，让她差一点耳朵就起了茧子。莞尔想，早知道听从父母的话，去育才好了，尽管在那所学校免不了会有爹妈的唠叨，同样是不怎么好受。

更让莞尔气愤的是，李思哲竟然跟着她，一路穿越校园的小树林，又走过两条长长的走廊，爬上五楼的楼梯，向右拐，走50米，而后在高一(3)班的门口停了下来。

莞尔气呼呼地，扭头冲李思哲讽刺道：“护卫队完成任务了，可以回去了吧。”不想李思哲竟是搞笑地眨一下眼睛，疑惑道：“似乎还没有完成任务吧，如果你也在这个班的话，那么我想我还需要天天为你保驾护航呢。”

莞尔终于彻底地失望了，教室里已经有了不少的同学，全是陌生面孔，算起来，她与李思哲，竟然是第一个相识的同学。所以当李思哲继续吹着他的“小夜曲”坐在她的后面时，莞尔并没有回过头去，让他离她远一点。

「贰」

莞尔在与周围的同学熟识之后，才知道，李思哲是交了赞助费才到这所学校读书的。他的每门功课几乎是勉强才能及格，但有一门例外，那便是体育。不管是篮球足球还是短跑长跑，李思哲总能轻而易举地破了实验中学的纪录。

实验中学历来是升学率居高不下的重点高中，所以学校里的男生们总是一副成绩牛气满脸露菜色的衰相。像李思哲这样野地里的庄稼一样生机勃勃的良好态势，在实验中学算得上一流品种。

所以每次上体育课的时候，李思哲就成了操场上的英雄。他又擅长卖弄，听到女生的尖叫，更是来了劲，直将那球差点踢到学校围墙外面的马路上去。在莞尔看来，这是李思哲唯一可以驰骋的疆域，一旦体育课结束，李思哲进了教室，就像个被放了气的气球，或者断了线的风筝，再也威风不起来。

但李思哲看上去却并不像莞尔想的那样泄气，他照例在教室里龙腾虎跃，哪怕是刚刚被老师罚站40分钟，或者将鲁迅的作品安插到巴金的身上，遭来那些北大苗子们的奚落。尤其是在莞尔面前，他更是像只聒噪的知了，或者呱呱叫着的青蛙，想让他消停一会，除非他今天生了病，或者失了恋，再或饿了肚子。

但这几种情况，出现的比例几乎为零。所以李思哲在莞尔这里，也便总是一条甩不掉的尾巴一样，被莞尔始终不渝地厌烦着。

这样直到有一天，莞尔竟然是求到了李思哲。

莞尔是班里的学习委员，是班委内阁的重要成员之一。所以有什么活动，常常是几大委员们一碰头，共同出谋划策，献计献力。这次学校要举办一次规模巨大的足球比赛，要求各年级各班一定要拉出一只最精干的队伍，每班至少要推荐一名精英，组建一支本年级的优秀铁骑队，先在年级之间比赛，最后要根据表现，重新组合一只足球队，与外校进行年度联赛。

班里的男生，大多怕耽误学习时间，纷纷在班委的号召面前，头都不抬一下。李思哲倒是抬头看了一眼，但随即就低头去下他的左右手围棋去了。

莞尔知道这是因为李思哲向来被班委们排斥在外，所以他自己也便懒得参政议政。实际上他根本不在乎别人对他的冷落，他总能找到旧日的那些哥们，在放学后驰骋操场，至于能不能为班级增光添彩，丝毫不在他的考虑范围之内。

李思哲忙着整一只山寨版的足球队呢，所以班里的班委们勉强去求他报名的时候，他头都不抬一下便拒绝了，并放出话来：除非是莞尔求他，否则他才懒得参加“官方”的比赛。

「叁」

李思哲的这话一放出来，莞尔便知道，他又一次沉浸在可以有机会骚扰她的促狭的快乐之中。

莞尔是真的不明白，自己究竟是哪一点惹怒了李思哲，害他这样无休无止地跟在她的后面，像只让人讨厌的蟑螂，或者蚂蚁。他不喜欢学习，想让自己在老师们面前美言的可能很小，况且，他根本就不指望任何老师能在课上给他几句表扬。他也不像是情窦初开的男生，她与他，根本就不是一条道上的人，再过一年多，更是被高考冲到南北极，连再见的机会或许都不会有，他再怎么暗恋，也不至于不清楚这样大的差距吧。那么，这李思哲是想与自己做朋友么？喔，这样的想法看上去比暗恋更有些不靠谱吧。

虽然想不明白，莞尔为了班级的荣誉与利益，也为了在老师面前落个得力助手的美名，还是决定去找李思哲。

莞尔是在放学的时候，于蜂拥而出的人群中，叫住了李思哲。彼时李思哲正吹着他的流氓小哨，滑着旱冰鞋，在人群里鱼一样悠游自在地穿行着。看到面前一下子冒出来的莞尔，他先是一愣，随即露出意料之中的得意微笑。

莞尔硬着头皮挤出一点微笑，说："李思哲，老师让我拜托你一点事。"

李思哲眨巴一下眼睛，道："如果是老师，那就算了，本人跟老师向来势不两立，各不亏欠，我有我的羊肠道，他有他的宽阔途。喔，不过若是莞尔美女有事的话，本人愿两肋插刀，誓死相随。"

莞尔忍不住被李思哲这一番搞笑表白逗得笑起来。但随即她又正色道："哦，这是老师交给的任务，但就算给我一个面子好不好？"

李思哲歪头想了片刻，蹦出一句："可是，我为什么要给你面子呢？你是答应跟我交朋友，还是答应以后不再拿斜眼藐视我这类破坏分子呢？”

莞尔没有料到李思哲会来这样一句，她一时不知道该怎么回答，但脑子里迅速地运转了一圈，很快地将他一句：“可是你刚才还明明说若是我莞尔美女有事，你愿意两肋插刀，誓死相随呢。怎么这么片刻，就忘得一干二净了？”

李思哲做出一副恍然大悟的夸张表情，道：“哦，那美女有事就边走边说吧，不过，我今天可是不乘公交了哦，所以你如果想求本公子办事，还得麻烦你陪我走上一站路呢。”

莞尔瞥了得意洋洋的李思哲一眼，横下一条心，想，本姑娘今天为了班级荣誉就暂且陪你走上一程。

「肆」

事实上，那天莞尔被李思哲百般为难着，陪他走了三站路，才最终点头答应参加年级官方组织的足球队。但有个条件，那就是他必须做足球队的前锋。

莞尔硬着头皮向年级主任汇报了李思哲的条件，又极尽自己的口才，向年级主任说了一大堆李思哲的好话，一直说到连她自己都觉得不好意思，似乎有成了李思哲经纪人的嫌疑。年级主任向来注重莞尔这个北大苗子的言论，听她这样百般推荐，毫不犹豫地就下了结语：这支足球队的前锋就交给李思哲来做了。

莞尔简直是兴奋，一路快步走回教室去，想要告诉李思哲，自己帮他成功申请到了前锋的位置。当走到教室门口的时候，那热情却又冷却下来，想：不过是为了帮老师完成一个任务，何必这样搞得好像自己与他真成了什么交心朋友似的。这样想着，也便将那脸上的兴奋平息下去，在李思哲的注视下，若无其事地坐到了自己的位置上。

那两场与高三高二年级的足球赛，莞尔都去捧了场，但并没有像其他女生那样，歇斯底里地站在看台上高喊，她只是找了一个安静的角落，看李思哲在场上有如神助，一次又一次地进球，一次又一次地掀起赛场的高潮。莞尔也是第一次知道，原来李思哲还有许多的粉丝，男生女生都有，他们站在看台上挥舞着手中的彩旗，或者写有“李思哲，加油”的牌子，声嘶力竭地为他呐喊助威。莞尔一直以为自己享有了很多的光芒，在这个校园里，她凭借着出色的成绩，一路走来，几乎都是艳羡和喝彩。是到了这个与成绩有关又无关的赛场上，她才明白了李思哲脸上始终挥之不去的骄傲，原来和自己的一样生动。

「伍」

李思哲以一路无人可挡的速度，勇夺了校园最佳前锋的美誉之后，便一下子成了校园风云人物。看上去似乎连莞尔的风头都给压了下去，尽管莞尔并不介意他这样的风光。

莞尔以为出了名的李思哲不会再想起自己这个伯乐，至少，看上去李思哲应该感激莞尔的吧。在李思哲出征全市中学的决赛之前，莞尔还是在公交的站牌下，再一次与李思哲“偶遇”。

李思哲依然是穿着旱冰鞋，不过脚下却是多了一只灵动的足球。莞尔不知道该与他说什么话，她一向在他面前，有缺乏共同语言的尴尬。但李思哲却是依然笑嘻嘻的，像个讨人烦的小痞子，凑过脑袋来，坏笑道：“嘿，莞尔，陪叱咤风云的足球队前锋走一站怎样？”

莞尔习惯性地拒绝：“凭什么？我又不是你的那些爱咋咋呼呼的女粉丝。”

李思哲很快地回过来一句：“凭你是我的经纪人啊，你看电视上哪个明星出征前不需要与经纪人商讨的呢？”

莞尔终于忍不住，在李思哲故作正经的回答里，笑弯了腰。

莞尔知道这场全市的足球赛一结束，她和李思哲又会回到各自的轨道上去，一切都不会改变，她依然为自己的北大目标奋进，李思哲则在他悠闲的时光里继续游荡。但还是有一些东西，犹如那阳光里的尘埃，不知不觉地落入了心灵的缝隙，并成为其上苔藓一样的一点绿色。

遇到只记住快乐的滑板少年

「壹」

夏天来的时候，我开始带着狗狗小伍去公园里溜达。

小伍和我一样，已经许久没有在黄昏里疯跑过了。尽管妈妈只允许我在外面散步一个小时，但每次我被小伍拽着在公园的木桥和石子路上，兴高采烈地跑，常常会乐不思蜀。回家后被妈妈批，小伍便很温顺地趴在我的脚边，难过地摇着尾巴向妈妈示好。

这样惹人怜爱的模样，会让我想起它在追逐那些滑板少年时的飒爽英姿。小伍像我一样，每天被妈妈关在家里修身养性，几乎忘掉了外面的世界。所以当它看到滑板上那些自由自在的少年，心便开始与他们一样野。它在公园曲折回转的小路上飞奔，姿势似飞翔的鸟儿一样无限舒展的。这让我总是羡慕小伍，它可以迅速忘掉扒着窗户往外张望的苦痛，全身心地练习自己短跑的爆发力。而我，为什么在看到那些滑板上穿着火红色T恤的少年，吹着口哨，从我身旁风一样穿梭而过时，心里涌起的，全是隐隐的伤痛和哀愁呢？

我知道这些滑板少年都是音乐学院附中的学生，有最张扬的个性和最另类的思维。不像我，是重点中学考名牌大学的苗子，被父母和家长捧着，连气都不敢呵，担心这一口出来，他们的希望，便会倏地融化掉。这样被束缚着，所有的快乐，也便缩了水，即便是夏天里一场丰盈的雨水来了，叶子依然是枯萎皱缩的。

我的忧郁，很鲜明地陪衬出另一个男孩的快乐悠闲来。其实从一开始来散步，便注意到了他。火红色的T恤和短裤，在被绿色环绕住的公园里，极其地炫目。他脸上的表情，亦是明朗灿烂的。我坐在长椅上，看他从桥上飞速滑下来，像一只展翅的雄鹰。我很想走过去，向他打一声招呼，或者是由衷地赞一句：你真酷！但衣服上别着的校徽，还是让我忍住了。很长时间以来，我们学校和附中的学生，就彼此不屑着。骨子里都是高傲的少年，谁都不肯服谁；尽管私下里，会在经过彼此学校的时候，偷偷地往里张望，看看对方肩上挎着的吉他，或是眼睛里闪烁着的自信和光芒。

但我还是喜欢看这个每日都来练习滑板的火红色少年，只是安静地看，什么也不说。这样过了大约有两个星期，有一天，我在抱着小伍准备等公交回家的时候，他跑过来，很迅速地对我说："嗨，这个周末我们要在这里举行滑板比赛，你要不要来？"我看着他脸上故意掩住了的紧张，终于羞涩地一低头，看着同样害了羞的小伍，小声道："好啊。"

「贰」

周末的时候小伍病了，我看着它蔫蔫地趴在地板上，没有一点去遛弯的兴趣，便一阵感伤；想是不是小伍听了妈妈的话，故意在这一天病倒，阻拦我去观看滑板比赛的计划。或者，是他们窥见了我心里那个不愿示人的火红色秘密？

想什么都没有用，妈妈给小伍买来了药，喂它吃下后，便以不容置疑的口气道：“暖暖，小伍病了，就不必带它去遛了，你在家安心学习，快到期末考试了，别让老师们失望。”我一言不发地看看有些愧疚的小伍，拍拍它的脑袋，转身走进自己的书房。

我什么也看不下去，时钟的短针，已经指向了10，那些不羁少年们的比赛，正行至最热闹的时候吧，一定有不少的女孩子，为他们半空精彩的旋转喝彩。而滑板上飞翔的少年，在这些疯狂追捧的视线里，定是愈加的激情昂扬。

可是为什么我，偏偏要在这样凉爽的周末，做一件自己丝毫不快乐的事？为什么不能像那些少年们一样，让青春的翅膀尽情地舒展一次？

小伍已经睡了，我悄无声息地溜出房间去，飞奔到马路上等公交。只不过是两站路，我的心，却是像煎熬了长长的两个世纪。终于看到了那些滑板上的少年，只是他们已经三三两两地散开去。脸上细密的汗水，明显看出是刚刚经过了一场激烈的角逐。而我，却是恰好错过了。沿着木桥一路走下去，很少再看到有嬉笑玩闹的人群。已是正午，公园和人们一样，开始进入慵懒的午休。我在熟悉的长椅上坐了片刻，突然想要大哭一场，为这错过了的豪爽与激情。眼泪刚刚滑出来，便听到有人在后面很欢欣地大叫：“终于等到你啦！”回过头去，我便看到那个火红色的男生，倏地滑到我的身边来。

我低头，看着他橘黄色的滑板，说：“对不起，我……迟到了。”他笑着坐下来，停了片刻，才道：“没关系，我们以后，还会经常有比赛的。只是，为什么没带可爱的小狗狗来啊，我们都很喜欢它呢。”我抬头看着竹林遮住了的天空，没有回答，却是柔声问出一句：“我叫苏暖暖，你叫什么名字呢？”一旁的他一下子跳起来，旋出一个优美的弧度来，这才在草坪上站住了，狡黠地笑道：“我叫沈康，你要愿意，也可以和你们学校里那些总爱跟我们无故吵架的学生们一样，叫我‘板上小丑’哦。”

读高中以来，第一次，笑出眼泪来。

「叁」

此后的一段日子我开始爱上坐地铁，这样便可以甩掉妈妈，还有外面的喧嚣和拥挤。从家到学校，要坐三站路。第二站的时候，我会看到沈康，还有一大群面容新鲜的男女生。他们哗的一下子涌进来，而后在我的对面坐下。每个人的手里，都抱着乐器或是滑板。偶尔他们会猜拳，决定谁在地铁里开个人的演奏会。我看着他们嘻嘻哈哈地推来攘去，觉得青春原来可以这样璀璨又耀眼，而我，为什么不能和他们一样，做一个快乐明媚的孩子呢？

我总爱在踏上地铁后，将书包放在旁边的位置上；等沈康上来的时候，我抬头冲他笑笑，他便走过来，坐在我旁边空了的座位上。一路上总是沈康一个人在说，有时候是和对面那群总也安静不下来的孩子们辩论。我喜欢这种略显聒噪的吵嚷，我觉得这才是青春最真实的模样。沈康明显是这一群里最活跃的，不仅是滑板，唱歌、吉他和钢琴，他都是学校高二年级里最出色的那一个。偶尔他们会开玩笑，说沈康，你行啊，这么有魅力，连北大班的学生都能吸引来做你的"铁杆粉丝"。我知道他们并没有恶意，便给他们一抹温暖的微笑。倒是沈康，跳起来，哈哈笑着和他们扭成一团。

周末的时候，依然带着小伍去公园里玩。期末考试日渐临近，我却是再无昔日的紧张和慌乱。而妈妈却是日日在我面前唠叨，偶尔看见我脸上轻松的神色，会突然地问一句："暖暖，你最近，是不是有什么事情瞒着妈妈？"我抱着小伍，歪头想想，说："没有啊，我一个小孩子，能有什么事情瞒得住大人呢？"

妈妈终究还是起了疑心。有一天，我在公园里看沈康他们举行又一轮的滑板比赛，刚刚把一瓶绿茶递给将要上场的沈康，便看见她从对面走过来。我的手下意识地一松，绿茶掉在地上。我什么也没有说，转身跑出了公园。

坐上公交的时候，我看到妈妈站在那一群滑板少年里，正奋力说着什么。低下头去，我对小伍说：“小伍，我们以后，或许再也不会来这个公园了。”

「肆」

我又开始坐公交，尽管依然有妈妈在后面跟着，我却学会了微笑。是啊，为什么要不快乐呢，就像沈康说过的，生活给了你什么，就笑着接过来。生活给予沈康一个残缺的家庭，可是他知道用滑板和音乐疗伤。生活给予我那么重的寄托和压力，我又为什么不能在这重压之下，寻一些小小的快乐呢？

我在放学的时候，会多走一站的路，将课间写的只言片语，装到漂亮的信封里，投进音乐学院附中的信箱里去。我告诉沈康，暑假到的时候，我会去苏州看望奶奶，没有了妈妈的监视，我可以和你一样自由地冲浪，当然，是在网上啦，如果你有空，记得一定和我视频哦！我又说，沈康，能去大学里读书，应该也是一件很美好的事情吧，只是，不能看到滑板上那些追赶夏日晚风的少年，也是很让人遗憾的事呢。我还请求沈康，如果妈妈真的要送走小伍，你能暂时帮我收养他么，因为小伍一直都在向往着踏上你会飞的滑板呢。

这些零零碎碎的问题，沈康总是很认真地给我回复。他说，暖暖，别太在意大人们的言行，或许有时候，他们和我们一样，不知道该怎样走下去呢。否则，我的父母，就不会在刚刚把我生下的时候，就将我扔给外公外婆，飞到别的城市里跌跌撞撞地寻找幸福。你的妈妈，也只不过是被公交售票员微薄的薪水所困，才希望你能考到北京去，有比她美好一些的未来。沈康又说，暖暖，如果你当我是朋友，就放心地把小伍交给我好啦，若是它贪恋上我的滑板，我绝不会吝啬的。只是，万一它害了相思病，你可要记得偷偷乘地铁过来看望一下它噢。

我把这些信好好地收藏起来，放入一个可以上锁的盒子里。盒子的外面，写着“快乐车票”几个字。妈妈是最讨厌“车票”这两个字的人，所以她永远不会对我的宝贝感兴趣，也永远不会明白，这里面的东西，随便抽出一个来，都是一张可以在快乐间畅通无阻使用的车票。时时地打开来看看，我便会和沈康一样，成为那个只记住快乐的孩子。

兄弟走了，谁来陪我

「壹」

那年的夏天，刚刚来，便已是热得厉害。记得我与辰常常在第一节晚自习后，跑到操场高高的看台上去，仰头看夜幕上疏淡的星星。偶尔，会有一丝风，吹过汗津津的脖颈，带来片刻的清凉。与看台一墙之隔的另一侧是大片的麦田，许多不知名的虫子，躲在其间兀自歌唱。被教室里污浊的空气困住太久的心，在这样的静谧里常常会如一粒种子，不过是遇见了几滴水，便将那生命倏忽膨胀开来。

最喜欢谈起的，当然是那些遥远却璀璨瑰丽的梦想，它们如那些寂静的星星，遥不可及，却始终用那明明灭灭的柔和的光泽吸引着我们的视线。辰说，他希望能够读法律，做一名威风凛凛的法官。而我，则朝辰吹嘘说，那几年后的我，一定是扛了摄像机，去采访他的记者。有时候我们会开玩笑，说如果将来哪一个犯了错误，兄弟一定要记得手下留情；说完了彼此便哈哈大笑，几乎快将天边一颗微弱的星星，震落下来。总是在听见铃声的时候，才以百米的速度飞快跑回教室里去。在沙沙的写字声里坐下来，常会彼此对视一眼，而后将唇角上扬，默默地为对方加油。

两个月后，我们走入考场，为十几年的读书，做最重要的一份试卷。每一场考试结束，不管感觉如何糟糕，我们都会击掌庆贺。5场考试，像是历经了5次炼狱，每一次都充满了焦虑与苦痛。但是，知道有一个人在陪伴着自己，还是让我们一分一秒地坚持下来。

考试终于结束的时候，我们买了酒，在一片狼藉的教室里，一直喝到路灯次第亮起。查夜的老师也晃着手电，目光凌厉地从窗外看过来，而我们却是不约而同地，在那束箭一样射过来的光线里，屏住呼吸迅捷地将腰弯下去。光束滑开去的时候，我们在微弱的灯光里，看见彼此的眼睛里竟有晶莹的东西，在安静地闪烁。没有说，但我们都知道，那是眼泪。

「贰」

高考的录取通知书下来，我们又去喝了酒。依然是在教室里，只不过这次没有了钥匙，是破窗而入。我们借着酒劲肆无忌惮地唱歌，又在黑板上胡乱地写一首没头没尾的诗。还在自己暗恋的一个女生课桌上刻下大大的“爱”字。有低年级补课的学生好奇地探头张望，随即便被我们更为大胆的举止吓得一溜烟跑开去。终于吼到彼此都没有了力气，横七竖八地躺倒在地上。不知是谁在走廊里唱一首《朋友》，静默听了许久，辰伸过手来拍拍我的臂膀，说：“兄弟，你走了，谁来陪我？”我以为自己会坚强地忍住不哭泣，但那眼泪还是在这样一句话里夺眶而出。

我与辰，就这样被一纸通知书天涯海角地隔开来。我在暑假后，便去了厦门读书。而辰，则再一次留在了高三的教室里。尽管我的人已在清幽的大学校园，但一颗心却还是陪着辰，在复读的征途上漫漫跋涉。每隔十天便会给辰写信，文字始终是小心翼翼的。总是像在穿越一片森林，双脚将那些美丽却带刺的花儿一一绕开去，只在那安全开阔的平坦地上悄然走过。我提及我们喜欢的女孩剪了漂亮的碎发；提及教体育的老师，据说发了福，跑起来的时候像一只肥硕的企鹅；提及辰的文笔比以前愈发地老道，我这新闻系的学生快要赶不上了。我在纸上天南地北地神侃，但唯独不谈自己的大学。

辰不知道，我那时在大学里多么风光。我做了学生会主席，有了模样可人的女友，我的文章频频在晚报上亮相；我还学会了素来厌恶的阿谀奉承，被系里的老师视为得意门生。同学录上，上传照片最多的总是我；有昔日的同学说，为什么这个一向内敛的家伙如此张扬，你看他那胖胖的笑脸，连偌大的网络都快盛不下了。

是的，几乎每一个人都知道考入名牌大学的我其实是多么招摇，除了辰。但没有一个人知道，这样的快乐与恣意，其实我只想与辰一个人分享。

「叁」

那一年，我给辰写了许多的信，却是只收到他短短的一封。他说：兄弟，在大学里等着我，记住，不要跑得太快。

但辰终于还是被我无情地落下。又一个夏天来到的时候，我与辰在露天的夜市上，将一瓶酒喝到天色微明。有推车叫卖豆汁油条的，过来问我们吃不吃早餐。辰买了两份，递给我，说："兄弟，垫垫肚子赶路吧，尽管我再也追不上你，但这份豆汁的情谊，还请兄弟记得。"我扶起已是醉到走路不稳的辰，在夏日清晨浅淡的花香里，送他回家。

辰此后走南闯北，四处打工，极少与我相聚。但每到一处，他最先做的便是写信给我。知道我写文章，便将每个地方的晚报信箱收集起来邮寄给我。尽管这些我在网上会毫不费力地便能查到。辰始终没有学会使用电子邮箱，曾经有一次网吧近在咫尺，他却为了给我寄一张卡片，辗转两路公交才找到一家小的邮局。每有同学看到辰的来信，便猜测说，你的这位朋友，学识一定不浅，否则，哪能写出如此俊朗遒劲的字体？我从来都是笑而不答，我一直以为，是自己懒于讨论这样的话题，但许久之后，我才发现，原来，是辰的卑微让我突然感到难堪。

犹记得我要毕业的那年夏天，辰专程从苏州过来，为我终于找到一份体面光鲜的工作庆贺。那时流行同学间请客吃饭，为了热闹，我顺便叫了另外几个同学。落座后我才发现，这是一个多么愚蠢的决定。我忘了辰不像我一样，因为四年大学的"锻炼"，已经习惯了这样喧嚣吵嚷又夹杂了虚伪称赞的场合；辰一直在困顿的边缘上挣扎，既不热衷那些流行的娱乐八卦，也不懂怎样在酒桌上，与人进行心智上的周旋和交锋。一满桌的人，皆是踌躇满志的模样，彼此间称兄道弟地捧来捧去，但那心，却在这样黏稠的热情里，隔得愈发地远。

而辰，则自始至终都沉寂无声，有人想要探他的虚实，故意地引他开口，弯来绕去，最后只落得一个无趣。喝到最后，为了表示一下我这主人的一份心意，我逐一敬酒过去。大家都虚假地推让一番，便撂下了。唯独辰，端起满满的一杯，一仰头，便喝得滴酒不剩。大家都起哄叫好，说再来一杯，辰竟是果真又干掉一杯。当辰又为自己斟满的时候，我听见一片喝彩声里，有人小声说道：这个人真是够傻，这么拚命，值得么？

而那一刻，我却在辰的"仗义"里，明白，被我们居高临下睨视着的辰，其实，是多么孤单和难过。

「肆」

我不知道，那是我与辰之间，喝的最后一次酒。在一个乱哄哄的酒馆里，与一群毕业后便杳无音信互不联系的狐朋狗友，喝着一杯杯白水一样寡淡的酒，说着一些言不由衷的话。但我与辰，却说了不过是几句话。其实我与辰都明白，一碟小菜，两个石凳，三两白酒，对久未见面的我们，就已是足矣。但偏偏，我那么虚荣地选择了前者。而恰恰就是这样烟花般繁盛的一场聚会，让我与辰飞快地便弄丢了彼此。

辰从我宿舍里收拾了行李走的时候，我正在上司面前大献殷勤。辰发短信给我，说你太忙，就不用来送我了。我简短地回复一个“好”字，便又满面红光地去给一个出行的上司预定车票。我赶到车站的时候，隔着一重重的人，瞥见辰站在检票口，神情落寞又满含希望地，回头找寻着什么。我用力地朝辰挥着手，却不过是片刻，辰便被前行的人群拥挤着，看不见了。

这一别，便没有了辰的音讯。偶尔回家，听一个同学提起辰，说他大概去了内蒙，在一个无名的小镇上做生意攒了一笔钱，要娶一个当地的女子，与她的家人一起，做一个逐水草而居的牧民。还有人说，辰去了新疆，并固执地在一个偏僻的山村里，做了一名手执教鞭的小学老师。又有人说，辰是我们那一届学生里，混得最差的一个，一直在打工，却总是被人骗，曾看见他和一群民工挤在一起，等人来挑。

各种的版本，流来流去，我不知道究竟哪一个，才是真实。但我却是明白，正如歌里唱的，我终于失去了辰，在拥挤的人群中。辰这样决绝地与我断掉一切联系，扭头走自己的路，只是因为，他不愿成为我的负累；彻底地从我喧哗耀眼的生活里消失掉，是辰作为朋友，送给我的最后一份礼物。

而当青春散场，我们被无法预知的时光推着，背道而驰，愈走愈远，那段曾经一同走过的岁月，却变成夏日的夜空上，闪烁的星群里最亮的那颗。

轰然作响的十六岁

「壹」

读初一的时候，我便看不惯隔壁班的天福，几次想在放学的路上截住得意忘形的他，把他揍个满地找牙，都因理由不足，咬牙切齿地罢了手。

后来终于有一次，在过天桥的时候，碰到人高马大的他，很霸道地堵住了一个短发女孩子的去路；还有一个长发女孩子，怯怯地站在一旁，紧紧握着短发女孩子的手。

早就听说，天福很是张狂，闲着没事到我们班找碴惹是生非不说，竟是欺负到女孩子的头上，这一闲事我是非管不可了。想到便做到，我把头一昂，心一横，便气势汹汹地站到了他们的中间，挑衅似的斜瞟着天福，道："欺负两个女孩子算什么英雄，幸亏遇上了我，否则不知你要嚣张到什么时候！"

说完了便要出拳打过去，却是被后面的短发女孩子给死死地拽住了。然后便觉得前胸一阵疼痛，正欲看清拳头的来处时，长发女孩子一下子跳出来挡住了我的视线，而后她把我猛地一推，大叫道："快跑！"好汉不吃眼前亏，我当然是奋力狂奔。

跑出去老远才敢在一个拐角处停下来回头张望，却发现那三个人竟像是没事似的，悠闲地溜达着下了天桥，有说有笑地朝同一个方向走过来。

可惜那时已是暑假，否则我必会找天福报那一拳之仇，而不是因为一个多月的疯玩，把一切郁闷与不快统统忘到脑后，提也懒得提了。

「贰」

开学之后重新分班，按老师安排好的座位刚刚坐下，便听见后座咚的一声，而后一片阴影倏地落在我的桌面上，挡住了窗外的阳光。回过头去与后位那厮四目相对的瞬间，我的脑门一热，竟是不由自主地站了起来。“你好，陈笑，还记得我吧？”我看着那双伸出来的大手，还有他身旁半眯起眼冲我温柔浅笑的女孩子，终于把紧握的拳头舒展开，无比豪爽地伸出去握住那只手，说：“当然记得，汪天福，不打不相识嘛！”

这之后便很奇怪地与天福成了无话不谈的兄弟。而左臂右膀似的跟着他的短发女孩子朗朗和长发女孩子青薇，亦是很自然地成了知己。

朗朗和青薇皆是老师眼里品学兼优的好学生，偏偏我和天福最是不争气，常常惹点麻烦被老师屡教不改不说，上课还不认真听，爱给各科老师们画“表情流转图”，或一人一句地给他们编讽刺故事集。

这样的劣行若是碰上朗朗，必会挨一通臭骂。天福这样一个一米八的男子汉，除了偶尔在背后朝着我满不在乎地嘟囔朗朗两句，大部分时间还是对她言听计从的。我有些不屑，便挖苦他，大丈夫怎能向小女子如此卑躬屈膝？他听了也不恼，发了一会儿呆，而后莫名其妙地来了一句：“谁让她偷了我的东西，又不肯还呢？”我立马接上去：“什么好东西，哥们儿我替你讨回来！”天福却是回头看一眼不远处的朗朗和青薇，神秘兮兮地冲我一笑，便屁颠屁颠地跑去找她们说话了。

幸亏和朗朗青薇都是朋友，否则看见天福那副服帖顺驯的痴呆模样，非得像初一时看不惯他的张扬傲慢一样，有狠狠地揍他一顿的欲望。

朗朗是个极不安静的女孩子，青薇则恰恰相反。四个人一块儿逛街。常常是我和朗朗大开口舌之战，天福在一旁见缝插针地加几句，而青薇则永远是我们最忠实的听众。偶尔在拥挤的人群里瞥见一旁笑望着我们龙争虎斗的青薇，不知为什么，我的争强好胜的一颗心，总会很快地停驻下来，在言语上让朗朗一步；或是轻轻拍拍青薇瘦削的肩，低声问她一句："青薇，你觉得我说的对不对？"她总是会羞涩地冲我一笑，微微地点点头，便寻了朗朗的手，稳妥结实地握住，做她的听众去了。

「叁」

后来有一次，朗朗问我愿不愿意加入她们的日记交流小组，以便朋友间进一步加强了解和关爱。我问天福参加不参加，朗朗恨恨地说："他连周记都懒得写一个字，我们早把他开除组籍了。如果你不嫌麻烦每天给我和青薇写交流体会，我们还是很乐意你加入的。"我听了当然是欢喜，想着终于可以更好地了解兰草一样静静绽放的青薇了。这个念头未加思考地一出来，便把我自己吓了一跳。装作无意地回头瞥一眼青薇，看她正聚精会神地读书，自己不安分的心便又寻了原有的位置，稳稳当当地坐下了。

天福不愿意写只言片语，但对朗朗日记里的只言片语，却是有百分百的兴趣。无奈定好了规矩外人不得偷窥去一字一句，所以我也唯有在天福的威逼利诱面前不泄漏半点天机。只是在与青薇交换了日记之后，会因为过度兴奋和眩晕，在天福让人甚是舒服愉悦的马屁里，告诉他朗朗心中的一些小秘密，还有她对天福每日举止言行的一些"恶评"。每每天福都如获珍宝似的欣喜若狂，而后牢牢地记住了知道他新的实践。

青薇的日记里也大多是关于我们四个人的事情。她甚至细致到会把我们四个人说过的话都一字不差地记录下来，而后加一些她自己的评语。青薇的评语像她的人，空谷幽兰似的傲岸，又不失温柔恬静。我总是会在翻开她的日记的时候，很快找到与我有关的段落和句子，而后像天福一样发一会儿呆，再逐字逐句地细细研读。我记得有一次读到青薇说：“陈笑和天福一样，是个单纯得一览无余的人；可是有时候他也会有让我读不懂的成熟和内敛，在沉默的时候慢慢浮出。朗朗喜欢陈笑的睿智和敏锐，而我，却是觉得他沉静的时候有更多的内容可读。”

「肆」

这是我第一次从别人，尤其是一个女孩子那里，读到关于我自己的评语。不是像每年的成绩单上，班主任例行公事似的“团结同学，尊敬师长”之类的俗语，而是一个沉静如水的女孩子，在最真实的心态下所作的记录。

我在那页日记面前，犹豫了许久，终于半夜里爬起来给青薇写了两页多的回评。全都是问题，关于青薇一个人的。她的喜好、偏爱，她的梦想、希望，还有，她心目中最完美的男孩子的形象。那两页多的回评，自然也是被朗朗看见了。她在放学的路上喋喋不休地向我发泄愤恨，说我太过于偏心，竟是每次给青薇的回评超长；给她的，却是超短。我在朗朗的抱怨里偷偷看一旁不做声的青薇，却发现她竟也是微扬着头，极温情极美好地偷偷看着我；碰到我突然转过去的视线，脸倏地红到了柔软饱满的耳郭。

像是有什么东西在心里瞬间化了，留下来的却是让人怅惘又甜蜜温暖的一汪水，蓄积在那儿，看得清我的秘密。我终于彻悟，朗朗偷了去的原是天福的心。

可惜我明白得太晚，初二已是接近尾声，我们要面临新的分班了。那段时间学习紧张得很，可我们三个依然没有忘了在日记里交流。每天晚上上床睡觉前，我都会默默地祈祷，希望四个人依然可以在同一个班里，哪怕是一个在第一排，一个在最后一排。下课的时候，我和朗朗依然会鸡犬不宁地吵，青薇和天福也依然是微笑着看我们斗嘴；可是彼此都小心翼翼地不提考试不提分班，不提暑假不提初三。就像，脱口而出的一刹那，我们就会永远失去这样快乐的时光。

「伍」

虽然不提，分班也照样来了。天福和青薇在五楼的20班，我和朗朗，则在三楼的不同班里。开学的时候，我帮青薇搬桌椅，五十多个台阶，两个人竟是一句话也没说。是天福进来，故作轻松地拍拍我和青薇的肩，嘻嘻笑着说："有我天福大力士在，天塌下来青薇也别想受半点委屈。"我这才挠挠头，不好意思地跟青薇和天福道了再见。

日记没法再方便地交流，因为功课的紧张，老师时不时地拖堂，让四个人同路走的机会也慢慢地变少，有时候甚至是一天也难得见上一面。可我还是会时不时地跑到五楼去，找天福闲聊，天福亦是积极地下楼来找我。常常两个人在四楼的楼梯口上碰了头，不知该去哪一层聊，便傻傻地站在拥来挤去的四楼的楼道间，漫无目的地东拉西扯。上课铃声在头顶上炸响的时候，我们会停下来，在晃人眼的阳光里呆立一会儿，等铃声响完了，才无限怅惘地一个楼上一个楼下地去上课。

怅惘什么呢？我和天福其实都明白，可是谁也不愿意说。就像我们站在楼梯口拼命地讲了那么多话，却没有一句话是真正从彼此的心里，无遮无拦地流出来的。

偶尔我和天福会装作无意地提起青薇和朗朗。天福会很精确地告诉我青薇每天几点进教室，几点收拾书包回家，哪节课上又发呆走神，或是忧郁哀愁。而我也会像谈起普通朋友一样，提及在三楼走廊里遇到朗朗的时候彼此说过的每一个字，还有朗朗眼神里隐藏住的东西。谈起这些的时候，我看出天福和我一样，有隐隐的兴奋和欢喜；神情，也不再是模糊敷衍的；每一个字，都是认认真真听到心里去的。

我感谢这样的交流，让我可以知道生命的另一部分，也在完好无损、快快乐乐地生活着。哪怕只是在窗外瞥见青薇或是天福的身影，抑或是把听来的言语转化成想象，编织出一个融洽无间的聚会场面，骗骗被书本埋没的自己。

「陆」

每隔一个星期，我都会给青薇打电话，告诉她自己知道努力学习了，上课脑袋不会晃来晃去地给人挤眉弄眼，脚也不会有节奏地踢前位的屁股，更不会在课下闹得左邻右舍无法“小睡”。青薇总是很认真地听着，在快挂掉的时候，才会匆忙地说几句关于她和朗朗的事。终于有一次，我忍不住问她在志愿里填报了哪所高中。青薇顿了顿，问：“天福，他没有告诉你吗？我和他，都一样去……”我的心，哗地一下子绽放开来。我几乎朝着话筒失声高叫起来：“我知道啦，青薇，我会像天福说的，加油干，争取考试之后的胜利大会师的！”

为了天福说过的四个人相聚一中实验班的梦想，我足足掉了有五斤肉。终于在又一个暑假来临的时候，我紧握着市一中寄来的一张盖了章的薄薄的纸片，飞奔到十分钟前与天福、朗朗和青薇约好的校门口的天桥上去。

天福早已等候在那儿多时了。我气喘吁吁地还没站稳，便把手中的纸塞给他，且“强行”搜他的口袋。可是所有的口袋都搜光了，也不见半张喜庆的纸片。我的笑，有些僵。我说：“天福，你的市一中录取通知书呢？”他不看我，瞅着远远的有两个红灿灿的影子过来了，才一字一句地说：“陈笑，我和青薇，其实，都没有报市一中。因为，因为我们都要随调动工作的父母，去北京读书了……”

像是有什么人在支配着，我嘭的一声，将铁一样冷硬的拳头，狠狠地打在天福的右胸上；而后又无声无息地将倒在地上的天福，拽起来继续打。天福拼命地咬紧牙，一声不吭地任我的拳头，雨点似的一下下砸在他的颈上，肩上，背上，小腹上，还有他死死护佑住的前胸上。

这样的场面，我在两年前，曾经幻想过无数次；可是再也没有想到，会在这样“会师”的时刻，那么逼真地变成现实。

我和天福终于哭倒在滚烫的天桥上，熟悉的脚步声一下一下地慢慢移过来，像一把小锤，当当地敲着我疼痛无比的心。我闭上眼睛，握紧天福颤抖的手，说：“天福，那一拳，今天我还给你了，如果疼，就大声地喊出来吧！”

撕心裂肺般的哭声，瞬间注满我的双耳。十六岁的青春，就这样没有预期地，在炎炎的夏日里，轰然作响。

守在你隔壁

「壹」

我小时候最爱去隔壁的静美家玩，她爸妈都是做编辑的，家里堆满了各式的报纸和杂志。我和静美学习完，会窝在杂志堆里半天都不出来，直看到外面的天色渐渐暗下来，窗户旁的路灯次第亮起，她父母才把眼睛酸涩的我们从书堆里轰走。

这样美好的时光，被我珍藏在记忆的深处，久久都不愿忘记。我记得那时候的静美爱和我分享一切她喜欢的东西，而我也乐意让静美玩家里昂贵的钢琴和琵琶。常常是两个人坐在钢琴的两边，合力弹出潺潺溪水一样的曲子来。有时候我们也会故意搞坏，将一大堆杂乱无章的音符泼给整栋楼的人听，而后在他们全都探出脑袋来准备骂我们一通时，把噪音啪地停住，让他们一腔怒火活活地憋死在肚子里，而我们自己则哈哈笑倒在地板上。

这样的游戏，当然不会在爸爸面前表演。他是个领导，在家里也不乐意放下领导的架子，时不时地就拉下脸来对我训上几句。所以我宁愿去静美家吃饭，也不爱和他待在一个餐桌上。幸亏他忙得很，没有时间管我，所以我和静美才会在家里无限制地逍遥，累了躺沙发上休息，饿了便跟着静美去蹭饭吃。

她的父母皆是和善的人，这让我在吃饱了饭一个劲打嗝的时候，还不忘大大咧咧地告诉静美的妈妈："阿姨，我下午还要来吃哦，您可要多做点把我管饱噢。"静美的妈妈总是呵呵笑着刮刮我的鼻子说："小心胖小猪的胃撑坏了，我可不负责哦。"

我喜欢静美还有她的父母，甚至这种爱超过了对自己爸妈的爱。因为每每做完了作业，妈妈站在阳台上高声喊我回家时，我都有些依依不舍。偶尔妈妈放我到静美家去睡，我会当着她的面，就兴奋地欢呼"万岁"，像个逃出牢笼的小鸟，直把妈妈气得脸色难看起来才会罢休。

父母并不像静美的爸妈喜欢我一样地喜欢静美，他们对谁都是一副冷冰冰的客气。他们皆是地位显赫的人，不需要求什么人，因此也不会对什么人笑脸相迎。而静美的父母，恰恰相反，他们热情豁达，幽默又有爱心。他们将我和静美相处时的小笑话拍下来，配上妙趣横生的文字，拿到自己编辑的杂志报纸上发表。这让我过足了一番上报纸的瘾，亦让我更喜欢往静美家跑。

「贰」

高中的时候，我读文科，静美则选了理科。

功课开始紧张，我们再不能像从前一样悠闲自在地翻报纸；放学后甚至来不及等对方便要匆匆赶回家去吃饭，而后做永远也做不完的试卷。晚上学累了跑到阳台上去休息片刻，看到静美书房里的灯还亮着，我会吹几声口哨。静美听到了就会跑出来，隔着栏杆和我聊一会。也就是那时候，在我的软磨硬泡里，我才知道我和静美暗恋着的竟然是同一个男生！

那个男生是一年前搬到我们这个小区来的，在相邻的学校里就读。每天清晨，从阳台上都可以看到他跑步去上学的飒爽英姿。我总是愣愣看他跑过楼前的花园，一拐弯再也看不见了，才会背起书包冲下去，踏上自行车便跟着他慢慢地向前驶。有一次竟是跟着他进了邻校，是门卫要查我的学生证，我才满脸羞红地逃了出来。我从没有想过静美会在书房的门口，与我一样偷偷地注视着那个叫连齐的男生；又会与我一样，在日记里给他写了很多封情书，却始终没有交给他一个字；亦与我一样，守住这个粉红色的秘密，连最亲近的朋友都不肯告诉。

我终究没有把自己也喜欢连齐的秘密，讲给静美听。而静美，却是自此向我敞开了一切。每晚要睡觉的时候，她总会用歌声把我唤到阳台上去，与我分享她今天观察到的连齐的点滴。不知道为什么，我突然地很嫉妒静美。她的欣喜与快乐，可以讲给人听；而我同样的那一份，却无法与她分享；我怕在我说出的那一刻，已是深深植进我心里的爱恋，会一下子消逝。我可以和静美分享一切，唯独这一件我不能。

「叁」

我担心的事情还是来了。一个没有月亮的晚上，静美又用歌声将我叫到阳台上去。而后她一句话也没有，羞涩地把一封信递给我。我看到淡蓝色的信封上，“连齐”两个字像花儿一样微微绽放开来。我知道静美是想让我将信转交给连齐，我本应该如往常一样，欢欣地答应下来的，但那一刻，我却失了控地朝静美大叫：“你不能！”借着灯光，我看到静美温柔黑亮的眼睛，夜空一样迅速地黯淡下来。许久她才问出一句：“为什么？”而我，也是想了许久，才鼓足了勇气告诉她：“因为，因为连齐他给我写了情书了。”这样一个谎言，说出口的那一刹，我便开始后悔。我希望静美也能朝我大叫：“你撒谎！”可是她却没说一个字，转身跑回了书房。

静美自此再也不与我提起连齐。已是高三，我们有足够多的理由，骗自己的父母，为什么不再与对方“话聊”？为什么连路都不一块走？为什么见了面彼此都会脸红？而且，那时候的我，也没有精力再去想这些是非对错；因为，我的爸爸，被乱用公司资金的谣言几乎击垮，他被革职审查，或许，还有去坐牢的危险。而第一个披露此事的，是静美爸爸的报社，署名的记者，不偏不倚，也是静美的爸爸。

「肆」

那一段时间，我不敢去阳台，怕妈妈疯了一样地将我拖回去，让我不要再跟那个破记者的女儿说半个字。哪怕，我只是想去阳台上舒展一下疲惫的身心。调查一步步地深入，妈妈也变得越来越脆弱，甚至听到静美一家人在楼道里的声音，都会无休止地骂上一阵。

而我，看到偶尔等我回家的静美，竟会狠狠地一扭头，快步走开去。遇到卖报的小摊，我的心，亦会很尖锐地疼痛不止。我知道，自己再不肯原谅静美。尽管，静美曾经用沉默原谅了我的谎言，而这件事，自始至终都与静美没有一点关联。甚至被领导派去调查的静美的爸爸，也并没有什么错误。

我不知道静美在想些什么，她会不会像我希望的一样自责羞愧？会不会像别人一样拿幸灾乐祸的眼光看我？会不会早已把我这样一个一路走来的朋友冷冷地排除在外？没有人告诉我答案，除非静美自己。而我，已经许久没有与静美说过一句话了。

我很少再跑到阳台上去看那个叫连齐的男生，他自始至终都不知道曾经有两个女孩子那么疯狂地关注过他；而且，为了他，畅通无阻的心有了无形的隔阂。他依旧跑步去学校，很昂扬的姿态。有一次走过小区的中心花园，听到有人在谈论他，说他已经被保送读了北京的一所名牌大学，成为小区里第一个被保送的孩子。

那天我莫名其妙地觉得开心，很想找个人天南海北地聊上一通，哪怕那么多的废话里没有一句是关于连齐的；我只是想有个人，与我分享暗恋的美丽滋味。而我，在夜晚的阳台上站了那么久，才意识到我想找的那个人，其实还是静美。因为，我的嘴无意识地吹了已有些陌生的口哨。

就在我想逃回卧室的时候，静美隔着栏杆叫住了我。我们在清冷的风里默默对视了片刻，几乎是异口同声地说出一句话来："我有个好消息要与你分享。"那一刻，我觉得有种什么声音在心底响起，似乎是某种坚硬的东西迅速消融的声音。静美告诉我，明天的报纸上，头条登出的，将是为爸爸洗清冤名的消息。而我，亦羞涩地告诉静美，我和她都喜欢着的连齐被保送去了北京，如果她愿意，我们一起报考他去的那个城市。春天的风还有些冰冷，可是隔着栏杆伸过来的静美的手，却是那么的真实又温暖。

青春里曾经的那些摩擦和隔阂，就像春天里的风，携着让人疼痛的沙粒和尘土；可是它吹过去，却是姹紫嫣红，一片生机。而我和静美，便是其中息息相通、傲然绽放的那两朵。我们守在彼此的隔壁，守着那份初恋一样不忍割舍的友情，快乐地穿过成长中的风尘和雨雪。

丁小泽，横向与竖向都可以叫发展

「壹」

似乎一生下来，丁小泽就高我一头半。丁小泽因此站在我面前的时候，都是低头得意俯视着的。我当然不乐意总是高高昂头仰视着他，时不时地就会找机会打击他的嚣张气焰。可惜这样的机会并不多，去他家偷吃东西的时候，永远是他冲锋在前，我这矮矮的胖丫头，只有给他站岗放哨当后卫的份儿。老师问谁能帮他擦黑板，丁小泽不需说话，只鹤立鸡群地从后排懒懒站起来，就足以博得老师灿烂的笑容。大人们也总会搞错，常常在我们出去玩的时候，告诫一声，记得听小泽哥的话噢！哼，只有我自己最清楚，丁小泽其实比我还晚生了五分钟呢！

但也不是总让他没完没了的得意下去。过儿童节的时候，周围的冰淇淋店为了讨好小孩子，常常规定，一米以下的儿童，可以免费享用所有喜欢的冰淇淋。想想我大快朵颐地吃着各式的冰淇淋，丁小泽却一脸郁闷地小口咬着，这是一件多么大快人心的事啊。尽管每年过节，我都会因此肚子疼上两三天，可是谁又能否定，丁小泽不会因此向高个子的父母，哭闹上几日呢？

丁小泽因此当面叫我小肥婆，我也毫不客气，在班里公开喊他大麻竿，丝毫不畏惧他的班长地位。但还是在放学的时候，老老实实地跟着他，因为我最爱惜自己，怕一不小心被汹涌的车流卷进去，再不能有机会跟他争斗。

丁小泽倒也极负责，过马路的时候，还不顾自己定下的“男女授受不亲”的规则，紧抓着我的小胖手，大摇大摆地越过马路去。那一刻的我，却总觉得自己很像个犯人，被丁小泽牛气冲冲地押着当街示众。所以也从没有在投票选举的时候，很公正地给他一票。丁小泽从来不记恨，总是瞥我一眼道：大人不记小人过哦。

「贰」

丁小泽倒确实从没有记过我的仇，不管我怎么在父母老师面前给他穿小鞋，他都摇头晃脑地将这些琐事摇到了脑后去。倒是我这小胖子，小肚鸡肠，总想法子让他难堪。

读了中学的丁小泽，个子蹿得更快，才14岁，就已经是一个标准的帅哥。连年轻的女老师，在上课的时候，都喜欢多看他两眼。丁小泽很是深知这两眼的魅力，至少在他考煳的时候，老师们可以手下留情，不通知他的家长来“受洗”。除了打球的时候，他懂得适时地一甩头，给看台上的女Fans们一个优雅的侧影，他还开始知道臭美，竟然偷我的小镜子，临下课的时候多照几眼，以应付从教室到厕所的走廊上，外班女生们的窥视。被我逮住了笑话，他还义正词严，说：“你这小胖妞，要这小镜子有什么用，连横切面都照不全，我照才是物尽其用呢，没办法，谁让咱长这么帅气呢！”

幸亏我习惯了他的打击，否则非得把他打扁不可。我不跟丁小泽的臭美计较，他有绯闻提高知名度，我也有高高在上的成绩做资本。而且，各门学科竞赛，我从来都是名列榜首。学校里大考小考不断，我的名字也永远都在班级的新闻头条里。

而丁小泽，只有在两个考试间的短暂平静里，借外班女生的情书和媚眼，勉强地维持一下自己的风度和骄傲。

但有一次，丁小泽还是在我面前丢了脸。是在放学的路上，一群女生嘻嘻哈哈地经过我们身边。丁小泽看到她们一脸敬佩地朝我们看过来，便给我打赌说，她们肯定是在看他，而且很自信地说，如果输了就请我吃一年的冰淇淋。丁小泽于是很张扬地赶上去问，她们愿不愿意与他交朋友。那些漂亮女孩子看他一眼，便一下笑弯了腰。有一个毫不客气地说："丁小泽，别以为你个子高，长得帅，就能吸引女孩子；只有傻瓜才喜欢那种四肢发达头脑简单的笨蛋男生呢！告诉你，后座上的林小白，才是咱校所有学生崇拜的偶像噢！"

这件事沉重打击了丁小泽。竖向发展这么多年，他第一次意识到，原来横向发展的我，魅力指数已经远远超越了他。他的这一点的资本，什么时候已经开始黯淡无光?

「叁」

16岁那年，我和丁小泽同时开始觉悟。我突然喜欢上穿裙子，是那种很淑女的棉布小白裙。而成绩一塌糊涂的丁小泽，则意识到，只有往竖向发展的身体里，多塞点单词和数字，自己才不会在一年半后，永远地被我抛在这个小城里。

这样的醒悟，其实是因一个叫良森的插班生引起的。良森的到来，让我和丁小泽再没了比拼的资本。为什么上天把所有的好都给了良森呢? 一米八的个子，笑起来迷死人的帅气容颜，而且，成绩竟是比我还要好。有好几次，我的名字都被他远远地落在了后面。整个年级的女生都开始关注良森，他所住的冰城，他穿的天蓝色运动衣，他胸前戴的朱红色藏饰，他回答问题时胸有成竹的模样，他温暖磁性的嗓音，他走过时让女孩子无法呼吸的汗水的味道……

而我，用丁小泽的话说，也“很世俗地”加入到崇拜良森的女生队伍里去。没有一个女生有我的优势，可以每天走到良森的书桌旁，收取他的试卷和作业。可以在晚自习的时候，与他一起被老师们叫去“开小灶”。可以在获奖后，和他并肩站在一起合影留念。亦可以在放学后，因为帮老师批改试卷，而共走一段不足百米的小路。我减肥省下的钱，都拿去买了各式的手链和裙子。我还学了丁小泽在快下课的时候偷偷照照镜子，看自己的鼻翼两侧是不是有紧张的汗珠。16岁的我，就这样突然地在意起自己不美丽的容颜。

丁小泽开始嫉妒良森，嫉妒他连我这样只关注于学习的女孩子也给吸引了去。他的后车座不再被我压得摇摇欲坠，但他并没有因此觉得自由和轻松，反而日日心烦。甚至在他一向风光无限的球场上，看到良森远远走过来，都会一下子失了斗志。

终于有一次，丁小泽在良森无意中碰倒自己的自行车时，嫉妒的火焰腾地升起来，他一失手给了良森重重的一拳。而这一拳，却很不幸的正巧被路过的年级主任看到。

「肆」

尽管良森极力地为他辩解，丁小泽还是被主任给了个警告处分，更要命的是他体育班长的职务也给撤销掉了。丁小泽最后一点值得在女孩子面前骄傲的东西，就这样消失殆尽。

我不知道是不是要去安慰丁小泽，那么昂扬的傻大个，过去我的无数次打击，都没能让他倒下去，却是被他自己打出去的一个拳头给击垮了。男生间的嫉妒燃烧起来，原来是比女孩子的醋意还要厉害的。

我终于还是自私地保持了沉默。我想我不能在别人面前说良森的坏话，尽管这个"别人"牵我的手过了七年的马路，又用自行车载了我近十年。可是，所有这些，跟我对良森的爱恋相比又算得了什么呢？甚至我想，如果，如果良森愿意和我考取同一所大学，我会立刻将答应妈妈与丁小泽报考同一个城市的诺言，毫不留情地抛到九霄云外去。

一介平民丁小泽，自此对谁都开始冷淡。篮球场上，再也看不到他意气风发的潇洒转身。我偶尔经过操场，看到那些高个子的男生，会突然地觉得他们之中真的是没有一个人，能够与高大的丁小泽相比的。但也只是偶尔，很快我就会一心一意地只关注自己的体重是不是下降，后排的良森是不是在经过我的时候，又露出洁白好看的牙齿。只有考试过后帮老师填成绩表的时候，我才会发觉，"笨蛋"丁小泽什么时候英语竟然可以考到及格了呢？

其实丁小泽和我一样，有了鲜明的变化，只是我专注于良森，像忽略空气一样，将他完全地忽略掉了。他开始往瘦高的身体里拼命地塞着考题，就像我拼命地跳绳，将那些脂肪从我胖胖的身上甩掉一样。

生命里一个原本是过客的良森，就这样，悄无声息地改变着我和丁小泽。

「伍」

我在高三读了一个月的时候，终于鼓足了勇气，写纸条给良森，说："良森，我要去读上海的大学，你呢？"良森是过了许久，才淡淡地回复给我。他说："我当然是要读北大的，你这样矮胖的女孩子，不适合去上海吧，那里那么多漂亮的女孩子，我想你会自卑的……"

我把那张纸条撕碎了，狠狠大哭了一场。原来我在良森的心里，不过是个又丑又胖的傻丫头，他从没有注意过我，更不会知道我的胃时常地疼痛，我的心也时常地惶惑，所有在他看来微不足道的改变，都只是因为他的到来。

我难过了许久，终于有一天，在回家的路上截住了丁小泽。丁小泽扑闪着蝴蝶翅膀一样美的睫毛，足足看了我有十分钟。最后，是他像儿时那样，拍拍我肉乎乎的脑袋，说："小肥婆，怎么和我一样，蔫掉了？那么优秀的良森，我们还是不跟他比的好，反正，你再怎么努力减肥，都跑不过他的。"

丁小泽说完了就嘻嘻笑着骑车拼命往前奔，我在后面声嘶力竭地高叫着："丁小泽，是你这个笨蛋说的，横向与竖向都可以叫发展，为什么你最先退却了，不敢跟他比？！"

丁小泽又像从前一样，高声唱歌，不理会我的讨伐。可是隔了一大段的距离，我和丁小泽却知道，我们的心，绕过那个曾经让我们自卑的良森，又可以回到彼此挑剔，却亲密无间的过去了。

微笑的青词

「壹」

年少的时候我像女孩子一样拘谨又羞涩，看到大院里美丽的青词一跳一跳地朝我走过来，从不会像别的男孩子，飞快地迎过去说一大堆的废话讨好她，而是慌慌地一转身，逃掉了。

所以便常常遭同院男孩子的耻笑，说我连话都不敢与漂亮女孩子说，算什么男子汉呢？！我听了觉得委屈，见了青词，愈加的因为紧张而不敢看她的眼睛，视线总是刚刚扫着她水晶般透明的凉鞋，便迅速地收了回来；脸，在擦肩而过的瞬间，早已红了。

说不清为什么会这样害怕青词，就像许多自惭形秽的男人，在碰到青词同样美得无与伦比的母亲时，会微微地战栗一样，我对青词的美，亦有一种无法形容的心疼与不安。几年后我读到《文心雕龙》，觉得“精彩绝艳，难与并能”这样八个字，用来形容美好的青词，真的是再恰当不过了。

青春期的男生，总是会想方设法地引起漂亮女孩子的注意。大院的男孩子们常会拉帮结伙地去找青词，在她家楼下齐声大喊，直到她的母亲从容不迫地走下来，几句话便将这群毛孩子羞得恨不能立刻化为一团空气隐匿起来。我躲在对面自家的阳台上，看他们呼啦一下子作鸟兽散。青词的母亲亦微微笑着转身上楼，常会觉得很开心，一个人呵呵傻笑，直到被老妈揪到客厅里，狠狠骂上一通。

青词倒不像她的母亲那样反感这些精力旺盛的毛小子，常会在周末偷偷溜出来与他们疯得见不着人影。我一个人去市图书馆看书，回来碰见青词坐在某个男生的后车座上高声地唱歌，同样明亮的眸子里全然没有她母亲的安静与坚韧。他们风一样刮过我身边，还会齐声向我打招呼，语气里带着鲜明的嘲弄与戏谑。我捡起尖锐的石子，嗖地砸过去，却只击中他们笑声的尾巴。

「贰」

等到后来读了高一，与青词同班，而且不偏不倚地坐在她的后位，才开始慢慢地与她说话；且在说话的时候，不再躲避她黑亮的眼睛。

青词在学校里竟是个刻苦又勤奋的学生，这让我狠狠地吃了一惊。而且，她对我的态度，与在那帮男孩子面前，亦是截然相反。她常会在问完我问题的时候，并不冷冷地转过身去，而是趴在我厚厚的一摞书本上，呆呆地看我一会儿。我的脸常会被她看得莫名其妙地热起来，只好闲闲地与她搭几句话。

她总是微微笑着听我说，话依然很少，同那个周末在男生堆里疯狂高歌的女孩子简直是判若两人。有一次她看我那么仔细地整理书桌，眯着眼问我：“阿童，你是不是，很讨厌我？”我的手一慌，一本书落了地，忙忙地弯腰去捡，没想到青词早已帮我捡了递过来；我微红着脸去接，指尖碰触到她温热的手，言语便瞬间被灼得不再流畅自然，我说：“青词你很好，谢谢，真的。”青词看我涨红了脸的呆傻模样，呵呵笑道：“那既然不讨厌我，以后就做朋友，不准再躲着我啦。”

从七岁时青词一家搬到大院来住，这是第一次如此亲切地被她称为朋友，并且真的是不再躲她。我们这个大院，全是电厂职工；大人们平时都忙得很，所以一到周末，偌大的院子便成了孩子的天下。我们算是其中最大的孩子，不会玩那些幼稚的游戏，但骨子里还是不肯安分，会聚到一起去胡吹神侃。我原本是不喜欢这样的聚会的，但耐不住青词的温柔劝说，便亦时常地过去“旁听”。

这样的活动让我觉得像法国的沙龙，青词是其中优雅的女主人，所有的人都会拼尽全力地卖弄自己的言辞讨好青词，除了我。青词对这样的奉承，总是照单全收，而后望着对面角落里的我，花儿一样徐徐地吐露芬芳。

这样的神情，总会让那些男孩子嫉妒，随之便也开始注意我这个他们一向不屑为伍的陌生客，而且总是含讽带讥地拿话来故意激我。我不再像以前那样躲闪，反而因为青词，会勇敢地站起来与他们对峙。当然寡不敌众，每每都是青词来解救，才免了一场“恶战”。

次数多了，那帮男生便渐渐地对青词不满。有一次，一个着了奇装异服的小痞子挑着眉质问青词：“你是不是看上某个乳臭未干的臭小子啦？！怎么突然间对我们冷淡起来。”说完了便斜斜地瞥我一眼，没等青词开口说话，另一个高个子男生又接过去道：“是啊，青词你可想好了，别走你妈妈的老路，否则被一个没情趣的人缠住了，可是一辈子的痛苦啊！”一阵哄笑声里，青词的脸刷地变白，下唇早已咬出一排清晰的齿痕，那样隐忍和坚强，是我在她的母亲脸上，才会偶尔瞥到的。我终于忍不住，嗖地冲过去给了那两个小子一通硬硬的拳头，等他们反应过来，青词早已拉着我跑出了老远。

「叁」

幸亏与那帮家伙不读一个学校，除了周末，几乎碰不了面。但还是有些心慌，怕他们跑来报复。青词的眉宇间，亦不像以往那样娴静与悠扬。许多次，她回过头来，趴在我的书桌上，默默看我温习功课，常常上课铃响了，她还一个人发愣。我在上作文课的时候，写纸条给她，我说："青词你是不是恨我，恨我这样鲁莽，且给你招来了麻烦？"青词没有回答，却是转过身来，给我一抹温暖又淡然的微笑。

那帮家伙没有跑来还我拳头，却是更阴险地开始在大院里散布谣言，关于我和青词，还有青词的母亲的。周末回家，一帮小孩子围着我和青词嗷嗷乱叫，甚至我已上了楼，他们还在楼下朝着阳台唱不知谁编的歌谣。

我偷偷关上门，可还是被妈妈听见了，她砰地踢开我的房门，以不容置疑的语气命令道："以后不准你再同对面楼上的林青词在一块儿，她们家的人，每一个招惹上了都是甩不掉的麻烦！"我漠漠然地看妈妈一眼，没有说一个"不"字，但也没有习以为常地低头向她认错。

不知是青词还是妈妈去找了班主任，要求调位置，几天后我便和青词一南一北、一前一后地分开了。高二的功课开始忙，课下的十分钟几乎也被老师们毫不留情地给挤掉了。我和青词，竟是难得说上几句话。偶尔抬头撞上她的视线，里面的忧伤和哀愁，常常会将我的心，灼得生疼。

「肆」

暑假很快地来临，我写纸条给青词，告诉她假期里一块到学校里学习，避开不喜欢的人和事，好么？青词这次没有给我微笑，却是托人转交我一封信。

我紧紧地把信放在贴身的衣兜里，飞跑回家去，锁了卧室的门，趴在被窝里，小心翼翼地将信拆开来。

阿童：

不知道你看了这封信，会不会恨我。可还是把这封很长时间之前就该交给你的信，在我马上要离去的这个暑假，托人转给了你。

七岁之前，我和你一样是个内敛又羞涩的小孩子，却也有许多单纯的快乐和满足。后来妈妈背叛了爸爸，爱上了别人。她很固执地离了婚，却发现，那个原本爱她的人，并不愿娶她。母亲是个好强的女子，她不愿与爸爸复婚，却是一气之下嫁给了现在这个丝毫不知道疼惜她的继父。我因此恨了她许多年，且一直不肯原谅她，而且用各种各样的方式，让她伤心、失望。那帮只知道打架玩乐的小痞子，便是这样结识的。和他们在一起，真的很累，可是能使母亲落泪，我还是努力地与他们融为一起。

后来发觉终于甩不掉他们了，才把你拉了来，想借此激怒他们，从而与我断绝来往。是那次你挺身而出，勇敢地护佑了我的自尊，才让我真正地意识到，其实你是一个多么值得我好好珍惜的朋友，哪怕有一点点的欺骗，我的良心，都应受到最严厉的指责。

或许，你不会原谅我最初含了杂质的情谊，就像这么多年，我一直不肯原谅母亲对父亲的不忠。可是如果一颗心，在嬉笑轻狂的面具后，是有不容侵犯的诚挚裹挟着的，那么，你还会冷漠地将它略过吗？

母亲终于答应我离婚，回到父亲身边去了。不管他们会不会再快乐地结合到一起，我都会很开心。因为，现在这个家除了给予我和母亲无尽的苦痛，是没有任何值得留恋的了。

你说过要考复旦，那么，阿童，如果你乐意，明年的九月，我们复旦校园里见，好么？

不奢求你会原谅的青词

我哗地抓起手边的电话，拨那个倒背如流的号码。我要告诉美丽的青词，我的心里没有丝毫的怨恨；而且，如果没有她，那个懦弱又羞涩的小男孩，怎能长成一个如此勇敢又坚韧的男子汉？

圣诞之后便是春天

「壹」

盛小代是个古灵精怪的丫头。

我们第一次相识，是在食堂里排队买饭。她看一眼长长的队伍，和在队伍最后面饿成排骨的我，立刻眯眼一笑，道："美女，你只要站这里不动，我保证你立刻就会买到想要的美味。"

我奇怪地看了看这个头发微卷、眸子明亮的美少女，还没有反应过来，她就跑到队伍前面一声大叫："天哪，师傅，这菜里怎么落了两个大苍蝇啊？！"只这一句，便一下子删除掉了我前面所有的人。盛小代朝我妩媚一笑，立刻在食堂师傅的一声叹息里，自动粘贴在了我前面的空格处。

几天后，文理分班，盛小代又坐在了我的前面。我见识过她的诡计，先在心里就对这个成绩比我高几个名次的伶牙俐齿的丫头设了防。她歪头要看我画的漫画，我从来都是哗的一下用手遮住，然后默不作声地继续画。她虚情假意地说参考一下我的作业，我便冷淡回说我自己的错误我自己最清楚，不用你再提醒。她屡次找我要QQ，我都白她一眼，说：“整日在学校里听你吵嚷还不够啊。”盛小代从来不怕冷嘲热讽，用她自己的名言是：走自己的路，让别人去嫉妒吧。

盛小代就是这样，自以为是，脸皮也超厚。她看超女选拔赛，自己喜欢的美女出局，立刻郁闷说：“哼，看我盛小代明年不把半壁江山夺过来！”她上课自作聪明地抢白老师，好几天都被老师冷淡，她便自我安慰说：“看，老师也是要面子的，知道错了不好意思给我来道歉呢。”对于坐我后位的嘉南，她每每看我微红着脸，将作业本放在他课桌上时，都会悄声在我耳边道：“你这个导体效果真佳呢，这么快就把我心底的秘密传给了嘉南。”

「贰」

很多的女孩子都喜欢嘉南，她们下课后，总爱有事没事地聚到走廊的第五个窗口边，装作若无其事地朝教室里看。视线所能及的最佳位置，便是嘉南的课桌。她们很张扬地高声谈着嘉南喜欢的音乐和文学，常常因为其中的漏洞，便被一旁的盛小代揪住后得意嘲笑一番。

女生们因此都不喜欢盛小代，说有什么了不起，不就是能和嘉南每天坐同一路公交么，可惜人家连位都不愿让给你！我因此劝盛小代收敛点，别搞到成了孤家寡人。盛小代便嘻嘻笑说：“怎么会呢，有你和嘉南这样忠贞不贰的朋友在，我什么时候也不会孤单哦。”

盛小代的马屁，我和嘉南早已习以为常。三个人一块挤公交回家，从来都是盛小代一个人喋喋不休，我和嘉南则一人捧本书，悄无声息地读，偶尔眼也不抬地应付她一句。有时候趁盛小代抢座位的间隙，嘉南会突然地回转身，说：“这次你的作文，写得真好。”我看着人群里因为被人踩掉了鞋子，而大惊小怪叫着的盛小代，想，如果没有盛小代，两个人的公交该是会发生一些故事的吧。

我想要的故事，始终没有发生。我知道嘉南欣赏我的才情，但也仅仅如此。他的优秀和骄傲，让他对所有的女生都有淡淡的距离。即便是我和盛小代这样每日都同乘一辆车的朋友，也一样在相交的时候，淡如白水。但是能在不被盛小代打扰的片刻，与嘉南作片刻只有彼此才能懂的交谈，这样的秘密还是让我有初恋般的羞涩和温暖。

但，盛小代是多么聪明的女孩子啊，任是什么样的秘密，都是可以被她看穿的吧。

「叁」

记得嘉南的生日正是枫叶正红的秋天，树叶一样翩翩旋转而至。盛小代的生日也恰好在同一个星期。尽管知道嘉南崇尚简单，盛小代喜欢繁复，但我还是为了盛小代口中的“公平”，做了两件一样的十字绣。只是，没有人知道，我在盛小代的十字绣的左下侧，用英文绣了：朋友，珍惜，在嘉南的上面，却是绣了更小的一行英文：等你，在大学的校园。我去精品店里买来漂亮的彩纸，将盛小代的礼物包装成星星的模样，而后一脸绯红地把嘉南的折成温柔的心形。

我是在公交快要到站的时候，才鼓足了勇气，将两件礼物掏出来。盛小代眼疾手快，还没等我开口，就过来一把将礼物全都夺了去。看我上去抢，她便高高举起来，嬉笑道：“老实交代，真的是一样的生日贺礼么？”我在外人的注视里，涨红了脸，没说话，只是艰难地点了点头。怎么也没有想到，盛小代竟然在我的尴尬里，脱口而出：“那这个心形的，我就要定了，我要做你的唯一，而不是满天的繁星。”这样的解释，引来一车人的笑声。余光里，我看到嘉南若无其事地接过盛小代丢过来的礼物，微笑着放进书包里，开始准备下车。

命运就这样不负责任地，将戏剧性的转折漠然地扔给我，便转身在一阵疲惫的脚步声里，下车走开去。

「肆」

一个我从来不愿与人分享的秘密，就这样被盛小代轻而易举地窥了去。我突然地有些怕放学后同乘一辆车回家，在几次找理由说无法同行后，嘉南似乎就把我这个路友给忘记了。而装作没心没肺似的盛小代，却依然不到下课便做好往外冲的准备。有许多次，我看见她和嘉南在站牌下等车，不知盛小代说了句什么，一向表情淡然的嘉南，竟是笑弯了腰。我便突然地想起盛小代种种稀奇古怪的计策，盛小代是多么精明的一个女生呵，她不过是略施小计，便将我一把推出三个人的公交车。

我自此不再和盛小代主动地说话，无论她怎样地拿小吃来贿赂我都无济于事。甚至有一次她让我将作业本传给嘉南，我张口便伤她："既然你已经把我这个导体利用完了，麻烦你以后就不要再来烦我！"盛小代没像以前那样嬉皮笑脸地要赖，却是呆愣了片刻，便默默转过身去。

没有人知道我和盛小代就这样形同陌路。已是高三，功课开始紧张，嘉南为了理想中的大学，开始住校苦读。三个人的关系似乎是瞬间就淡得了无痕迹。生活像这个北方的小城，一阵冷似一阵，直到雪花飞扬，高中里的最后一个圣诞，寂然降落。

当学弟学妹们正为圣诞忙得不可开交的时候，高三的教室里，似乎依然是一片沉寂。贺卡纷飞，唯独忘了我们这群特殊的群体。老师们说，允许春节晚会，放半天的假联欢，至于圣诞就免了吧。没有人提出异议，只有盛小代，低声一句嘟囔："为什么？"无人回答她的疑问，大家又全都埋头到书本中去，为黑板上倒计时的醒目牌子，争分夺秒。

「伍」

圣诞节终于来临，除了走过低年级教室时，看到门口摆放着的挂满糖果的圣诞树，和里面张灯结彩的喜庆模样。这一天，对于我们似乎没有什么区别。直到夜晚降临，窗外开始飘雪，第一节晚自习快要下的时候，一个身上落满雪花的“圣诞老人”，抱了一大堆的贺卡，出现在教室门口。

当她开口对第一个同学说出“圣诞快乐”的时候，我便知道，这是盛小代。我看她一个一个地将礼物分发下去，每发一个，便给人一个大大的拥抱。教室里死寂的气氛，像她身上的雪花，瞬间消融。许多人开始主动地过来讨要礼物，而后给她一个热情温暖的拥抱。那样许久没有见过的温情，突然地让我们嗅到了离别的伤感。圣诞之后是春天，之后便是离别，为什么我们不能在这样一日少似一日的时光里，像盛小代一样学会珍惜和宽容？

盛小代是最后走到我和嘉南身边的。她从衣兜里，掏出一个大大的圣诞袜，而后晃晃，调皮地说：“嘉南，这里面装满了我们三个人同乘一辆公交的快乐时光，记住哦，半年后，我和小美是要赖着与你同乘一辆校车的。”嘉南没有言语，却是给了盛小代一个结实的拥抱，有女孩子稍稍地起哄，但只有我才真正清楚这一个拥抱里，包含了多少的留恋与真情。

盛小代送给我的，也是一样的圣诞袜，上面亦是绣了同样热烈如火的一颗心。我抱着盛小代，说：“死丫头，为什么你非要把每一个人都弄哭才肯罢休呢？”不必再说什么了，我想盛小代明白我的眼泪，就像我明白她给我和嘉南的拥抱，是同样的温柔。这个粗心大意的丫头，她其实有着怎样一颗柔软敏感的心呵！

雪花，一片片地在天地间绽放。我们三个人伏在阳台的栏杆上，看这冬天的精灵漫天飞舞。嘉南说，圣诞之后便是春天。我说，之后便是离别。盛小代嘻嘻笑着接过去，可是离别之后，我们三个人便可以同乘一辆校车，这样的时光该有多美。

原来青春，如果你真正懂得，它便可以一直美好。

韩小代，我们一起反悔好不好

「壹」

韩小代是个恶俗的丫头，从小便是。

五岁的时候她就知道臭美，拿妈妈的胭脂把自己的脸蛋抹得像猴子屁股；还处处留情，见到漂亮的小男生，就骄傲地瞥人家一眼。这一眼的魅力，不是谁都能抵挡住的。用韩小代的话说，我就是这么被牢牢粘了去做她的跟屁虫的。但她却又拒绝承认我是个漂亮的家伙，她自认为是班里最好看的女生，至于男生呢，她则不屑一顾，说："我还没看见一个值得我看第二眼的小帅哥呢。"

所以我讨厌韩小代，当然也讨厌自己，为什么就这么没骨气地做了韩小代的跟班呢，不就是个班长嘛，值得我这小组长如此阿谀奉承吗？

可到底还是忍不住，不仅在学校里喜欢在她发号完施令后，自己冲锋在前，勇敢表现；即便是回了家，也喜欢在五楼阳台上朝上喊："韩小代，我们去滑旱冰好不好？"韩小代总是磨磨蹭蹭，看我在楼下等得不耐烦了，她还一脸的道理，说："女孩子嘛，当然要适时地高傲一下，否则，你们这些小臭男生，还不整天蚊子一样围着我转，让我烦死啊。”

韩小代就是这么自以为是。但这并不妨碍我们在旱冰场上，表演双人滑的时候，她紧紧拉住我的手，丝毫不放松。大人们都说，韩小代平时像个不可一世的小公主，怎么一到了旱冰场上，就唯陈致哥马首是瞻呢？我对这句话一向是得意，韩小代却从来都是一翻白眼，道：“我哪是佩服他的技艺啊，只不过是担心我摔坏了，他不幸挨父母一顿打罢了。”

即便是这样，韩小代还是喜欢穿了火红的运动衣，紧拉着我的手很张扬地在清晨或是黄昏的大道上飞驰。我厚着脸皮说这叫“冰上情侣”，韩小代就“呸”我一下，说：“你看见哪个童话书上，有像你这样又笨又傻的王子呢？”说完了就哼着歌一个人滑开去，任我的脸瞬间就成了难看的酱紫色。

「贰」

我们14岁的时候，韩小代就不在公开场合拉我的手了。但她还是那副贬死我不偿命的神气模样，上课我回答问题，从来没有让老师满意过，却会让韩小代满意，因为她永远都是那个高高举起手来，给我作完美补充的优秀生。老师们时不时地就会批我一通，一旁的韩小代就会习惯性地插一句话，结束老师们的喋喋不休。她说：“老师，您不用浪费时间批陈致了，学习可一向不是他的专长哦。”这样一句灭我威风的话，韩小代却是振振有词，说：“要不是我美女救呆瓜，指不定你受老师的冤屈更多呢！”

对于这样的解释，我只能在背后冲韩小代挥挥拳头而已。因为，韩小代的作业永远具有参考价值，考试之前的霍霍磨刀如果缺少了她，我会永远锈迹斑斑下去。而韩小代，也时常地会给予我充足的自信和勇气，让我扮演一下英雄的角色，替她挡下一个又一个无聊的追求者，回复一封又一封错字连篇的情书；还有，被女生们集体孤立时，出租自己的肩膀给她一用。

我以为值得韩小代看第二眼的男生，永远都不会出现。直到有一天我们又去旱冰场，碰见那个被韩小代称为将她的心一下子射穿了的家伙。

据韩小代说，那个叫林翰声的男生，其实早就开始注意她。“看见每次去滑旱冰，场外那么多给我们加油助威还有吹哨的家伙了吗，那肯定都是翰声的死党，知道他要追我，便来给他鼓劲。”我很不屑韩小代的自吹自擂，却知道，韩小代这次是真的陷进去了，而且，那个高我们一级的家伙，亦是真的，开始追求韩小代了。

我突然地很讨厌去滑旱冰，尤其是双人滑。那样飞扬的姿势，会给韩小代迎来满场的喝彩，而作为配角的我，除了被林翰声的同党们讥笑，并不会有丝毫的荣耀和光环。甚至，连女生们都会同情我，明明是韩小代已经有了护花使者，我还跟在人家屁股后面，做无用的跟屁虫。

我终于痛苦地下定决心，此后再也不陪韩小代去旱冰场了。

「叁」

我以为这个决定会让韩小代吃惊，没想到她惋惜的语气里竟是有一丝丝的兴奋，她说：“陈致，那以后周末我就找翰声去滑了，你可别后悔哦。”

怎么会不后悔呢，韩小代不知道，其实在我说出口的时候，我就已经后悔了。可是我已经不会再像儿时，可以口无遮拦，亦可以在决定说出口时，立马厚着脸皮反悔。十几年一起滑过来的时光，说放就放了，韩小代做得到，我却是无限地留恋且感伤。

我就这样让林翰声轻易地拉住了韩小代的手。不仅是上课韩小代会出神地去想他，或是让我给她做掩护，偷偷写情书给林翰声；即便是课间的十分钟里，她还会疯跑到几十米外的另一栋教学楼里，气喘吁吁地爬上六楼，只为给他送一朵纸叠的玫瑰。放学后我更是连话都难得跟她说一句，就被她甩得无影无踪。当我一个人孤零零地骑车回家时，我知道那一刻的韩小代定是娇羞地坐在林翰声的后车座上，在他的口哨声里微闭起双眼，做一个粉红色的白日梦。

有女生便挖苦我，说："怎么样，韩小代果然是个见色忘友的女孩吧，你这么铁的哥们，不也照样被她弃之不顾了吗？"我很想反驳她们，其实韩小代还是那个没心没肺的丫头，她在写完情书的时候会拿给我过目，在林翰声不小心冷落了她时会找我哭诉，在收到礼物时会让我代她收藏；可是为什么，我却宁肯让它们憋在心里，也不愿与人讲呢？

但还是有一天，我一个人呆在教室里绞尽脑汁地想一道数学题，韩小代一头闯进来，看我一眼，随口道："陈致，你怎么学会用功了啊？"我在这句话里，突然地有些难过，忍不住就讽刺她："哪像你，只顾得谈你的小恋爱，当心被父母老师们发现了，让你们成为棒打的鸳鸯。"韩小代嘻嘻笑着凑过头来，说："只要你不去告密，他们怎么会知道呢？"

这句话在我脑子里盘旋了一个星期后，终于让我像当初放手韩小代去飞一样，下定决心，不让韩小代继续这样将我这个朋友漠视下去。

「肆」

我很轻易地就在收作业的时候，将韩小代的一封情书，偷偷放进了她的作业本里。而后又把另一封，投进她家门口的信箱里去。我以为这样做的结果，无非是韩小代被父母老师私下里批一通而已。韩小代一向是老师宠爱的优等生，父母更是将她视作掌上明珠，他们怎么舍得让她丢掉面子呢？况且，那个叫林翰声的家伙，不过是学校里出了名的小混混，他们定是以为韩小代是一时糊涂，才没头没脑地陷进去的吧。

可是，老师却在班会上，愤愤地将韩小代批了半个小时。而韩小代的父母，听说专门找到学校里来，非要让那个带坏他们宝贝女儿的臭小子写书面检查不可。

韩小代一下子全校出了名。尽管她一直期盼着能成为学校里叱咤风云的人物，可是，以这样的方式却并不是她所想要的。

韩小代的父母开始轮流接送她，我盼望中能像以前那样载她来去的时光，终于不再回来。骄傲的韩小代，一下子沉默下去。甚至对于我的背叛，她都不愿意追究。她只是说："陈致，我们以后不要再做朋友了吧。"

这样一句短短的话，却让我看清韩小代的心，真的是留下了一道深深的伤痕。不管我怎样去弥补，怕是它们都不会了无痕迹地消失掉。

可是，韩小代，这个叫陈致的家伙，经常在做错了事后，就不可救药般地后悔，你知道他这样的坏毛病，为什么还不肯原谅他？

两家的大人在碰了面后，常常会很惊奇地说，这两个孩子，怎么突然间陌生起来了，17岁的小孩子，莫不是真的成熟到有了心事只肯在日记里说？可是那么皮实的两个家伙，怎么会变化这么快呢？

或许真的是这样吧，17岁的我们，再不会像从前，肆无忌惮地揪对方的小辫子，对于自己的尊严，更是高傲到不允许任何人来轻视。可是，如果这就是我们一直渴盼中的成长和成熟，那我宁肯不要这样的自由和虚荣。

「伍」

骄傲让我们孤单地度过了最后一年多的高中生活。韩小代被北京的一所大学录取，我如父母预料中的落了榜，而后任由他们安排报名参了军。那是我们在一起的最后一个暑假，我几次鼓足了勇气，想站到阳台上去，像儿时那样冲楼上的韩小代高喊，让她去做我的"冰上情侣"，可都错过了。这样犹豫着，便在信箱里收到了韩小代的纸条。

韩小代说："陈致，我去了海边的外婆家度假，原谅我的不辞而别，还有那句在我说出口的时候，就已是后悔的话。陈致，是不是那个老爱讽刺挖苦打击你的丫头真的长大了呢？否则，她那么想在这个暑假里与你穿了火红色的衣服，在宽敞的大道上双人滑，怎么连这样的勇气都没有了呢？呵呵，或许真的像妈妈说的，时间如水缓缓流过去，我厚厚的脸皮，就这样变薄了……"

被韩小代一路打击过来，都没有落过一滴泪的我，怎么就在这样的话里，心一点点地变软，不争气的眼泪也随着慢慢流下来？

那样天真愚蠢、快乐美好的时光，终于在我们一次次的反悔里，再不会有。

给你最温暖的绽放

「壹」

天气暖和起来的时候，微安从自己的位置上，能够看到窗外草坪上的连翘，从杂乱的枝条间，咕咚咕咚地冒出小小的黄色的花朵。微安觉得那些花朵像乡下夜空里的星星，或者是泥路上小虫子的叫声哼哼唧唧的，撒娇似的想引起人的欢喜与怜爱。于是她在课下总会看得出神，连带着听不见人的唤声。

那天就是这样，她正懒洋洋地在阳光里，趴在窗台上欣赏那一片活泼的花，有人在背后喊了她许多次，她都没有听到，有到那人拍拍她的右肩，她才吓了一跳，转过身来看见身后的朴至，正抱着一叠数学作业本，微微笑看着她。她的脸倏地红了，赶紧俯下身将最后一道习题急慌慌地做完了，递给显然等待良久的朴至。

朴至翻开她的作业，看一眼，而后笑道："你的字像你专心看的窗外的连翘，一小朵一小朵的，很美。"微安低下头去，没有吱声，手胡乱地收拾着桌面上的东西，一不小心，却将身后朴至的一本书，给碰落在地上。这次微安简直是想要瞬间化成一粒微尘，顺着那一缕光线飘出去，永远都不要再被朴至看到才好。

偏偏穿过讲台的朴至，一扭身，看到了。他重新走回来，将厚厚一摞作业本放在微安桌上，自己将落在地上的书捡起来。他又与微安开玩笑：“天干物燥，小心美女。”他说这句的时候，旁边恰巧经过班里有名的八卦女生陈晓南，她几乎是尖叫起来：“哟，帅哥眼里出美女，不愧是‘朴才安貌’呀！”

陈晓南的声线极具穿透力，这一声喊叫很快划破教室的吵嚷，将大部分人的视线全都吸引过来。陈晓南对于这样的聚焦，更加得意且口无遮拦：“嘿，朴至课代表，什么时候你也会对我这么耐心啊，我记得以前无意中碰落了你一本书，你可是惩罚我帮你收了三天作业呢。”

周围人皆大笑起来，微安在这样陌生的笑声里，局促不安，想要逃掉。她希望朴至什么都不要说，悄无声息地走开最好。这也是她一向的处世方式。在这个全市最好的中学里，微安是一朵乡野的槐花，或者最不起眼的枣花，站在那花团锦簇的牡丹或者玫瑰中间，她自觉卑微，便隐匿起来，只用那香气撩起春天帘子的一角。

可是，朴至却是走到陈晓南的身边，不卑不亢地对她说：“知道为什么么？那是因为，我喜欢。”

「贰」

我喜欢，就这三个字，无异于一枚炸弹，在高二（3）班的教室里，砰一声炸响。

微安就在这样的响声里，犹如那烟花，成为众人抬头仰望的焦点。而仰望之中，那绽放时的疼痛，却只有微安自己知道。

几天后的一个黄昏，微安在放学必经的一条小路上，遇到了朴至。微安不知道这是偶遇，还是朴至故意在此等她。但朴至站在街边用彩笔在墙上涂鸦的认真，让他看起来的确很像与微安偶遇的样子，甚至他无意中回头时的惊讶，都做得天衣无缝。而微安还是从小路上凌乱的脚印里，知道朴至已经在此，等待她很久。

微安低头踢着一小块石子，嘴上却说："你的画很好看。"其实她根本没有来得及看一眼朴至的"大手笔"，这样妄下结论，不过是为了找点话说。不想朴至却是看穿了她，笑说："我觉得让你自愧弗如的还是我的人帅，不是画美呢。"

微安被这句话，给逗乐了，一直萦绕在她与朴至间的那种若有若无的隔膜，犹如冬末窗户上的最后一朵冰花，不过是一小片阳光射过来，便倏然化掉了。

此后朴至便成了微安在这个学校里，最好的也是唯一的朋友。朴至是个乐观豁达的男生，热爱足球，但并不像那些天天站在食堂电视机前，评头论足且咋咋呼呼的男生们那样张扬。他有独特的视角，看待任何问题都不盲目随从，但也不固执到坚持己见，否则与微安这样的女孩，是不会如此融洽地相处。

朴至的数学，好到几乎是无师自通，但数学课上，他并不会频繁地举手打断老师的思路，或者抢夺别人的表现机会。而微安则是最害怕数学的那一个人，她害怕老师将她叫到台上去出丑，更害怕台下女生们带着嫉妒的指点。但自从与朴至在一起，她就不再惧怕。想到朴至就在台下用鼓励的视线看着她，微安就觉得温暖，而且思路竟是打开来，可以顺利完成老师的问题。每一次微安鼻翼带着小小的汗珠，从台下走回座位的时候，她都会看到朴至翘起拇指，并将一直折叠好的青蛙放在一本书里递给她。这些"呱呱叫"的青蛙，微安都小心翼翼地夹在一个本子里，每每烦恼的时候打开来，看到上面朴至画上去的各异的神态，俏皮的、大笑的、怪相的，微安便会心情好起来，转而连舅妈对她的抱怨也一起忘在了脑后。

「叁」

可是微安忘记了舅妈的絮叨，舅妈却并不会忘记了她。

当初微安之所以来这所学校，完全是靠了舅妈的面子。她是这所学校受校长器重的高三的英语老师，微安的父母离婚，各奔东西，无暇关注微安，就将她交给了姥姥，而最疼爱姥姥的小舅，自然是担负起微安暂时的家长角色。

微安从小就被舅舅喜欢，甚至胜过与她同龄的表弟。所以每次回到家里，表弟懒散不肯关了电视学习，舅舅便大声呵斥他，说：“你要有你表姐一半的用功，就不会每一次都被人挤到下游去了。”表弟心里不满，但并不会直接表现出来，而是每次睡觉前，看到微安亮着的灯，都会恨恨砸一下门。微安对于这样的敌意并不放在心上，况且在人屋檐下，微安也学会了容忍，只要可以顺利地读完高中，考上一所喜欢的大学，最好是能与朴至在同一所学校，那么，微安可以忍耐一切的烦恼。

但还是有一次，舅舅抄起笤帚追上来打表弟的时候，他大喊出来：“别以为她在你眼里就那么完美，听说她还跟我们年级的头号帅哥早恋呢。”这一句过后，客厅里有片刻的安静，但这安静里，却隐藏着暗涌的波涛。第一个发作的是正在收拾碗筷的舅妈，她很严厉地看着微安，冷冷吐出三个字：“真的么？！”

微安一直惧怕舅妈，所以看到舅妈威严的面孔，几乎快要哭出来，但她还是极力忍着眼泪，低声回道：“我没有。”却不想，这三个字引来舅妈更大的愤怒：“撒谎！你们老师早就给我说过了，你自己不好好学习也就罢了，还干扰人家优秀分子！”

微安的眼泪哗哗流了出来。她站在客厅里，感觉自己像一只要逃窜的小老鼠，可是明晃晃的地板上却没有一个洞口可以让她能够安放自己的心。舅舅走过来，拍拍她的肩膀，说：“回去温习功课吧。”微安的心，才在仓皇之中，找到了一丝的依靠。

「肆」

第二天微安在学校的鹅卵石小路上，遇到了朴至。朴至见她低头不语要擦肩而过的冷淡，依旧是笑：“三日不见，当冷目相看呢。”微安想要笑的，眼泪却是先于微笑，流淌出来。

朴至慌了："微安，谁欺负你了吗？"微安摇头，只说："要上课了，赶快去教室吧，老师看到了不好。"朴至却是拦住她："为什么不好？你究竟怕什么呢？怕你那个自己是小痞子还嫉妒别人开心的表弟么？或者，是你威严的舅妈？"

微安的心像是被人重新撕开了伤疤，那血流出来洇湿了包裹一颗心的外衣。

微安没有停下来继续回答朴至的问题，她知道现在应该做的，就是离开朴至，远远地离开。这是对朴至的最温暖的好。

微安被老师找理由调了座位，在前排老师们触目可及的位置。上课的时候走神，她再也看不到窗外可爱的连翘，或者洁白的玉兰。更看不到朴至的影子被阳光投射到她的桌面上，她用铅笔为他轻轻勾勒一个轮廓。她与朴至，一南一北、一前一后地坐着，彼此寻不到目光，也找不到可以相遇的小径。

班里关于微安与朴至的流言，并没有因此散去。依然有嫉妒微安的女生，在课下的时候，故意聚在她的周围，嘁嘁喳喳地提起朴至，说他刚刚获得的省里数学竞赛的一等奖，又说他有可能被保送去某个名牌大学，还说有些人不自量力，不知道自己成绩不好，还试图攀附一株高大的法桐。

微安常常难过，但并不搭理，可是她却并不能阻止朴至。终于有一次，几个女生在走廊上，正说得欢畅的时候，恰好被朴至听到。朴至当即走到那群女生面前，让她们道歉，起初她们还试图争辩，最后还是没有抵得住朴至的坚决，写了纸条给微安道歉说对不起。

当天放学的路上，微安拦住朴至，她尽力冷漠地说："以后我们不要再做朋友，你有你优秀的保送之路，我不过是一片绿叶，没有人会希望叶子遮住了花朵。"

微安以为这样伤人心的话，足够让骄傲的朴至转身离开。可是，朴至却是朝她大喊："知不知道，你快要丢掉你自己了！绿叶还懂得追寻阳光的方向，你却连一份友情都不敢接受！难道你就希望在这个学校里，连一个朋友都没有吗？你忘了你说过的话，要与我考同一所大学了吗？你逃避的不是别人，而是你自己！”

微安终于蹲下身去，放声地哭泣。这是她来这所学校以来，唯一放声的哭泣，是这样的大哭，让她又重新感觉到昔日朴至给予她的温暖，那种春天阳光遍洒在书桌上的温暖。

微安知道，这一次的眼泪里，不再有任何的惧怕与惶恐。

爱恋某个人真是奇妙的一件事，它会让一个曾经连羞涩都不懂的女孩子，突然地那么细腻和温柔；会让她原本简单枯燥的时光，一瞬间便妙曼多姿，缤纷如画。而她自己，亦在其中，渐渐浸染出最美丽的颜色和轮廓。

我以为一场暗恋，结束的时候，什么都不会改变；但不经意间，它还是那么铭心刻骨地，被青春记住，且改变了我们的年少时光。

卓尔终于知道，那个吹口哨的男生，怎样将一束被自己丢到角落里的菊花，等到花残叶落，等到时光不理他们任何一个，慢慢流过。

爱恋溪

暗恋这样改变了我们的年少时光

微安就在这样的响声里，犹如那烟花，成为众人抬头仰望的焦点。而仰望之中，那绽放时的疼痛，却只有微安自己知道。

当我把一颗心，交给霸道又侠义的林小沫的时候，我知道，那个秘密，我还是会“自私”地，永远锁在无人知晓的角落。

幸好，没有了森的爱情，我还有辰邦。他陪我走过那段雨水丰盈的年少时光，而我，则可以像爸妈所希望的那样，被天使派到人间来，就是要陪着辰邦，走这一生的。

18岁的苏成智，围着我送给他的洁白的围巾，在热闹喧嚣的人群里，像童话里开心又幸福的王子。

我们曾经在一个校园里，彼此亲近，彼此疏离，彼此嫉恨，彼此向往，到最后，再多的恩怨，都抵不过一场席卷而来的高考。

樱花飞尽，我的这场漫长忧伤的暗恋，也终于结束了。

这是一段很短暂的时光，短暂到在顾子凯的心里，或许从来就没有存留过影子，即便是爱开玩笑的宛顷，也未必记得，但却在苏小杭的心里，落下了种子。

谁能闻得到深蓝路上的花香

「壹」

唐宋家的小花店在深蓝路的尽头，每天早起帮妈妈把含苞的花儿运到店里来的时候，唐宋都不舍得去洗手。他喜欢那种深深浅浅的味道，像是夏日傍晚若有若无的灯光，洒到哪儿，哪儿便有了慵懒又淡雅的朦胧美。

而且，这样的感觉是会飞的哦，它可以伴着唐宋一直到深蓝路的另一个尽头。在那里唐宋会碰到舒涵，她总是会微闭起双眼深深吸一口气，而后笑道："唐宋，今天你们家花店里，肯定又有许多漂亮的花儿开了吧。"她并不等唐宋作答，便和一大群男生，在门卫的喊叫声里，嘻嘻笑着滑进了校园。

唐宋看看单车上绿色的印痕，还有无意中碰落的扶朗的花瓣，觉得生活真的是像妈妈说的那样，处处都有花儿绽放的声音呢。

唐宋是什么时候开始喜欢上这个海滨小城的呢，他自己也说不清楚。他跟着妈妈去过很多的地方，对每一个城市都浮光掠影地记不清晰。身边的人，亦是如此。他们叫不出他的名字，他也不期望谁能将他记住。偶尔有喜欢他的老师，也只是在上课的时候，很响亮地喊他的学号。

这样不断地转学，唐宋收获的只是一张张的学生证，每一张上的照片都是略显寂寞的按时间的顺序排列起来，唐宋便看到了自己在漂泊中走过的岁月。

舒涵是第一个像朋友一样和唐宋说笑的人吧，他插到这个班里来，还没过一天呢，就听见舒涵站在讲台上，很开心地朝他喊："唐宋，你知不知道我的学号是多少啊。"唐宋在许多人的注视里，脸微微有些红，还没有来得及作答，就又听见舒涵笑着嚷："唐宋，为什么老师非得要你多吃一个茶叶蛋，变成660呢？"班里一下子笑成一团，唐宋拿起笔在纸上胡乱地画着，是上课铃响了，才意识到怎么纸上画满的全是66呢。

唐宋就是从那一天之后记住了舒涵，也记住了舒涵明黄色的单车。当然，还有她每日都要经过的深蓝路。唐宋不再像以前那样只专心于学习，他开始起得更早，帮妈妈侍弄带着露水的花儿。妈妈总是劝他多睡一会儿，这样上课才会有精神。唐宋很想告诉妈妈，他已经知道要好好学习啦，等自己读了大学，一定不会再让她这么辛苦地到处跑，他要买一栋敞亮的房子，能看得见海，亦能闻得到花香。可是他怕妈妈会笑话他说，唐宋怎么这么快地就喜欢上这个城市了呢，是喜欢上这里小巧的女孩子了吧。如果妈妈真的是这样说，一米七五的唐宋，也会像女孩子一样，羞红了脸哦。

「贰」

舒涵在班里宣布骑车去郊游的时候，唐宋是第一个报的名。

舒涵很认真地在纸上写下他的名字，而后抬起头来，眯眼笑道："唐宋，你去过那么多的城市，最喜欢哪儿呢？"唐宋看着舒涵手里转动的笔，轻声道："我觉得还是海边的城市最好，感觉清爽，而且，这里的人也善良。"舒涵呵呵笑起来："这么说，你和妈妈以后会在这儿定居啦，如果你和我一样打算考这个城市里的大学，我们能做更长时间的同学呢。”

那一刻的唐宋，一时不知道说什么好。他想自己是太激动了吧，竟然在沉默了片刻后，傻傻地看着舒涵道：“肯定会的。”倒是舒涵，站起来用笔敲敲他的脑袋，狡黠地笑道：“唐宋，知道吗，你是个很可爱的男生呢。”

唐宋晚上睡不着，想起白天的那一幕，突然觉得有些难过，舒涵一定是觉得自己傻得可爱吧，有谁会像自己一样，看见别人的一抹微笑，就要承诺永远对人家好呢。况且，人家只是一句玩笑话也说不定啊。

唐宋想了许久，在周末郊游的时候，还是偷偷用零花钱，买了22朵扶朗花。22个去郊游的学生里只有几个女孩子，舒涵理所当然地，成为最引人注目的那一个。出发前，大家都把单车停在了深蓝路的一棵大法桐树下。唐宋是最后一个到的，他很细心地把花一朵朵插到每一个车筐里，而后跑到路的对面去，遥遥看着那么鲜亮的一道橘红色，带着温暖洁净的黄，在清晨的风里，温柔地冲着他绽放。

唐宋只在日记里写给自己看，此外谁也不知道，那22朵扶朗花，其实都是送给舒涵的。尽管它们插在不同的单车上，可是芳香却都是飘给一个人的。也只有唐宋才知道，舒涵单车上的那朵花，与别人的是不一样的。

他在它汁液饱满的茎上，画了一个小小的心，只有很仔细地看，才能窥得到淡淡的痕迹。

那一天的唐宋，看见舒涵高高举着他送的扶朗花，在海边开心地跑来跑去。唐宋的心，就这样在她的奔跑里，有节奏地跳动着，就像她手里的花儿，快要欣喜地飘落下来了……

「叁」

那次海边之行后，舒涵很明显地开始将唐宋视为朋友。放学的时候，她还会在校门口等他，看见他推了单车过来，就很张扬地高喊："唐宋，我们一块飙车回家吧！"唐宋于是便在许多高大男生的侧目里，很友好地冲舒涵笑笑，算是作为回答。

唐宋说不出为什么和舒涵在一起，他的语言变得更少，却觉得心安，小小的喜悦像船帆一样涨满了他的胸腔。舒涵的声音乐曲一样美妙，一路沿着深蓝路驶开去，唐宋感觉幸福得像一尾鱼。夏日的傍晚里，妈妈小店里的花香，浅浅淡淡地延伸了整条深蓝路。唐宋看着总是将他落下一大截的舒涵，在前面高喊着他的名字让他加油，突然明白这么多年跟着妈妈在城市里飘来飘去，原来只是为了在这样一个暑气渐退的傍晚，和一个叫舒涵的美丽女孩子骑车回家去。

每每唐宋快到花店的时候，舒涵都会啪地跳下车来陪唐宋走一程。只是短短的几十米，唐宋却觉得呼吸都有些困难。舒涵也是，只不过她说是因为花香愈来愈浓，让她不舍得去呼吸，怕一呼气，就吹淡了它们。

唐宋家的花店橱窗里，摆满了许多盆水仙，有顾客惊诧于它们的安静和雅致，要掏钱买，却都被妈妈给拒绝了。她说这是唐宋自己养的，只有闻着它们的花香，他才能安然入睡。妈妈并不知道，从来不说谎的唐宋，这次却是撒了谎。是一次无意中聊天，舒涵说起自己最喜欢水仙，因为水仙的根，是长在流动的水里的，它的生命因此便没有把握；可是它的花儿却有一种极致的美，而且，并不张扬；它们永远都是侧头绽放的，不像许多的花昂头怒放，带着不可一世的骄傲和霸气。这样的解释，让唐宋觉得感动。他想原来自己的人生，还可以像水仙一样，在不确定里活出平心静气般的美好和淡然。

舒涵每次看到这几盆安静绽放的水仙，总是会凝神站上一会。看得出她很是喜欢，但不论妈妈怎么说，他都没有开口说送舒涵一盆。妈妈当然不会明白，只有这样，舒涵才会在放学后，一次次等着他，和他细细碎碎地说上一路，猜测着今天又会有哪一盆水仙开到最美。这样小小的计谋，或许会被舒涵错认为小气吧，可唐宋还是坚持着，就像坚守着对舒涵的爱恋，对她都不肯说。

「肆」

可还是有人开始说唐宋的闲话。舒涵肯定是不会在意的，她还偶尔开玩笑，对着其他的男生，将小小的脑袋靠在唐宋瘦削的肩上，笑问道："看我们像不像兄妹？"那些眼神飘忽的男生便起哄，说唐宋这小子有这么好的运气吗，将我们的校花都能吸引了去？唐宋在这样的时候，便会悄无声息地走开去，任舒涵怎么喊他，都不回头。

有一次，唐宋还被一个很壮实的男生在路上截住，他很霸道地将几张钞票塞进唐宋的口袋里，说："帮我在你们家花店里挑一盆漂亮的水仙，送给舒涵，记住啦，要最好的那一盆。"唐宋将钱狠狠摔到地上去，飞快地便跑开了。

唐宋知道许多男生误会了舒涵，他们以为舒涵喜欢上了沉默的唐宋，但只有唐宋才明白，她只是喜欢上唐宋家小小的花店，还有那馥郁或浅淡的芳香。他们亦误会了唐宋，其实唐宋希望的，只是能让这份若有若无的爱恋深藏在心底，连舒涵自己都不要来打扰。这样他觉得跟妈妈漂泊在外的岁月，才会变得恬淡且美好。

班主任将唐宋叫出教室去的时候，班里起了一阵不大不小的骚乱。唐宋透过教室的窗户，看见许多人在幸灾乐祸地嬉笑，而舒涵则若无其事地继续埋头看自己的书。唐宋看见舒涵脸上的表情，有一阵难过，但他还是很清晰地对班主任说："老师，你放心，我知道自己会怎么做的。"

唐宋将那几盆用心养着的水仙，都送了舒涵。舒涵笑着问他："怎么这么大方了呢。”唐宋也笑，说：“不知为什么，闻见它们的香味，常会失眠，正好你喜欢，就拿去吧，以后，也不用天天多绕一段路，去花店里看它们了。”舒涵有些不好意思地低下头去，而唐宋却是扭头迎着夏日的凉风跑开去，唐宋第一次，很大声地喊：“舒涵，记得要好好照顾它们啊！”唐宋知道，这句话，也是说给自己听的，是过去那个羞涩又忧伤的自己，那个十二岁失去了父亲后，就在各个城市间几乎将勇敢和微笑给丢掉了的自己。

十七岁的唐宋，不能和默默喜欢着的女孩子一起骑车回家去。可他还是觉得欢喜，因为再没有人会来打扰他心底的爱恋，这样一份感觉现在只属于他自己，只由他一个人来照顾。而深蓝路上的每一缕花香，自此，他也会记得愈加清晰且深刻。就像这个城市的味道，一点一滴地开始植入他的心底一样。

雪地上的天使

「壹」

当冬天的第一场雪温柔地铺满整个校园的时候，苏小杭结识了宛顷，并因此与她仰慕的顾子凯开口说了第一句话：“你好。”

那是外教Jack在全校举办的一个有关圣诞的绘画展览，苏小杭的画作被评为一等奖。她是个羞涩内秀的女孩，从不曾在公众面前大声地说话，或者在台上发表获奖之类的感言。主持人宛顷在台上叫了许多遍她的名字，她都不肯站起。除了本班的同学，几乎没有人能够认得出苏小杭。她在角落里听见周围人环顾着找寻她的影子，愈加紧张，甚至想要逃出礼堂去，随便谁去领奖台上的奖品。但还是有眼尖的同学，看到了低头努力绞着发梢的她，并起哄着让她站起来。

苏小杭最终在宛顷的一句话里，勇敢地走上了台。宛顷说：“嗨，苏小杭，快上来看一看你的奖品，是Jack专程从美国捎来的，你一定会喜欢哦。”苏小杭在那一刻，被宛顷温暖的话语指引着，一步步走上灯光四射的舞台。就在苏小杭从宛顷手中接过一个漂亮的芭比娃娃时，宛顷给了她一个结实的美国式的拥抱，而就在那个瞬间，台下咔嚓一声，不知是谁将这个温馨的镜头拍摄下来。

仪式结束后，苏小杭刚要顺着人流走出去，就听到后面宛顷在喊："嗨，小杭，过来看照片啦。"顺着视线看过去，苏小杭的心哗地一下子被巨浪似的给袭住了。她几乎不能开口，无法移动脚步，呼吸也变得急促。最后是宛顷跑过来，将她拉过去，她才结结巴巴地对着正在摆弄相机的顾子凯，挤出一丝近乎僵硬了的微笑，说："你好。"顾子凯没有应声，却是将相机递过来，笑道："看看这张照片，很美的。"宛顷抢先夺了过去，嘻嘻笑着嚷道："究竟谁美啊。"顾子凯一歪头，狡黠道："当然是右边的那个，左边那位不过是绿叶陪衬一下罢了。"他的话刚落，宛顷的一个拳头，便砰一下落在顾子凯的肩上，顾子凯一下子跳开去，已经散场的空荡荡的礼堂里，因为宛顷的笑声，陡然又有了先前的热闹。

而苏小杭看着相机里那个连雀斑都流溢着甜蜜笑容的女孩，脸忽然就红了。

「贰」

圣诞节很快到来，校园里的雪已经积到了脚踝，苏小杭于是每节课后都喜欢跑到操场上去，在空寂无人的跑道上一圈圈地走。每走一步，脚下的雪便会发出咯吱咯吱的响声，像是一个孩子梦中的呓语。节日的气氛在教室里已经很浓，但苏小杭却是偏偏想要跳出那片喧嚣，在安静的操场上，去倾听冬日的碎语。有时，她也会拿出画笔倚在篮球架上，画这一片纯白的梦幻。一株没有被雪掩盖的小草，一圈在月色下泛着冰蓝色光泽的栏杆，一颗静寂的法桐，一缕薄薄的阳光，都在她的笔下，有了雪一样柔和的色彩。

苏小杭的这个习惯在圣诞节那天晚上，便再也没有勇气坚持下去。那时各个班里都在举行Party，一向都是观众的苏小杭，在这样的吵嚷里有些疲惫，便想要出去透一口气。刚刚走到走廊的尽头，便听见有人喊她，回头竟是顾子凯。她整个人立刻定住了，不知道该说些什么，亦或扭头跑开。正慌乱着，顾子凯将一沓照片，朝她一扬，笑道：“喏，你用笔我用相机，比一下哪一个效果更好呢？”

苏小杭将照片接过来，一张张地看下去，脸便烧灼似的疼。每一张照片，竟都与她的画，异曲同工似的吻合着。只是，顾子凯的照片里多了一个穿淡蓝色外套扎马尾的女孩，女孩的影子在苍茫的一片雪里很小，只有其中的一小部分，是侧影，可以隐约看见女孩脸上，浅淡如梅花香气的笑意。这一点缀让照片陡然添了生气，像是一汪湖水里游出一尾鱼来。

苏小杭还没有来得及对画中的这一点缀，找到合适的词语作评，背后便有人一把将照片抢了过去。苏小杭回头，见是宛顷，便急急地辩解：“这是顾子凯拍的，我，我不知道，我只是散步来着。”宛顷夸张地探过头来，用手指刮刮苏小杭的鼻翼，笑道：“我也没说什么呀，你脸红什么？不就是你成了顾子凯眼中的风景了么，这也没什么大不了啊，顾子凯偷偷拍过好多女生呢。”

苏小杭在这一通戏谑似的话里，愈发地手足无措了。

「叁」

各式的流言，开始像冬天里的风，带着一股逼人的寒气，嗖嗖地吹过来，不仅蓬乱了苏小杭的发辫，也将她的心，给吹弹地起了一道道轻微的裂痕。

苏小杭很想去找顾子凯，可是见到他，究竟说些什么呢，问他为什么要拍那些照片吗？就像自己为何需要在雪地里散步一样，她其实完全知晓答案的。那么，恳请他在学校的论坛上，撤掉他的那组照片的展览？似乎，她也没有权力这样要求他。或者去找宛顷，告诉她自己经受的难堪？可是，如果这样，苏小杭心底珍藏的那份美好，或许再不会有。苏小杭，她是宁愿一个人默默承受所有的议论、指点、蜚语，也要拼命地留住只与一个人有关的秘密的。

苏小杭本就不善结交朋友，在这个冬天里，她周围的温度骤然降至零度以下。上课的时候，老师点名提到她的时候，即刻便有女生淡淡地扫她一眼，看似漫不经心，苏小杭却知道，那里面藏了怎样的嫉妒和怨恨。上体育课女生们搭对打棒球，除非老师过来凑数，否则每次落单的都必是苏小杭。甚至收发作业的女生，每次看到她的名字，都会故意地插到最后，直至别人都有了，才不屑一顾地走过来，将作业本朝她的书桌上一丢，便淡漠走开了。

苏小杭一直都明白，外人对她冷寂的原因。那么优秀的顾子凯，原本是属于公众的，每一个女生都想要靠近，但每一个人都小心翼翼地不愿做最先抢了光环的那一个。是苏小杭无意中闯入顾子凯的视野，让她即刻背负了刺眼的光芒。这光芒不仅刺伤了别人，亦让苏小杭左躲右闪，却始终找不到安全隐身的角落。

一个星期后，苏小杭在去学校的公交车上，遇到了顾子凯。是顾子凯先给她打的招呼，说："嗨，苏小杭，这边有座。"苏小杭很艰难地移步过去，挨着顾子凯坐了下来。刚一坐下，便听到有人喊："嘿，介绍你们两个认识了，就不搭理我了啊，也太无情无义了吧。"苏小杭吓一大跳，抬头看是宛顷，便不觉心内生了愧疚，似乎，她欠了宛顷什么东西。

宛顷很"霸道"地在苏小杭和顾子凯的夹缝里坐了下去。苏小杭一直紧绷着的心，终于因了这一点距离而松懈下来。两个人稀里哗啦地说了许久，顾子凯突然想起什么似的探过头来，道："小杭，我已经将照片送到市里参加摄影比赛了，结果马上就要出来，如果获了奖，一定请你去KTV唱歌。"

苏小杭被顾子凯的这句话，吓住了。

「肆」

苏小杭鼓足了勇气，终于去找了宛顷，求她让顾子凯把照片撤下来。宛顷听了便笑她："怎么可能？你知道顾子凯是很看重这次摄影展的，能有参赛资格，就已经是庆幸了。"苏小杭的眼泪，不知为何在宛顷无所谓的一抹笑里落了下来。她想自己是不是真的很没有出息，为这样的流言就失魂落魄？就像宛顷奚落的那样：本来没有的事情，让你一想，就纠缠不清了。

除了祈盼顾子凯不会在摄影展中如愿获奖，苏小杭知道一切都无法挽回。可是每每祈盼完毕，她又不免难过自责，为如此自私的自己。苏小杭素来最喜飘雪的冬天，但现在，她只盼着这一切尽快地结束，等到春暖花开，阳光洒满校园，那些琐碎的流言，也会像地上的雪一样，悄无声息地就消融掉了吧。

不久，顾子凯的作品获得一等奖的消息传遍了整个校园，苏小杭的名字也随着消息飞遍了每一个角落。人人都知道，顾子凯那组名为《雪地上的天使》的系列照片，因了其中手执画夹安心作画的苏小杭，而打动了每一个评委。听说，颁奖的晚会上，竟然有专业组的老师，说很想亲眼看一看照片上那个降落到凡间的天使。

正是这样的评价，让周围的人不再有嫉妒苏小杭的勇气。假若昔日，他们可以触碰到苏小杭的臂膀，并丢过去自己鄙薄的视线，那么，而今，他们只能抬头仰望她了。

苏小杭，就这样，跳出了那片喧哗的水域，驶入安全宁静的岛屿。

顾子凯忘记了他要请苏小杭去KTV唱歌的约定，全校的每一个人，都将精力投入到期末的考试中去。而寒假，就这样吹落一片吵嚷，呼啸而来。

苏小杭终于可以微笑着审视那些照片，并将它们，一张张地，从校园网上拷贝下来，保存到自己最珍爱的文件夹里。

这是一段很短暂的时光，短暂到在顾子凯的心里，或许从来就没有存留过影子，即便是爱开玩笑的宛顷，也未必记得，但在苏小杭的心里却落下了种子。它们在这个冬天，沉寂地睡着，总有一天，会深深地将根扎下去，生长出一株只有苏小杭看得见的植物；或许微小如一棵绿萝，或许茁壮如一株玉兰，不管是什么，它们扎下了根，苏小杭就再也不必，担心它们飞掉。这是她一个人的冬天，亦是她一个人的秘密。

像辰邦那样读书恋爱

「壹」

我是五岁的时候才回到父母身边的。

因为超生，我像不断要迁徙的难民一样，被父母放到各个亲戚家里，一呆就是一年。在最需要母亲怀抱温暖的时候，我已经开始一个人睡在陌生冰冷的大床上。 亲戚们都说，这真是一个安静到让人心疼的丫头。可是他们怎么会知道呢，哭闹对于儿时的我，是没有丝毫意义的，一个热乎乎的奶瓶塞过来，我便是抱住了最柔软最温情的一片光影。

关于父母还有辰邦，在我五岁之前几乎是少有记忆。好像只有在过中秋节的时候，我才会被他们抱回来，关起门来吃一顿无滋无味的水饺，而后在皎洁的月光里，再被他们悄悄送回亲戚家去。那时候辰邦总是爱紧紧跟在我的后面，一声声地叫我小屁孩。其实他也不过是比我只大了两岁的孩子，但在我面前却俨然像个大哥。他把父母训他的话牢牢记住了，等到我来的时候说给我听。也只有我会这么安静地听他训话，让他过把有威严的瘾。可是他并不知道，安静其实是我反抗的方式，当我不说话的时候，我的心里已是满布忧伤。

终于结束了流浪的生活，回到父母的身边去。那时辰邦已经读了小学，我开始比他更长地，能依偎在母亲的怀里。父母知道欠下我很多，讨好似的拼命补偿我。有时候辰邦要和我争抢什么东西，总是会挨一顿父母的打骂。辰邦从来不流泪，但他的眼睛里却会发射电波，这电波传到我心里便自动译成了文字，警告我说："小屁孩，小心吃我的铁砂掌！"我从来不怕他，也不去主动地找他和好。每次倒是母亲忍不住，哄我们说："我喊一二三，你们就跑到妈妈怀里来和好，谁跑得快，谁就是那个最听话的好孩子。"那时候的辰邦，总是对这个游戏乐此不疲，每次都是在母亲还没有喊出口号的时候，就做好了奔跑的姿势。当然都是他第一个到达，我拿白眼瞥他，他就得意洋洋地打击我："捡来的那个小屁孩，最不受妈妈喜欢，当然也跑得慢喽！"我也毫不客气，讽刺说："不就是想与人家和好吗，哼，我还不乐意领情呢！"

「贰」

两个人在这样互不相让的争吵里，便慢慢地都读到中学。辰邦留过一级，是因为早恋导致他的成绩下滑，但他的心情却并没有因此而少半分的快乐。他照例在后车座上载着漂亮的女孩子，看到我的时候会大声朝我嚷："嗨，小妹，别让后车座空着噢，有空谈场恋爱，你就会像我一样开心又讨人喜欢啦！"

他这通没心没肺的乱嚷，常惹来一阵嬉笑声。他在别人的哄闹里，愈加肆无忌惮，甚至会朝我高声唱起自己编写的歌：亲爱的小妹，谁要是爱上你，谁就会幸福，像辰邦一样幸福；亲爱的小妹，你要是爱上谁，你就会快乐，像辰邦一样快乐……他的声音传得很远，总是人没了影子，还能听到他摇头晃脑的歌唱。有时候在夜色里，我会突然觉得温暖，像婴儿的时候，一下子触摸到温热的奶瓶，我将这歌声一点点吮吸下去，便有了在黑暗里继续走路的勇气。

这样的感觉，我从没有告诉过辰邦。当然也不会讲给父母听，已经植入我血液中的沉默和孤单，让我学会了一个人面对所有的事情，也独享所有的喜乐与忧伤。我忘了许多的哀愁积在心里，不在阳光下晾晒，当它们腐朽的时候，是会连自己的心，也跟着坏掉的。

我的成绩从没有像辰邦一样飞到过顶峰，也没有像辰邦一样跌落到低谷，它们总是平淡到连老师都记不起。母亲打电话给各科的老师，询问我的状况，老师们常常会想不起班里有我这样一个学生。母亲便解释说："她就是辰邦的小妹啊，最安静的那个女孩子，记得吗？"老师们这才恍然大悟，而后加上千篇一律的一句："怎么会？！辰邦可是一个叱咤风云的疯小子呢！"

回来后母亲学给我们听，我淡淡一笑，辰邦却是狡黠地看我一眼，悄悄溜进了书房。几天后放学的路上，辰邦嘻嘻笑着递给我一封信，又极好奇地问我一句："嗨，小妹，你比我还有魅力呢，第一次收到情书，就这么厚，不知是哪个痴情小子喜欢上了你，还不好意思让你知道，把信塞进了我桌洞里。放心啦，我不会跟妈妈打小报告的，我发誓！"我白他一眼，漫不经心地把信接过来，转身便走。辰邦在后面又开始唱他的情歌，我侧耳细细听着，脸便慢慢红了。

「叁」

我没给任何人提起过，其实16岁的我，也有喜欢的男生。而且，他恰恰在辰邦的班里。有时候去找辰邦，会看到他抬头，装作无意地看我一眼。只是一眼，便已让我知足，让我能在漫长的一天里觉到欣喜。一颗冰冷的心，也会因此柔软起来，听得见那层十几年的硬壳，啪啪裂开的欢叫声。

那封写在粉红信笺上的情书，没有署名，但我依然相信，是那个叫森的男生写来的。否则，每次在教学楼长长的走廊里遇见我，他为什么会犹豫着要躲？是不是真的像情书里写给我的那样，能够远远地看我一眼，已是他最大的幸福，只是现在他不想来打搅，只希望能这样天长地久地一封封写情书给我？

而我竟很奇怪地，在由辰邦转来的情书里，再也不怕任何的男生，且开始习惯着学会对他们微笑。

这样的情书，在森读了云南的一所大学，辰邦也去了那里参军之后，开始中断。森在最后一封信里说：等你考入大学，而且，一定要是北京哦，这样，我们可以在云南与北京之间，开启一段浪漫的爱情之旅。我的心里像是云南的鲜花，灿烂地绽放开来，且铺陈了整个忙碌的高三。

报志愿的时候，我谁都没有告诉，将父母强烈要求的北京改成了云南。我想只有这样，我和森的爱情，才不仅会开花，且因为这样近的距离，结出丰硕的果实来。我是在录取通知书到的时候，才打电话给辰邦，让他在九月份的时候，去车站接我。而后我又略带羞涩地说，："能不能，将森的电话告诉我，我想让他分享这份快乐。"辰邦在那边愣了片刻，突然地发了脾气："爸妈不是说好了让你报考北京的吗，你怎么这么任性自私，跑这么远，谁来照顾爸妈？！以前又是谁信誓旦旦地，说一定要考到北京去，怎么自己就忘了？！"

我啪地挂掉了电话，我想自私的究竟是谁呢？辰邦不知道父母最爱的其实是他这个儿子，他这样跑到万里之外去，将日渐衰老的父母丢在北方的小镇上，一年都见不到他的面；对我这个妹妹的关心，也甚至连森都不如。

辰邦没有再打电话来解释什么，他只是让爸妈转告我说，如果小妹真的喜欢昆明，那也好，毕竟有他这个哥哥在，父母可以完全地放心了。

「肆」

大学已经读了快半年了，森都没有来找过我。倒是辰邦，在周末会频繁地过来看我，用他攒下的钱，买大包的东西给我。人依然是没有正经的样子，常常捧四大束玫瑰，嘻嘻笑着分送给我宿舍的女孩子们。尽管云南的玫瑰极其便宜，但舍友们还是说，有个哥哥真好，可以享受有男友一样的呵护和宠爱，关键是他从来都不会背弃你哦。这样的话，我从来都不作评论。但是心里，还是会升起一点点的骄傲，还有一种叫做感动的东西。

四季如春的昆明，让我整个的人也跟着舒枝展叶，吐芳露蕊。有一天，辰邦陪着我买衣服，在穿衣镜前，辰邦突然细细地看我，而后笑着说："小妹越来越漂亮了呢，而且，还很性感哦，也不知道将来哪个臭小子，会有福气将你追了去。"我红着脸转身给他一掌，他龇牙咧嘴地一边大喊冤枉，一边猴子一样跳开去。我看他在不远处，得意地看我，像小时候，两个人吵了架，他先跑去与我和好，但嘴上却仍是强硬，不让我分毫。第一次，真正地觉出，我们原是血脉相连，以为浸入自己血液里的忧郁和孤单，其实可以和辰邦一样，嘻嘻笑着甩开去。

开始有许多的男生写情书给我，但我还是忘不了给我写了一年情书的森。我从同学那里，辗转查到了森的手机号码。我想了一个晚上，终于写短信给他。我说："森，那些温暖了我雨季的情书，我依然完好无损地保留着，只是你，是不是已经淡忘？"森过了许久，才回复过来，他说："你是不是将短信发错了人呢？我在高中的时候，从没有给任何女孩写过情书啊，可真是奇怪呢，你怎么会知道我的名字？"

我将30多封情书，翻拣出来一封封地看。看着看着，眼泪便哗哗地流出来。那些被刻意改造过了的字体，其实一笔一画里，都看得到辰邦龙飞凤舞的笔迹。只是年少时的我，只知道关心自己的喜乐与哀愁，却是忘了我那不多的快乐，其实也是辰邦努力为我经营的。而我却以为，这个世界上除了自己还有对自己并不熟识的森，再没有任何人肯来给我五岁之前缺失掉的爱。

幸好，没有了森的爱情，我还有辰邦。他陪我走过那段雨水丰盈的年少时光，而我，则可以像爸妈所希望的那样，被天使派到人间来，就是要陪着辰邦走这一生的。

少年自私事

「壹」

禅小美6岁的时候，就与街头的小混混相差无二了。

那时整个城市已经进入深秋，禅小美却穿了肥大的牛仔裤，黑色的吊带小衫，踢拉着白色的凉拖，银饰的手链在空荡荡的腕间叮当作响，很招摇地晃着人的眼睛。脸上的神情是骄傲又散漫的，泡泡糖扑扑地吹了又破，破了又吹，有人看过来的时候，便故意地吹出大大的泡泡，将一张精致的小脸全部挡住了，等着外人失望地移走视线，她又砰的一声爆破掉，引来更多的回头率。

是的，禅小美对回头率与电影发行公司对上座率一样看重。而且，为了提高一个百分点，她会想尽各种招数，连娱乐小报炒作的本领都学了来。譬如她每一次在校园里做板报，都不忘穿上自己最引人注目的裙子；即便是暂时没有漂亮的衣裙，她也会在路人视线最先抵达的地方，贴一朵从某个衣服上剪下来的怒放的花朵，或者顺手将头顶一束新鲜的叶子，夹在耳畔遮阳。再或用五彩缤纷的纸，将胸前的纽扣，一个个重新包装。她的头发，永远都是披散在肩上，走路的时候，便随了风飘起来，远远看过去，像一团乌黑的云朵，簇拥而来。

禅小美的文章，比起她的字来，实在是一般。但她从不这样认为，照例在收上来的稿子里，东修西改，直到可以在署名的位置上，加上她为第二作者。基本上，给她投稿的人，都将她当成一个拙劣的编辑。好端端的一篇文章，经她一改便像个口吃的人，磕磕巴巴，美感全无。尽管如此，她的板报主编的位置，从来没有动摇过。这一点，实在是因为，她的爸爸在学校里做校长的缘故。

老师们因此宠爱着她，并没有看她成绩不好，就贬到最后一排去，放任自流。反而在她迟到的时候，都温和地冲她笑笑。至于她在校园里顶一头蓬松的长发，环佩叮当地昂头走着，见到人，只飞一个眼白；或者又跟了一群坏男生在晚自习时间去压马路，差点打了群架，老师们更是对其免责，只苦了那些“随从”，头上多了一顶“煽动良民”的帽子。

所以你足可以想象，女生们多么讨厌禅小美。讨厌到集体排斥她，讨厌到谁若是与她交好，那么，这个集体也会将这个人清除出局。不幸，我就是这样因为禅小美，被集体孤立的女生。

「贰」

我是从什么时候开始背叛了自己的集体，成了禅小美的跟屁虫了呢？我自己也记不清了。只知道，从她开始认识隔壁班的陈斯开始，我就不知不觉地开始讨好禅小美。起初是一篇篇地给她写稿，又忍痛看她将我的稿子改得支离破碎。后来便在她办板报的时候，主动地给她打下手，哪怕是为她端水，将她弄乱的稿子整理归类。

最后，我在放学的路上拦住禅小美，鼓足了勇气问她：“以后我可以成为你们板报小组的编外人员么？”禅小美看看我涨红的脸，一下子笑弯了腰：“那你可要小心班里的女生们，冲你愤怒哦。”

班里的女生对于我的公开“叛变”，当然无比气愤。我很快像禅小美一样，落入了无人理睬的境地。不仅出入无人做伴，抢答问题时遭人侧目，常因一点小事就被人告状，就连上体育课时分组活动，看我走过来，那一组的女生，必会像被蜜蜂蜇了，哗一下散开来，只留我一个人，站在湖心的小岛，任惆怅的薄雾，将我结实地绕住。

但这样的寂寞，在那时的我，算不了什么。只要能够经常地看到陈斯，帮他递彩色的粉笔，为他跑很远的路买喜欢的冰淇淋，或者翻看许多本杂志找到他要的插图；甚至，什么也不做，只仰头看他在板壁上聚精会神地画一蓬草，或者为一朵花，描出让人惊叹的色彩。这样的幸福，远远抵得过我所失去的一切。而这样一个欣悦生长的秘密，几乎充塞了我整个的心房。它如夏日的蔷薇，爬满我在女孩子的白眼里，伤痕累累的面容，让我的感伤，瞬间被粲然芬芳的花朵，照亮，萦绕。

许多个秋天清凉的午后，我们以“公务”的名义逃过自习课，在活动室里为稿件的留弃和搭配插图的选用，而热情高涨地吵嚷着。整个的板报小组，大约有7个人，但大多数时候，其他打下手的人都不来，只等一切都定了，听取命令。而我这个编外人员，却从来都没有缺席。

每次都是我早早跑出来，在活动室紧闭的门口，耐心又焦灼地等来等去。身后是一长排的窗户，只是一瞥眼，便可以看到高大的木芙蓉，它们用沉静的深红与浅紫，或是淡雅的鹅黄与素白，点缀着已显寥落的秋天。而那恬淡的芬芳，更是无声无息地，注满了每一寸空间，让即便是焦虑的一颗心，亦可以在浸入其中后，瞬间沉静下来。

而这样的美好，陈斯与禅小美，却从来都不知晓。

「叁」

不知晓，于我，反而最是安全。

我尽可以在他们两个人，争得不可开交的时候，坐在对面，边看着陈斯近日画的插图，边在芙蓉花的清香里，微笑地想着自己的心思。视线，落在留有陈斯手温的画纸上，常常就会脸红似乎，指尖轻触到了陈斯温热的掌心。事实上与陈斯头抵着头的，永远都是禅小美；而我，不过是被他们冷落在了几米远的长椅上。除非是他们渴了，或者想起某种零食，才会抬头向我扬一扬手中的钞票示意我过去。禅小美的的手势里带着股不由分说地霸道，但陈斯的微笑，却是温暖又柔软的，让我原本抵触禅小美的心，在这丝丝的温情里不由自主地靠拢过去。

禅小美因此在一次陈斯不在的时候，坏笑着问我："嗨，蓝杉杉，不会暗恋上陈斯了吧。"我即刻红了脸，极力地争辩道："哪有的事！"禅小美嬉笑看着我，继续她的嘲弄："没有你脸红什么呀，分明就是喜欢人家，还躲躲闪闪的，现在还有像你这样羞涩的女生么？你不知道陈斯每月收的情书，抵得上他画的插图多了。"

我当然知道，而且，是一开始就知道的。可是，这与我有什么关系呢，关键是我可以继续这样假扮禅小美的朋友，守在陈斯的身边，而如此真实可握的快乐，除了我，还会有谁呢？

可我忘了，世间任何的东西，都是有始有终的。我与禅小美的交往是因我对陈斯的爱恋，亦是如此。

依然记得那个周末，我跟着禅小美和陈斯去玩室内攀岩，我坐在一旁，一边为他们看守书包，一边屏气凝神地看他们在垂直的壁上自如地攀爬。快要爬到顶部的时候，禅小美和陈斯却不知为何争吵起来。室内很多的人，有人躺着休息，有人在交流攀爬的经验，还有人在矮壁上练习。我在这样的嘈杂里，听不清陈斯的话，却看见禅小美刷地一下放了手，顺着绳子滑落下来。到达地面的时候，我跑过去帮她解开绳索，禅小美却是冷冷一扭身，朝我嚷："不用你献殷勤！"

禅小美很快地拾起地上的书包，转身便要走。听见我喊，她站住了，似笑非笑地问道："别管陈斯，跟我走吧。"我回头看一眼还挂在岩壁上的陈斯，吞吞吐吐地问她："等等陈斯不行吗？"

禅小美终于在这句话后生了气，砰一声打开门，走掉了。

「肆」

几天后，我从别人的口中得知，禅小美之所以生气了，只是因为，陈斯说，蓝杉杉是个善良聪明又有才华的女孩，所以让她对我好一点，尤其，不要用她糟糕的笔将我的文章改得一塌糊涂。又说，尊敬与宽容是一个女孩子，应该学会的第一课。

这样直白的挖苦，禅小美当然第一次，且从一个男生的口中听见，习惯了被老师和男生们宠爱讨好的她，也当然地将所有的怨怒都转给了我。

我曾经试图与禅小美重修旧好，却被她断然地拒绝掉。我的存在一下子成了禅小美雪白的衣裙上，一块难堪的污痕。而陈斯，在纷扰的流言中则像什么都没有发生过，视线漫过来的时候依然是淡淡的晨曦一样泛着点青薄的光。但我，还是在这流光里觉出了一抹昔日没有过的凉。

我就这样，被禅小美自私地逐出了编外人员的圈子，并因此连安静地听陈斯说话或者看他蹙眉的机会，也没有了。

那时的板报小组，因了新生的到来，开始重组。禅小美退出了主编的位置，陈斯亦不再参与。老师们皆说，高三了，该沉寂的总会沉寂下去，而那浮上来的也终该浮出水面了。

我在失去陈斯的感伤里，将一颗心，努力地潜伏下去。也只有沉下去了，我已经不属于任何的集体，我唯有将伶仃的影子，投到书本里去。

一年之后的某个秋日，我在网上的同学录里，又看到禅小美。不知是哪个暗恋她的男生，偷拍来的照片。她神情忧伤地走在路上，张扬的长发用一块手绢简单地束起。嘴微微地张着，似乎在轻声地歌唱。鼻翼上的雀斑，清晰可见。她的胸前，抱着厚厚的一本书，身后是在一场雨后，黯淡了的红色光荣榜。照片的下面，有匿名的评论，说：那个倨傲不羁的禅小美，哪里去了呢？

是啊，那个自私招摇的禅小美，那段无疾而终的暗恋，那场曾经深深将我困扰的争吵，都跑到哪里去了呢？不过是短短的一年，时光就悄无声息地改变了一切。复读的禅小美，远去厦门读书的我，考入北京的陈斯，还有那些高考后，奔到四面八方去的女孩子们，我们曾经在一个校园里，彼此亲近，彼此疏离，彼此嫉恨，彼此向往，到最后，再多的恩怨，都抵不过一场席卷而来的高考。

而我们所有，就这样，在时光漫漫的奔走里，褪去了年少青涩的印记。

秋日竹林旁那个吹口哨的男生

「壹」

19岁生日那天，妈妈问卓尔："是否记得几年前常在小区吹口哨的那个男孩？"卓尔很认真地歪头想了片刻，说："记得啊。"妈妈说："听说那个男孩出国了呢，真看不出，当年那么惹人厌烦的一个小痞子，竟然就考过了托福。"卓尔笑笑，切下一份蛋糕，漫不经心地回一句："哦，是吗？"

对于卓尔，那已经是4年前的事了。那时她刚刚跟了离婚的妈妈，搬到这个小区里来，将一切都收拾妥当之后，卓尔欢天喜地地打开靠近自己卧室的阳台门，俯视这个小区的中心花园。在未搬进之前，妈妈问卓尔喜欢什么样的房子，卓尔微闭上眼睛，神往地说："当然是推开阳台的门，就能够闻到花香，看到树木、蓝天、飞鸟，听到小虫子在歌唱啦。"妈妈点点卓尔的脑门，笑她："你说的简直是豪华别墅呢。"但不过是一个星期，妈妈还真给卓尔找到了这样一处房子。

这个小区距离学校不过是一站路的距离，卓尔可以穿过一小片茂密的竹林，再绕过大片的夹竹桃，爬过一片植满三叶草的山坡，而后沿着老城区高大粗壮的法桐，走上片刻，便到了校园。而这绿色之路的源头，便是小区的竹林。卓尔不知道这片竹林在这里生长了多久，或许与这栋绿树掩映下的小洋楼同样年龄了吧。否则，那些竹子便经不起那个每日吊儿郎当穿风而过的男孩的折磨。

卓尔不喜欢这个被一个胖胖的女人叫做陈达的男孩，那日她习惯性地在阳台上看书，突然听到楼下有人“嗨”一声大叫，她寻声看下去，便见陈达正举着一本书，朝她晃着：“嗨，王小蓝，是你的书吗，我给你送上去吧。”

卓尔气恼道：“对不起，你认错人了，我不叫王小蓝，我叫卓尔，卓越的卓，尔后的尔！”陈达突然在这句话后，得意地笑了：“我记住啦，卓尔，下次再不会叫错你的名字哦。”卓尔看着他飞跑过竹林，白色的衬衫系在腰间随风飘着，像一匹骄傲的战马，书胡乱地放在斜挎的书包里几乎掉落下来，这才明白她被陈达骗了。

卓尔就是在那时，开始记下并讨厌这个自以为是的陈达。

「贰」

陈达的家在竹林的另一侧，隔着这葱郁的一片绿，卓尔看不到他究竟进了哪一个单元，又躲在哪个窗户后面窥视着她。看不清，她也不关心，任他无聊地眯起一双小眼嬉笑着看过来。大多数时间，卓尔是在卧室里学习的，除非是累了，她才会端一杯妈妈自己做的酸梅汁，在阳台上伫立片刻，将视线落到那片柔和新鲜的绿色上去。常常是卓尔一在阳台上站定，陈达的脑袋就在竹林里冒了出来。他的脑袋极其显眼，即便是楼前拥满了人，卓尔也能一眼就将他辨识出来。并不是他长得怎样地帅，实在是自从他们彼此知道对方的名字后，陈达就很神经地去剃了个光头。甚至在没有路灯的晚上，卓尔也能看到他闪闪发光的脑袋。

陈达的出现，还会伴随着无休无止的口哨声。他的口哨，如果不是戴了有色眼镜，听上去倒也是挺美的，时而悠扬婉转，时而高亢激昂。大多数时候，它是一匹奔驰的山间野马，或者山涧的溪流，远远地就让你知道是他来了。偶尔，这哨声在竹林上空打个旋，便噤了声，定是陈达被自己胖胖的老妈，给半路揪了回去。

这戛然而止的哨声，还会有个惨烈的结束语，陈达用这样略带夸张的“啊”一声大叫，告诉每一个听他口哨的人，他又挨了老妈的棍棒。但是棍棒有什么用呢，他陈达是个刀枪不入的人，第二天嘹亮的口哨声一响，人们又可以看见陈达飞奔过小山坡，在小区的球场上精灵的猴子一样上蹿下跳了。

陈达的球技，在卓尔的眼里，简直是拙劣。他常常就将球打到卓尔家的楼道里来，每次打过来，陈达都会在一群男生的嘲笑声里飞跑过来捡。如果恰好卓尔也在，陈达便会在起哄声里，哼起快乐的小曲，似乎，那些背后的哄笑不过是一阵小风，连他的衣襟都掀不起的，又怎能伤得了他的尊严？如果卓尔在房间里安心地学习，陈达的口哨声，起初还会欣悦，但捡到球离去的时候，则明显地疲沓下来，像是暗夜里看完电影睡眼惺忪地踱回家去。

但是有一次，陈达连这疲惫的哨声，也给停止了。那次卓尔从学校补课回来，班里有个男生，要借她的一本书看，正好顺路，便一起过来拿。经过球场的时候，恰好陈达一个人在苦练球技。卓尔瞥他一眼，便说说笑笑地与同学走了过去。就是那一刻，卓尔看见陈达的脸上一下子黯淡下去。昔日嘈杂的一张嘴，瞬间便失了声。是卓尔的同学走了许久，楼下才有嘭嘭嘭的球声响起来。几乎所有人都听出了篮球撞击地面时，鲜明的失落和惆怅。

「叁」

陈达那段时间安静了许多，好像一下子从世界上消失掉了。没有人关心这个常常在小区里惹是生非的小子，究竟去做了什么。倒是习惯了他的口哨声的卓尔，在学习的时候，会觉得少了些东西；站在阳台上的时候，视线里也是空茫，昔日那些充满生机的球场、竹林、小道，都似乎被人消了音，静寂无声。秋天已经来了，风吹过来，竹叶便簌簌地落下来，像一首寂寞的诗。花草已经开始枯萎，风一紧，那衰颓便愈加厉害。

卓尔站着看了片刻，忽然有点落寞，转身便进了房间。片刻之后，她便听到有一个熟悉的声音，在楼下喊她的名字。返回身去，看到陈达，正笑嘻嘻地，站在花坛边，手里拿一把菊花，傻乎乎地抬头笑望着自己。卓尔看见陈达招手让她下来的手势，并没有动，而是在二楼上淡漠地问他："你有事么？"陈达却像是没有听见，依旧朝她招着手。他的另一只手，滑稽地背在身后，似乎那里隐藏着什么秘密。卓尔又问了一句，他还是笑而不答。卓尔听到妈妈在叫她拿什么东西过去，终于烦了，转身去回应妈妈。

等她忙完琐事，已经过去半个小时，想起楼下的陈达，这才又歉疚地跑到阳台上去看。让她惊讶的是，陈达依然在那里，只是他在专心地写着什么。听到卓尔的一声"哎"，他抬起头，笑笑，而后将手里的东西挥一挥，又放在花坛边上，顺手将那把菊花也压到上面，这才朝卓尔飞一个媚眼，穿过了竹林。

卓尔看着风中怒放的菊花，心，终于软下去，转身下了楼。菊花下压着的是一个精美的木盒子，打开来竟是一颗颗红润透亮的山枣。山枣都是精心洗过了的，卓尔猜想它们是在山泉里被荡涤过的，否则不会有如此鲜亮的色彩。而那沁人心脾的清香，则让卓尔忍不住就捏起一颗放入口中。丝丝的甜带着点点的酸，将卓尔的胃给深深地掳了去。

那个秋日的午后，卓尔坐在窗前，边吃着山枣，边看着陈达歪歪扭扭写在一张纸上的话。他说：卓尔，这几天去了郊区的奶奶家，被满山的好吃的给乐疯了，摘一些给你，希望你能分享一些我在山上的快乐。

原来，陈达并不是因为感伤，才安静了几日，他始终都是一个开心到没心没肺的男生。

「肆」

那一盒山枣，吃到一半，卓尔便放下了。她那时正忙着组织学校一个诗歌朗诵大赛，连吃饭都常常来不及，更不必说注意楼下飞来跑去的陈达。她想这个单眼皮的男生自有他快乐的方式，外人理与不理，对他当是没有太大的影响吧。就像他的口哨声，在楼下响起的时候，卓尔所做的依然是漫不经心地听着，除非累了，她并不会想到更多。

卓尔始终不知道陈达读哪所高中，他们从来没有在上学的路上碰到过，也没有在学校里，听到过他的名字。卓尔对他的熟悉，不过是在一个小区，或者，再缩小一些，只是在小区里的竹林边上。越过竹林，陈达的生活是怎样的呢，卓尔不知道，也不关心。她已经忙得没有时间关注其他了。最初的一年，作为转学来的新生，她确实有过孤单，但而今的她，已经被所有的老师和同学认可。她的周围，再也不是只有妈妈和小区。卓尔，已经开始飞翔。

所以理所当然地，她将过去的琐碎事情，渐渐地忘记。包括与陈达有关的一切。

一转眼，便是冬天，小区里再也不见了昔日的人影。所有的人，似乎与动物一样，在这个冬天里，休了眠。等到卓尔从忙碌的生活里静下来，这才发觉，这个小区不只是安静，而且，有些过分地萧瑟了。她曾经习以为常的哨声，篮球撞击篮板的声音，夸张的喊叫声，卖弄的欢呼声，什么时候都隐匿掉了？

卓尔也只是这样想想，转瞬，她就将这些无关紧要的小事忘记，投入到很快就要到来的高考中去。

那一年的夏天，卓尔记得清晰，她难得有闲情，站在楼下的花坛边上，看来来往往的陌生的人。陈达就在这时，远远地，经过竹林。卓尔在那一刻，突然有一丝的惆怅，她想起自己已经半年多，没有见到这个奇怪的男生了。她本想朝他挥挥手，让他过来，告诉他自己考上了北京的大学，可是还没有等她抬起手臂，陈达就一转身，绕道走开了。

几天后卓尔收拾东西，在一个角落里，又看见了陈达送给自己的木盒。打开来，那些剩下的山枣都已经缩成小小的一个核，那些鲜美的果肉，在时光里，蒸发掉了。卓尔将山枣倒掉的时候，一张纸片飘了出去。疑惑地捡起，卓尔便看见了一行模糊的字：卓尔，你愿不愿意与一个爱吹口哨的男生，成为朋友，而且，在不久的将来，同去一个城市读书？如果愿意，将这束菊花，挂到你的阳台上，好吗？我会耐心地等待，哪怕，那束菊花，枯萎，脱落到只剩下残枝……

卓尔终于知道，那个吹口哨的男生，怎样将一束被自己丢到角落里的菊花，等到花残叶落，等到时光不理他们任何一个，慢慢流过。

暗恋与痘痘一起温柔停驻

「壹」

那一年我16岁吧，是个内敛羞涩的女孩。与男孩子同桌，常常会在他们歪头问我问题的时候，因为闻到异性身体的气息，而突然地将题目的答案忘掉。亦会在男老师俯身温和地问我这次测验怎么输掉时，因为慌乱，而哗地落下眼泪。至于那个偷偷喜欢着的男孩，是连话都不敢去说的，只是装作若无其事地淡淡瞥一眼，心底的紧张，就已是可以让自己晕眩。那些新竹一样葱绿又壮硕的男生，就这样将少女平静的心湖，一圈圈地，荡开去。

青春夹杂着爱恋和自卑，来得猝不及防。我不美的容颜，还没有绽开清纯的笑意，难堪的痘痘便迫不及待地将五官挤皱。那是多么尴尬的时光，每天起来几乎不敢去照镜子，甚至走过灰蒙蒙的窗户，无意中瞥见里面那个模糊的面容，心也会倏地一痛，立刻难过地飞快走开去。每每看到别的女孩子如剥壳鸡蛋般光洁温润的肌肤，还有那抹如此鲜亮恬美的微笑，心底的疼痛，便愈是剧烈。

我在日记里一遍遍祈求上天，可不可以让我变得更黑一些，这样那些暗红色的痘痘便看不清晰？可不可以让我的青春快快地消逝，这样再不会有人记起我满脸的疤痕？可不可以将这段惨不忍睹的记忆，从我喜欢的男生心里彻底地抹掉，这样我在他的回忆里，便可以像纯白的花儿一样芳香？这样祈祷的结果，当然是绝望。我的肌肤依然白得可以将每一个痘痘都赫然地看清；青春的时日，也依然是漫长得无边无沿。我飞快飞快地走，可16岁却只过了一半；而那个眼睛明亮，神情淡漠的男生呢，也还是坐在我的前面，每每他回头来交作业，都会看到我一脸仓皇想要躲掉的痘痘。那时的我，是一个多么无望又悲伤的女孩呵。

「贰」

那个男生，叫榭。我是在冒出第一颗痘痘的时候，突然哀伤地意识到，自己对榭的爱恋已是藤蔓一样，在心底疯狂地铺陈开来，它将一整颗敏感脆弱的心，牢牢地包裹住，直至最后连呼吸的余地都不给我留下。

我只能在上课的时候，看着榭清瘦的脊背，红着脸发一会儿呆。他的头发浓密茂盛，每次上完体育课回来，看到上面津津的汗水，我都会下意识地想要掏出手绢为他擦拭；但每次，却只是攥在双手里，绞到手指疼痛，呼吸也是窒息。许多女孩都喜欢榭，但她们那么热烈明晰地表示着对他的爱慕，她们在他踢球的时候，会高喊着他的名字为他加油；她们看见他走过来了，会嘻嘻笑着说榭你今天好帅啊；她们还会很张扬地把他的诗，抄在课本的扉页上；再没有什么，能够阻挡她们对榭鲜明的爱恋。

而被此起彼伏的小痘痘弄坏容颜的我，却是连头都不敢在他面前抬一下。但还好，他坐在我的前面，我可以那么温柔地，笑看他一丝不苟地写字，声情并茂地读书，打瞌睡的时候，脑袋很可爱地轻轻点着。他的一切像儿时反着来看的电影，以背面的形式，徐徐展现在我的面前。但是，这已让我足够欢喜且感激。

他很少跟我说话，回身交作业的时候也是沉默的；总是很快地将作业本放在我的面前，便转回身去做自己的事情。我总能准确地算出他要回身的时间，而后迅速地将头低下去，听见他的呼吸远了，这才敢抬头去看他的作业本，是否像往昔一样安静地躺在我的面前。但还是有一次，抬得早了，他的视线恰好落在我的脸上。两个人尴尬地静默了片刻，他突然红着脸小声说道："我表姐用姗拉娜祛痘膏，很见效，你也可以去买瓶试试的。"那时候的好多杂志上，都在做姗拉娜的广告，但是因为贵，囊中羞涩的我，只能在搜集全它们所有的资料后，喟然放弃。却怎么也没有想到，极力想要从自己的生活里，逃避掉的一个名字，竟是自榭的口中说了出来！我关注爱恋着他的所有，而他，却是那么可笑地只记住了我脸上的痘痘。而我，曾是多么执著地，想要让他忽略掉与痘痘有关的一切东西呵！

但我还是以一声冰冷的"谢谢"，维护住了自己的骄傲与尊严。只是此后，我的视线，再没有在榭的身上停留过。曾经那么炽热的暗恋，就这样，因为一句将我的自尊击落到最低处去的关怀，戛然而止。

「叁」

几年后，我读了大学，脸上的痘痘渐渐少了；年少时的那份自卑，亦因此慢慢消逝，直至化为虚无。甚至可以在额头上又不经意间冒出一颗痘痘时，依然在喜欢的男生面前，温柔浅笑，再无胆怯。

已经将榭快要忘记的时候，某一天在一本杂志上看到他的文章，说，读书的时候，曾经喜欢过一个女孩，喜欢她的内秀与聪慧，喜欢她柔软的长发，喜欢她白皙的面容，甚至因此连她脸上的痘痘，都觉得美。可是，那时的自己如此的卑微，不敢在她面前说一句话。后来有一次，在交作业的时候和她无意中四目相对，那一刻，他不知道说什么好，竟是开口便说出一句后悔一生的话。他说：我表姐用姗拉娜祛痘膏，很见效，你也可以去买瓶试试的。可是，他是多么想要让她知道，他其实撒了谎，他知道她一直在关注与祛痘有关的一切事情，他只是期盼着她说想要，而后将早已买好的一瓶送给她。即便是她拒绝，他也会告诉她，其实那些痘痘，是如此可爱，且让他喜欢。但是，她却那么执拗地，将对他的误解坚持到毕业。

故事的另一个版本，竟然是这样的。我暗恋了那么久的樹，原来也一直在偷偷喜欢着我。只是，痘痘的疤痕可以去掉，而我们年少纯美的时光，却再不会来。

但，还好，那段在心底潜滋暗长的自卑，在一日日成长里，终于像痘痘一样，在平和冲淡的心境里，温情地在我们记忆里停驻，再不前行。

林小沫的桃色新闻系列报道

「壹」

校园网的论坛，刚刚开张的第一天，一个名为“林小沫跟谁失踪了”的帖子，便被版主置了顶。

帖子是匿名发上去的，说：高二（3）班的美女林小沫，在周四第一节晚自习后，被一个神秘男生在楼梯拐角处叫住，两人略略争吵了几句，便一前一后地走出了学校，再没有回来。此次失踪事件到发帖时为止，当事人没有任何反应，甚至连任课老师都被其生病的假条轻易骗过。据知情人透露，神秘男生系邻校艺院大一学生，专业及姓名暂无法得知。

这则桃色新闻，当日的点击率，超过了学校校长接待外宾的头条。我细细地看那些回复，想着林小沫回来的时候，在N多的回头率面前，一定会花容失色，继而将昔日那骄傲的气焰收敛一下吧。

林小沫向来是不讨我喜欢的女生，尽管我似乎在她的眼里，也一样是惹人厌烦，一无是处；就像她拿来打击我的一个笑谈，说所谓真的“暴牙”，就是像程小虎那样，闭上嘴的时候，牙齿依然露在外面。这个精辟的真理，一时传遍整个校园，让我在走路的时候，都常常要提防有人过来故意讲个笑话，逗我这个丑丑的暴牙男生。

我因此恨死了林小沫，看她在课上课下无比张扬，手指常无意识地做一个捻碎什么的动作，似乎那林小沫是一只嗡嗡飞着的恼人的小虫，我啪一下打过去，她便掉落在我的指尖坐以待毙。这样的想象很能发泄我心中的愤懑，而这则题目惹眼的桃色新闻，还有带来的奇高的关注度，更是让我长久以来心底的郁闷，如X射线般，瞬间将周围积聚的云翳，一一穿透。

林小沫在周一回到学校的时候，即刻便被周围异样的眼光，结实地环绕住了。我以为林小沫会落几滴眼泪，或者发一通脾气，且发誓要将那个发布小道消息的人，揪出来扭送校长办公室。但她却是冷冷一笑，便又做了那个可恶的女王，催我快快上交英语作业，否则，别怪她在老师面前给我小鞋穿。刚刚泄出去的一股气，在林小沫的漫不经心里，噗一下无功而返。

「贰」

几日后论坛里又开始热闹起来，依然是一则关于林小沫的八卦新闻。

新闻显然是上则的后续报道，题目亦是扎眼，说：神秘男生再次现身，时间大约是周三晚八点，地点换为学校小剧场门口，两人近距离亲密交谈约十几分钟，后在晚自习铃声里不舍分开。另据可靠消息称，此神秘男生是艺院美术系学生，其老师恰恰是林小沫的舅舅，两人极有可能是在林美女的舅舅家相识。此男生目前有无女友尚不可考，欲知后事如何，请继续关注本论坛的后续报道。

像看一则剧情扑朔迷离的小说，每个来论坛的人都被这则带了悬念的帖子吸引，且驻足留下热情的痕迹。在暴涨的跟帖里，我似乎看见林小沫横飞的眼泪，还有迅速瘪下去的嚣张。再没有什么能比让人看见自己的冤家摔了跟头，更给一颗饱受压抑的心快乐与抚慰了吧。

林小沫这次没有不以为然地笑笑，她在路人的侧目指点和老师警告似的询问里，终于甩下一句话，说：“她一定要把这个发布绯闻的幕后人，尽快给揪出来。”我听了便当着她的面含沙射影地说：“知道狗仔队为什么老遭明星们的骂么？因为他们说出了最真实的隐痛，将明星们见不得光的那一面，给无情翻了出来。”林小沫转身恶狠狠地白我一眼，道：“程小虎，别在这里幸灾乐祸，小心你这样落井下石的人，像几个月前那样，被人奚落到连地缝都找不到钻！”

林小沫的这个伤疤，揭得很毒。她让我心底的隐痛，即刻流了血。记得那是一次体育课，要测试跳高，我前面的男生，一个个都顺利过了关，轮到我的时候，因为紧张，也因为一米六的身高，实在是矮，我竟是在起跑后，哗地一下子从竹竿底下钻了过去。场上的笑声，即刻席卷来，将我淹没掉。我听见有一个男生，嬉笑着高声喊：“老师，您对程小虎太狠心了，该把竹竿降到水平线才是噢！”这一句，让我真的像林小沫说的，连地缝都找不到钻了。而林小沫则在这时，自以为英雄般地挺身而出，朝那个男生大喊：“有本事到国家队去炫耀啊，在这里欺负人家程小虎算什么好汉！”

林小沫永远也不知道，她这一“美女救英雄”的壮举，给我的自尊，带来的伤害，远比那个男生要大得多。我程小虎，可以被男生欺负嘲笑，却是无力承受来自一个校花的自以为是的好意。而林小沫却是这样无休无止地，拿她“正义”的拯救，让卑微的我，愈加成为男生们取笑的谈资。

「叁」

在林小沫还没有来得及揪出那个隐在背后的狗仔的时候，论坛里又出现了新的追踪报道。这次的内容，有了更多的看点，说那个姓陈的神秘男生，已经有了一个在北京读书的女友，但却似乎为了讨好老师，或者其他一些不可告人的目的，而转身将另一只脚，踩入林小沫轻飘的小舟里。帖子的结尾，依然没有忘了提醒看客们，继续关注深度报道。而那些跟帖的人，却是耐不住这样的折磨，开始迫不及待地，要下网亲自去追寻这绯闻中的男女主人公了。

至此每天下课后，教室外的楼道里都会有吹口哨的男生，来来回回地晃悠，视线像是山野里深夜闪烁的鬼火，始终不弃不离地飘浮在林小沫的周围。看到林小沫从身边经过，他们甚至会集体起哄，又嬉皮笑脸地高喊："看报啦看报啦，最新的花边新闻！"林小沫放了学，在校门口等车来，也会有男生，故意地在人群里放声歌唱："等你等得花儿都谢了……"

有一次还听说，林小沫在下车后，竟发现有几个痞气十足的家伙，贼头贼脑地在后面紧跟着她，直看她跑进小区后，才悻悻地溜达开去。老师也开始隔三差五地来找林小沫谈心，或是旁敲侧击地给她警告，让她不要以为自己是老师们的宠儿就太过招摇，事事都要出出风头。从来都是自信满满的林小沫，在这样狂轰滥炸般的跟踪关注里，终于急出病来住进了医院。

我代表班里的男生，去看望林小沫的时候，她在我背得烂熟的关切问候后，疲惫的眼睛里，隐约现出一丝的愧疚来。是在我快要告别的时候，她突然说："程小虎，以后再有男生欺负你，记得告诉我，我这个班长，一直到毕业都会为你主持公道的。"我习惯性地想要反驳林小沫，不要多管闲事惹人心烦，可是看见她眼睛里闪亮的东西，却是一低头，脸红了。

「肆」

林小沫出院的那一天，论坛上被人强烈抗议没有后文的跟踪报道，终于有了新篇。帖子里说，林小沫和那个陈姓男生，早已是关系很好的朋友，他们的争吵缘于他想让林小沫求自己的舅舅，将他一幅自以为得意却被初审评委刷下来的作品，重新推荐到终审评委那里去，而林小沫却坚持认为那幅作品的确够不上评审的资格。他觉得林小沫不够朋友，林小沫则坚持自己的原则。两人的关系因此陷入僵局，是林小沫的一场病，才最终使两人重新握手言和。帖子的最后，很小心地加了一句：这则新闻自此连载结束，请大家以后不要再去打扰林小沫，让因此病了一场的她安静生活，好么？

帖子很快有了回复，第一条，竟是几个红色的大字，愤怒质问道："究竟是谁，制造了这则故弄玄虚的绯闻？！"而第二条，则积极响应说："一定要把背后这个无聊的家伙，揪出来暴打一顿！"事件的矛头在毫无悬念的结局面前一下掉转了方向，是所有关注此事的看客都没有想到的。

正在论坛里几乎"全民动员"起来，要寻找这个制造事端的人时，一条新帖如一盆冷水，兜头朝所有狂热的八卦爱好者浇了过来。帖子是林小沫发上去的，她说，谢谢这么长时间以来，大家对我隐私的密切关注。如今，既然结局已明，那么，这则写得有些失败的侦探新闻，大家也不必再去追究了。毕竟，言语带来的伤害，是我们在说出口的初始，永远无法预料到的……

我当是第一个看到这则回帖的吧，因为，从第一条新闻发出的时候，那个隐了身的我，就一直在等着林小沫的回复。我一直以为，当我想要的结果出现的时候，我会欢呼雀跃，心内得意；却没想漫天的悔意，竟是雾一样将我紧紧地包裹住。林小沫她永远也不会想到，这则新闻不过是我贴上去，为了小小地打击一下她的"美女救英雄"的气势。而我亦没有想到，当我惹下的事端覆水难收的时候，却是美女林小沫，再一次救了我这落魄的"英雄"。

而当我把一颗心交给霸道又侠义的林小沫的时候，我知道，那个秘密，我还是会"自私"地永远锁在无人知晓的角落。

陪你在百花香的春天里

「壹」

我总是有一点点的迷信。譬如相信阳光滑过教室黑板的左下角的时候，坏脾气的语文老师，会不经意地绽出一抹柔情蜜意的微笑。譬如春天的风携一丝白玉兰的芳香，绕过我的膝盖的时候，隔壁班的阳台上总会有一个贼兮兮的男生，探头探脑地将视线穿过栏杆，落在我环佩叮当的左手腕上。譬如体育课上，球技很差的我，突然顺利地将球投到篮筐里，让体育老师忍不住大声叫好的时候，我枯燥无味的生命里，总会有大大小小的奇迹发生。

而黎锦天的到来，算是一个我闭上眼睛进入睡梦，也无法忘记和忽略的奇迹。

那日又在体育课上，有一搭没一搭地练习投球，总是在碰到球筐的时候，砰一下又弹出去老远。我几乎快要被这样的机械运动给折磨疯了，回头瞅见体育老师一脸失望地叹气，似乎再有一次就对我彻底地放弃。我就在这一刻，笑一笑，轻松地将最后一个球投进球筐，而球果真划了一个完美的弧线成功进入。这一次，我除了听见体育老师的叫好声，还有一个男生热烈的鼓掌。

循声望去，便看到黎锦天正抱着一个足球，笑看着我。我朝他大叫："嘿，我们认识吗？"他也大声地回应我："当然认识，就在此刻！"我忍不住笑弯了腰："你是哪个班的，我怎么从来没有见过你？"

他"嘘"的一声，小声道："千万别告诉别的女生，你跟隔壁班的帅哥黎锦天很熟，否则，她们会难过得吃不下饭的。"我在他故意做出的小老鼠一样环顾四周、准备逃离的动作里，突然间想起隔壁班的阳台上，那缕穿越墙壁，绕过花香，落在我左手腕上的视线。

我终于明白，黎锦天就是那个隐在我的身后，无声无息的男生。

「贰」

我在第二天放学的公交车上，再一次与黎锦天不期而遇。

彼时正有一个叽叽喳喳长得不讨人喜欢的女生，缠着他说一些无聊的琐事。看到我，黎锦天即刻毫不客气地甩掉那个女生，朝我走过来。我听见身后哭鼻子的声音，低声道："黎锦天，千万别让别的女生知道你跟我很熟，否则她们会难过得哭一路的。"

说完两个人对视一眼，忍不住很没礼貌地在车上，哈哈大笑起来，一直笑到那个女生还没有到站，便提前冲下车去。

我很奇怪以前从来没有在车上注意过黎锦天，而黎锦天，则幽默地解释说，那是因为他黎锦天有隐身术，所以可以空气一样将我紧紧环绕，却无法察觉。我喜欢黎锦天这样有趣的解释，因为生活里的每一个故事发生的时候，难道都得像老师批改试卷时，那样毫无想象力的答案？

我在快要下车的时候，问黎锦天为什么非要厚着脸皮，与我做朋友？黎锦天嘿嘿一笑，指指我胸前挂着的学生证，说："如果不是你厚着脸皮，非要将一张忧伤的艺术照替换下死板无趣的照片，我怎么会厚着脸皮天天跟踪着你，千方百计地想要一张你的明星签名照呢？”

我用卷起的试卷，啪地打了黎锦天一个棒槌，便哈哈笑着逃之夭夭。我听见黎锦天在身后大喊：“苏小美，记得去我刚刚建立的‘美天都有你’的博客哦。”我回头，朝车上的他挥手：“知道啦，我会有空尽半个博主的义务的。”

「叁」

周一开学，我一进教室便冲到阳台上，探出半个身子去，却并不见黎锦天往昔一样“阴魂不散”地在那里等着。我失落了片刻，大喊：“黎锦天！”没有回音，却是一个女孩狐疑地探出头来，而后看我一眼，便又蜗牛一样缩回安全的壳里去。隔着一堵墙，我听见她跟另一个女孩，窃窃私语，说，知道不，她就是那个因为发表过一些文字，便自恋得将艺术照张扬地贴在学生证上的女生，据说，她成绩排到最下面，眼睛却抬到最高处，清高得很，连老师都不爱搭理，又自以为是，班里几乎没有人喜欢她呢，但也不知用了怎样的能耐，近来招惹上了咱们班里的班草黎锦天……

我将手里攥得发烫的一把枣，当作暗箭，嗖的一声，砸到隔壁班阳台上去，随着一个女生龇牙咧嘴的“哎哟”声，我听见黎锦天熟悉的喊叫：“苏小美！”而我，却在他探头过来的瞬间，狐狸一样，消失掉了。

我躲了许多天，不肯见黎锦天。我听见他在隔壁阳台上高声地唱歌，引来楼下许多女生拼命地叫好。还有楼上的人，从阳台上投下一架纸飞机，上面写满热烈的诗句。班里的女生们，开始喜欢跑到阳台上去，听黎锦天讲笑话，他总是有那么多讲不完的幽默话、俏皮话，而这些恰恰是那样地吸引女孩子。

可是，我明明知道黎锦天卖力地做这些，全是为了能够将我再次吸引到阳台上去，知道他将所有人的掌声与讨好，全都视若无睹，但我还是无法那样轻易地、热情地回应他。

我突然间就在一份真诚的情意面前，变成一个惶恐不安、想要退却的小兽。

「肆」

学校里很快地组织春游，并在校报上开辟与春天有关的征文。

我们与隔壁班联合起来，在一个周末，去学校附近的一座梨花盛开的山上游玩。临行前黎锦天在QQ上留言，说："嘿，苏小美，不管你躲在哪片梨花里，我的导弹定位系统都能将你搜出来。"我隐身，看着他发过来的一枚呼啸着旋转的导弹，想要给他回复一个同样好玩的小人儿，却是将鼠标放置了许久，都没有点击下去。

"美天都有你"的博客上，并没有像我想象的那样，荒草丛生。黎锦天每天都像个勤快的小老鼠，将别人麦田里好玩的故事，好看的图片，好听的歌曲，全都"偷"运到自己的这片自留地里来。常有陌生人留言，说，博主为什么每天都会如此快乐开心呢？是不是你的身边真的有一个像你博客名字里说的那样，可以天天陪伴在身边的很特别的朋友？

黎锦天对于这样的问题，总是不厌其烦地跟帖回复，说，当然啦，小老鼠如此不辞辛苦地耕耘自家小花园，肯定是要在春天的时候，让朋友看到百花开啦。也有人八卦，继续跟帖，问他，可是那个你为之这样日日忙碌着的朋友，她会不会来呢？

黎锦天不回复，我却是匿名，回答说，或许，她天天都在这里，隐了身，流连忘返，且耐心地等着那片花儿开呢。

我不知道这样匿名的留言，黎锦天会不会看到。他知不知道，尽管博客长长的密码我可以倒背如流，却从来不肯轻易地在这片湿润芬芳的泥土上留下文字，只是因为我不想让他再承受更多的流言飞语。

就像这次春游，我那样地渴盼，却可以为了这份只有他肯真诚给我的情谊，而毫不犹豫地，放弃掉一样。

「伍」

黎锦天在春游的时候，几乎吸引了所有女孩子的目光，他的歌声，具有极强的杀伤力，可以穿透层层的阻隔，直抵人的心灵。女孩子们发疯似的在山顶举行的Party上，又喊又叫，让黎锦天一直不停歇地唱下去。而男生们，则嫉妒地看着他，看着那群因为他，脸皮厚厚地尖叫的女生们。

这些，都是我在下课的间隙，从那些八卦女生们的口中听说来的。

校报的春游专栏里，编辑专门为我开辟了空间，却迟迟等不来我的文字。编辑说，苏小美，没有你的文字，这专栏无论看上去多么的争奇斗艳，懂得的人都知道，所有的文字都是寂寞的。

可是，又有谁知道，我坐在夜晚的台灯下，看黎锦天“美天都有你”的博客上，那些繁花似锦的文字时，又有多么深的寂寞呢？

而总是在热闹中开怀大笑的黎锦天，他会不会有过同样的孤单？

我终于还是在周末，一个人背起行囊，去了黎锦天去过的那座山，并在他们唱歌跳舞的山顶上，高声地对着十几米处的大山，喊出黎锦天的名字。

喊过之后，心内郁积的那些忧伤，便开始慢慢地散去，犹如午后淡紫色的轻烟。

回来后我便给校报写了春游的专栏。在那篇专栏的结尾，我给自己说，其实每一个人都在最好的春天里，都有别人不曾发现的清香与唯美，我们在自己小小的天地里，迎接着属于自己的阳光、雨露、清风，如果恰好有人经过，陪你默默地坐一会儿，而后离开，那么你不必感伤。因为我们曾经有过如此美妙注视陪伴的时光。就像春天总会过去，但这一季的芳香，却是留在了我们的茎叶之间，再也不会失去。

「陆」

文章发表出来的第二天，我在堵车的公交上，看到与公交相向而行的另一辆车上，黎锦天正背对着我，认真地看一份报纸。隔着嘈杂喧嚣的人群，我还是隐约地瞥见了，校报的一角。

车开动的时候，我突然间明白，最初的那段时光里，黎锦天与我每天同乘一辆公交，原来不是巧遇，也不是同向，只是他刻意地要向我索要一份友情。

那天晚上，我温习完功课，习惯性地登陆“美天都有你”的博客。那篇校报上的专栏，竟是在我登陆前的一分钟，放在了博客最新的日志里。

我看着黎锦天同样灰着的QQ头像，知道这一刻，他也在隐身，而且等待，等待着我点开他的对话框说一句话，或者什么都不说，只发给他一个蹦跳的小人儿。

而我们，果然心有灵犀地，在下一秒钟，发给对方一个笑得东倒西歪的小人儿。只是，他的小人儿说：“嘿，再笑你就牙齿都掉光啦！”而我的小人儿，则说：“嘿，牙齿掉光了也要‘美天’瘪着嘴陪你笑！”

我看着黎锦天随后发来的满屏的奇形怪状的笑脸，捧腹的、傻笑的、偷笑的、坏笑的、嬉笑的、羞涩的、小人得意的、豪放不羁的。它们一起笑着，几乎将我的屏幕都要震落下来了。

我捂住双眼，可是那眼泪还是伴随着笑声，在这个百花香的春天的夜晚，毫无阻拦地流出来了。

是谁温暖了我们的初恋

「壹」

年少的时候是个爱慕虚荣的女孩子，不仅在成绩上与班里的其他女孩子比拼，在衣饰和情书上，更是不肯向她们服输。当然这些是在暗地里较量的，一旦被某个爱嫉妒的人上告了老师，这样的虚荣转瞬间就会灰飞烟灭，只留下尴尬和羞耻给自己。我与文康的初恋，便是在这样的小心和甜蜜里，越过几何老太的耳目，悄悄生长起来。

那时候已是快要读高三，文康和我皆是几何老太最引以为豪的学生。记不清这段被温柔环绕的爱恋具体是怎样开始的了，好像是与几何老太有着千丝万缕的联系。都常常在放学后被留下来加加小灶，或是在她窄窄的小房子里帮她批改一下试卷，如果改得快，她会将我们“强行”按在饭桌前，做饭给我们吃。她与丈夫早早地就离了婚，儿女皆已成家，她就一个人住。有时候我们猜想她是寂寞，想念自己的儿女，所以才对我和文康如此的偏爱吧！

还是十六七岁的小孩子，对她的这份关爱，并不怎样领情，相反在她转身的时候，还会和文康狡黠地挤挤眼睛，笑她矮胖臃肿的身材。也就是这样无声的交流，让我们渐渐忘了对视的初衷，只看清了彼此眼睛里的依恋和柔情。我和文康就这样在被称为"爱情毒药"的几何老太的眼皮底下，悄悄喜欢上了彼此。

「贰」

初恋的甜蜜足以让人忽略一切的阻力和危险，当几何老太在讲台上义正词严地重申一旦发现早恋者，即刻一刀斩断的时候，我和文康还在传递着温情脉脉的小纸条。她絮絮叨叨地给我们两个介绍改卷的规则时，我们手里握着的红色圆珠笔，早已换成了彼此发烫的手指。就连她在别的老师们面前夸我和文康的聪明颖悟时，我们还没有忘了给对方一抹温情的微笑。这样的爱恋还是敌不过周围同学的注意，第一名和第二名的爱情，他们除了羡慕，竟是没有一丝的嫉妒。这不免让我和文康觉得得意，偶尔也会因为究竟谁先爱上了谁，而不大不小地吵上一架。

那时候的我们，都脱不了骄傲和虚荣，小小的心，也会因为彼此排名的先后，而在说完甜言蜜语的时候，附带着给对方一句淡淡的挖苦。终于在有一次被几何老太批了落后文康的分数幅度太大时，在他略带张扬的笑意里，我张口便给他一句："回去后把我写给你的纸条都还给我！"

这样一句在我们之间常会有的任性的气话，终于让几何老太窥去了我们的秘密。几何老太一定是十二分的惊讶和气愤吧，她一向作为榜样在班里极力宣扬的学生，怎么竟会当着她的面就谈起恋爱来了？而且，竟然到了相互会闹小别扭的地步！几何老太几乎有两个星期都没有理我和文康，也许她不知道该怎样处理这件棘手的事情。她看上去有些慌张，上课的时候看到我和文康高高举起的手，常常会走神儿，好大一会儿才能静下心来，故意跳过我们点下一个同学的名字。我很是为那一次的冲动而后悔，写纸条给文康道歉，他并没有怨言，而是忧心忡忡地问我："我们的爱情会不会死在几何老太的手里呢，我们怎么办才能免吃她的毒药呢？”我想了许久，终于不太确定地回复说：“我们不下滑的成绩，或许会抵住她的各种狠招吧。”

「叁」

这样战战兢兢地过了十几天后，几何老太终于以“体察民情”的借口，将我和文康叫到了她的小屋。三个人尴尬地坐了一会，几何老太才清清嗓子开了口：“近段时间你们两个学习有没有什么困难，如果有，除了找我解决，彼此之间也得互相帮助一下，你们是我最得意的学生，我希望看到一年后的你们都能给我添光彩，考个状元出来，这样我带的你们这三年，也算是功德圆满了……”

没想到是这样的开场白，而且接下来像是什么也没发生过一样，给我们做她拿手的红烧鲤鱼。三个人像往常一样，聊着班里学生的学习状况，伴着楼道里小孩子的嬉笑打闹声，还有隔壁总也停歇不下来的钢琴声，各怀心思地吃一顿素常的晚饭。只是我和文康的手，自始至终，都没敢碰到一块儿去。而几何老太，也一反往日的急躁，边笑看着我们，边很慢很慢地将手里的一碗米饭吃完。

那一顿饭，说不清是什么滋味。有点冗长有点冷清，但似乎也有一丝丝我们以前从没有体会过的温暖和慈爱。至少，几何老太眼睛里的东西，没有我们想象的那样冷漠和阴霾。

这之后更是出乎意料地安静，几何老太似乎把我们的地下爱情给忘记了，一如既往地将我和文康视为她门下最得意的弟子。而我和文康的爱情，在这样一场虚惊之后，竟是像一条跃过了沟壑与灌木的小溪，开始在平坦的沙滩上，闲庭信步似的徐徐前行。但在见了几何老太之后，还是会有隐隐的歉疚在心里，继而觉得只有将她那功德圆满的梦想实现了，才不枉她放我们一马的宽容。

就是怀了这样的目的，我和文康彼此憋足了劲儿，终于在高考的时候，以文康的全市第一名，和我的第三名的好成绩，将欠下几何老太的这笔心债还清。去看成绩的那天，遇到同班的一个同学，他说："知道吗，几何老太退休回家去了，我们成了她的最后一届弟子。"我和文康相视一笑，异口同声地说出一句："原来是这样。"

「肆」

一直到大学毕业前，我和文康还认定，几何老太之所以放过我们，原本是为了在退休的最后一年，给自己留下一个完美的记忆，假若因了惩罚我和文康，而在心里留下一块磨不去的伤痕，她这一辈子的教书生涯，也会觉得遗憾的吧？

终于有一天，我和文康手牵着手在小城的马路上逛街，遇见了几何老太，我和文康下意识地松开了手。没想到还是被眼尖的几何老太瞥见了，她像以前那样哈哈地大笑起来，笑完了才道："我就知道你们两个会在一起的。"

我的脸微微地有些红，我说："老师，当年我们让你伤透了心吧。"几何老太依然是带着笑，只是这次的笑里，有无限的温情和怀念："不是伤透了心，是伤透了脑筋呢，我把你们当成我最优秀的孩子看，希望你们都能有出息，所以你们两个的爱情，我真的不知道是该斩断，还是留下根让它健康地成长。但幸亏我忍住了，因为两个最好的孩子在一起，做师长的除了担心，还是高兴更多一点哦，我真的是没有猜错你们，果然是我教过的可以把握自己未来的最优秀的学生……"

原来是这样的。那份躲躲藏藏的初恋能够流畅地走下来，原本是有这样一颗心在偷偷为我们温暖牵挂着。

29页的秘密

「壹」

妈妈下岗后，在吉水街上开设了一个小小的报亭，除了卖报、售饮料，还建了个绿色的邮箱，收了信后帮着送到邮局去。报亭的对面，是这个城市有名的中学。有钱人家的孩子，几乎全涌到这里来。这所学校也因此被普高的我们称为贵族流散地，一是不屑他们的骄傲和冷漠，二是嘲讽他们的不学无术。

两个学校的学生都要经过一个十字路口，擦肩而过的时候，难免会因为眼角的一丝不敬而惹出麻烦来。学校曝光栏里，因此而被警告的学生名字时常地挤满了黑板。有时候不过瘾，双方常常还会到各自学校的论坛里，激烈地灌水、砸板砖，直至版主强行关了论坛。

每每怕妈妈劳累，在放学后给她去帮忙，但遇到从对面学校里涌过来买书的学生，我总是会失掉好脾气。他们也没有礼貌，常常把书报翻得一团糟。买书后时常等不及找零，就丢下一句“算小费”，扭头便跑。我从来不接受他们这样的“好心”，即便是跑上一千米也要把他们追上，将小费扔到他们手里。

妈妈埋怨我执拗，说："都是小孩子，何必较真呢，其实有时候他们挺可爱的，看到风把报纸刮跑了，总是会帮我捡，你是对有钱人家的孩子有成见呢。"我不吱声，照例看到他们嘻嘻哈哈地涌过来会生气。这种气恼里，也有一种隐隐的自卑在作怪吧，他们名牌的衣服，不羁的举止，刻进骨子里的高贵，常常会让我觉得失落和忧伤。

「贰」

但也有开心的时候，当那个叫彦生的男生来拿新的英文报纸或杂志。他很鲜明地与那些爱显摆的臭男生们不一样，在他的神色里从没有过张扬和孤傲。他从来都是微微笑着向我和妈妈问一声好，再等着我将属于他的报纸送过来。他有时候会倚在报亭旁看上一会，我将凳子搬一个给他，他道声谢，而后将一份报纸让给我看。

我喜欢那样的时刻，两个人并肩坐在一条面街的长凳上，闲闲翻着报纸或是杂志。偶尔他会歪过头来，问我一个单词的汉语意思。那是我最骄傲的时候，我的英文是班里最好的，如果不是因为外国语学校的费用太高，妈妈肯定会送我去读的。但我并不觉得那是种遗憾，能帮妈妈减轻负担，亦是我所乐意的。而能教好学又善良的彦生学会一个单词的读法，更是一件美好的事情。

像是一种默契，每个周六的午后他都会来。并不买报纸，只是骑着漂亮的山地车，隔着人来人往的吉水街，给我一个温暖的微笑。我在这样的微笑里，会微微地脸红，下意识地低下头去找他借我的杂志，将他问的问题的答案夹在他习惯折住角的29页里，等他来取。

这样的秘密，连妈妈都不知道。周六的午后，是她进货的时候，我帮她守着报亭，亦守着一份穿街而来的喜悦。隔着报亭的小窗，他会给我聊些学校里的趣事，偶尔也会谈到自己在澳洲的父母，极淡的语气，有些轻微的惆怅。这样的话题，我们都不喜欢谈起，觉得很远，但又觉得有股无形的残酷。他定是要在毕业后出国的，而我，如果考不上大学，或许会永远地守在这个小小的报亭里吧。一样的年龄，却注定我们要隔着热闹的吉水街，遥遥地看一眼，而后各走各的路，连朋友都做得如此短暂又寂寞。

「叁」

我是后来才知道原来彦生是他们学校英文社团的社长，是同桌文晓硬让我去学校论坛里看的。不知谁发的帖子，说贵族学校的英文社长彦生，喜欢上普高的一个女生，实在是太让学校掉价了！帖子被许多愤怒的回复挤得没有去处，有一条说：爱跟贵校男生混在一起的女生肯定不会是我们普高的，有胆量的把那个女生的名字写出来啊。我的脸，一下子红了。彦生的英语，已经过了六级，而他次次拿来问我的问题，只不过是个美丽的借口。

彦生再来问我问题，我竟是有些慌乱。鼓足了勇气，才将折住了那页里的问题取出来还给他，低声说一句："其实你会的。"彦生却是没有接，反问道："那连交流也不可以吗？"我一下子呆愣住：是啊，彦生只不过是找我来交流，为什么不可以呢，那些让我自作多情的流言飞语，只不过是个可笑的误会。而一个普高的女孩子，在彦生的眼里，怕也只有爱学习的优点吧。我的心，微微地有些疼痛，那些值得我念念不忘的细节，原本丝毫不值得我怀念，而我却傻傻地把它们一一地捡起，宝贝一样地细细收藏和晾晒。

我将彦生的问题留下，却是再没有心思详细备至地将答案写下来，夹在29页的位置上。此后也不怎么爱去报亭，吉水街上的热闹让我看了会愈加的伤心。妈妈有时候会将彦生的话转述给我，说彦生问我周末有没有空，他们学校的英文社团和外教举行联谊会，如果我喜欢，可以去参加。又说我的英文读得很美，他们社团有朗诵比赛，如果我报名，定可以拿第一的。还说他刚买了一盘英文歌曲，很美，听完了就给我送过来。

我的反应，常常是很冷淡，偶尔还会讽刺几句，说贵族学校的学生，就知道摆阔，其实有什么了不起呢，高考哪次考得过我们普高！妈妈最恨我这样的态度，她总是反驳我："我看彦生这孩子比你强得多，常常帮我把信捎到邮局去，起初以为他是顺路，后来才知道他家完全在相反的方向，只这点小事我就觉得他值得做朋友。"

「肆」

我想了许久，终于决定照例在周六的午后去帮妈妈守摊。彦生只是把我当成一个可以交流英语的朋友，这有什么不好呢，心底的那份秘密，就全写在日记上吧。那个周六，彦生照例出现在吉水街的对面。我趴在柜台上，看他像往常那样，微笑，挥手，而后横穿过马路，响亮地向我打招呼："嗨，九九！"我低头调整一下表情，随即抬头笑道："嗨，你好，有什么问题要问吗，未来的留学生？"彦生的脸，在这句话后，很明显地红了："九九，是我不好，论坛上的胡言乱语，你不要生气。"我又笑："有什么好生气的呢，我们普高的女孩子，也并不比你们这些准留学生差多少。如果不信，高考的时候我会证明给你看。"

那天我们谈得很是尴尬，彦生匆忙地投了一封信在信箱里，便神情复杂地道了再见走掉了。是我帮妈妈送的信，一大堆的信里，有一封是彦生写给我的。打开来，只有一句话：九九，我要报考北外，你呢？这是我预料外的结果，本以为他会与他的父母一样，去遥远的澳洲读书，而后永远地定居，把所有交往过的如我一样的普通女孩子统统地忘记。

我把那封短短的信夹在日记本里，且在它的末尾写道：彦生，你能去的学校，我当然也行。但是这句话，我没有告诉彦生，他会笑话我吧，那样平凡的一个女孩子，只不过英语比别人好一点，就口气这么大。我在29页彦生的纸条里，说：只要你还在中国，一年后你会知道的。

依然是这样淡淡地交往，彦生将要交流的问题夹在书的29页，让我解答；他定期地买英文杂志或是磁带，用完了给我。论坛上的板砖，越来越凶，甚至有人将我的名字报出来，说我是想要穿水晶鞋的灰姑娘。我只是一笑而过，都是彦生口中的胡言乱语，有什么脸红的，任他们说去吧。

「伍」

读高三的那一年，我们很少再见面，总是妈妈将彦生的问题转交给我。纸条里有时候只是些注意身体之类的废话，没有问题，我当然不回。妈妈说："彦生这孩子瘦了，但还知道关心你，你有空也给他写封信安慰安慰他吧，听说他近来跟父母闹得很僵，他说什么也不去国外读书，你说他真是傻，国内有什么好念着的呢。"我没有听从妈妈的话，给他什么宽慰，出不出国是他自己的事，与我又有什么关系呢？我也只会轻微的哀伤，失去一个可以交流的朋友罢了。

再去妈妈的报亭，是填报志愿后的暑假。我的成绩，足以报考北外，而彦生，连妈妈也已经两个月没有见到他了。我天天地去陪妈妈，尽管她总是心疼，让我好好地休息。我在等了一个星期后，收到一本书，是一个陌生的男生送过来的。我径直地翻到29页，看到熟悉的字迹。彦生说，他现在已经飞去了澳洲，陪伴父母。彦生又说，一个月后，他就会回来，与我见面，在美丽的北外。彦生还说，29页的秘密，天下最笨的女孩子，为什么还猜不出来？

我想笑，却是流出眼泪来。29页的秘密，敏感的九九其实早就知道，只不过而今她才敢面对那个"2"字的含义。

有些忧伤，刚刚明白

「壹」

知菡鼓足了勇气，在森柏第30次经过街心小花园的时候，跑过去将他阻拦住。

森柏漫不经心地抬头，淡淡扫她一眼，道：“你是谁？有事么？”知菡预演过上百次的台词突然就卡了壳，她想象中的电影里的经典桥段也随之停住了。那一刻，知菡感觉自己像地上的一只蚂蚁，或者小虫，不过是一阵小风，便可能让昔日所有的辛劳、美好、欣悦，全都化为乌有。而自己，却是连丝毫挽救的余力都没有。

知菡最终做的就是朝森柏笑笑，露出闪闪发光的牙套，而后从身后拿出一本书来，小心翼翼地问道：“是你丢的书么？”森柏的视线只是轻轻一转，便又跳荡开去：“你叫什么名字？”知菡的呼吸几乎停止，她想象中的结果终于到来，森柏竟然开口问她的名字，是不是，他也早已开始关注自己？知菡语无伦次地，将自己的名字报出来，而后羞涩地低下头去，等着森柏给她一个浪漫的开始。

沉默了片刻后，森柏终于开了口，语气里带着惯有的嘲弄和不屑：“天下还有没有像你一样的傻瓜，拿着自己的书问是不是别人丢的？”说完便绕开知菡，吹着得意洋洋的口哨，走开了。而被丢下来的知菡，则像一株失水的植物，在烈日下，被封皮上“陈知菡”三个大字一烤，便倏忽没了影。

这是知菡第一次主动地向一个男生示好。她幻想过千万次的情况是：森柏将她的名字一笔一画地记住，而且，此后会找各式各样的理由，在小花园的拐角处，等她过来，而后两个人在凉爽的秋日，边吃着爆米花或者怪味豆，边悠闲地溜达去上课。知菡还幻想过女孩子们见到她与森柏在一起时，集体发疯的场面，那时的她与森柏一样有淡漠不羁的面容，不管外人如何起哄、阻拦，都置之不理。是的，置之不理，这是森柏对向他示好的女孩子，千篇一律的表情。

就像幻想过后，知菡再看到森柏从楼下经过，他依然连眼皮也不抬一下，依然做回那个让女生们疯狂自己却一脸无辜的“讨厌”男生。

「贰」

森柏是从一所艺校转到邻班来的，如果不是知菡的小姨就在那所艺校做老师的话，知菡才不会搭理这个坏脾气的男生呢。知菡在森柏来之前，也曾有过一段风光，用她自己的话，就是完全不亚于任何一个超女。她有自己的一帮粉丝，尽管为数不多，时常还会朝秦暮楚，来一些小小的背叛，但到底是追捧她的，只要有她的文字上了杂志，铁定会将吃饭的钱掏出来去买。当然作为回报是，知菡的稿费来的时候，一定要请她们去唱歌，而且，那笔小钱，全部花光了才算彼此交心的朋友。尽管如此，知菡还是开心有这样一群女孩，为自己捧场，且在适时的场合，像真正的粉丝一样，为自己炒作人气，加油助威。

一切改变，都是从森柏的到来开始的。

并不是他长得怎样的帅，如果知菡的文笔稍稍刻薄，他也不过是一只变不回来王子的青蛙，再怎么才华横溢，能将那歌声婉转的鸟儿比下去，又有什么用呢？但那些见风使舵的粉丝们，还是掉转了方向，将昔日给知菡的掌声，毫不吝惜地就全给了森柏；而森柏却对于如此热情的示好反应冷淡，甚至，他在那场让他名扬全校的歌唱比赛中，对于台下女生的尖叫，还有略略的厌倦和不屑。这一点别人看不出来，但敏感的知菡却是清晰地窥到了。

所以知菡在发现自己的粉丝全都跑光了，而且自己竟然也开始关注这个该死的男生时，在心底狠狠地把自己鄙视了一通。而后，又为自己的"掉价"，找到一个最合适的理由。知菡见到那些忘恩负义的"死党"们便说："如果不是看在曾经做过森柏老师的小姨面子上，才不会正经看他一眼，他爱白谁就白谁去，我懒得搭理他！"死党们都嘻嘻笑看着她，说："哦，是么？好像历来都是才女思慕多呢。"说完了她们便嘻嘻哈哈走开去，留下知菡一个人，羞成一朵秋日的蝴蝶兰。

「叁」

知菡的那次"丢书"糗事，倒是让森柏记住了她。森柏住的地方，离知菡家的小区不远。下了公交，穿越小区花园，是森柏可以走的最近的路程。知菡几乎对森柏哪一刻钟，会抵达街心花园的第一个石凳，都了如指掌。至于森柏走路时爱唱的歌，口中嚼的口香糖的牌子，口哨何时悠扬，何时激越，书包斜挎在肩上，左边长长的带子，会以什么样的速度滑落下来，知菡更是一清二楚。这些秘密，知菡是从来没有，也不打算与任何人共享的。知菡明白森柏是女孩子集体的偶像，但那又有什么关系呢，迄今为止，森柏还没有对任何一个女孩有过好感，所以，文笔优美的知菡，有的是机会呢。

森柏记住知菡，也仅限于她的"傻"。所以当知菡与他一次次"巧遇"在街心花园，他除了嘲弄这个不怎么漂亮的牙套女孩，便再不会搭理她。至多，会耍一点小心计，走走停停中，就把她给甩丢了。知菡当然明白，但依然锲而不舍，将自己变成一块粘糖，结实地贴在森柏的后背上，让他抠不下来，也洗不下去。这样做的结果是，森柏终于扭头，站住，一脸恼怒地问她："为什么你总跟着我？！"知菡的心，一下子提了起来，但她还是假装不明白，一脸无辜地回他："我家住在兰草小区，要去行知中学，当然每天都要走这条路啊。"

森柏被她可爱装傻的模样，给逗乐了，停了片刻，他狡黠地一笑，说道："那既然同路，以后你每天在小区门口等我怎么样？我们一起聊聊天，这路就不觉得远了么……"

他的话还没有说完，知菡就跑远了，边跑边朝身后喊："放心啦，我会做你忠实的路友的。"知菡从没有跑过如此快，她相信如果每次体育考试，她都给老师一个这样的惊喜，那么，她铁定会抛掉不及格女生的帽子，次次都夺冠的。

那天晚上，知菡翻来覆去地睡不好觉，她将闹钟看了一次又一次，确定无误后，这才幸福地蒙头睡去。

「肆」

知菡的梦，做得太多了，多到闹钟响了三次，她才迷糊地醒转过来。看见墙上贴的两个对面眯眼笑的小人儿，她才想起早起去等森柏的事。这一想起，她便慌了手脚，粗枝大叶地穿好衣服，又将昨晚从妈妈梳妆台上偷来的一点胭脂，涂在脸颊上，让自己一向晦暗的肤色，看起来更红润一点，这才抓了书包，连早饭也不拿，便冲下楼去。

小广场上当然没有人。已是深秋，知菡在空荡处站了片刻，便手脚冰凉。她努力地朝森柏来的方向张望着，希望可以看到那个背吉他的熟悉的身影。但除了三三两两骑车去上早班的人从路上过来，森柏，始终没有出现。看看表，快要迟到了，知菡的爸爸正从对面的楼上走下来；知菡终于委屈地再次回望一眼，扭头朝学校跑去。

终于艰难地熬到了中午放学，知菡在混乱的人群里，找到了森柏。森柏看见她，有一瞬间的躲闪，但知菡随即迎了上去，语无伦次地，低头看着自己的鞋子，说："对不起啊，真的，我起晚了，明天等你好不好？"森柏有点诧异，但他即刻笑道："好啊，我先走了，明天早晨见。"

但知菡还没有对自己的晚起释然，第二天的清晨，依旧没有等到森柏，她甚至试图沿着森柏来时的方向走了一段，发现终点只是一条无法跨越的护城河之后，这才失落地扭身朝学校走去。第二天，第三天，不管知菡起得多早都等不到森柏。老师们已经开始对她不满，屡次提醒她说，如果再迟到，或许就要请家长了。

知菡在老师们的严厉警告里，终于哭了。但她还是在走廊里遇到森柏的时候，友好地朝他笑笑，而后低低恳求道："如果，我迟到了，你能否等等我呢？"她不敢看森柏的眼睛，她不知道那一刻的森柏，怎样窘红了脸，几次想要开口对她说些什么。

但自始至终，知菡都没有同森柏在街心花园里相遇过。最后，知菡终于失望了，她相信这是缘分，时间从来都不让她与森柏有相遇的机会，总是他早一刻，她晚一刻，或者相反。如果真的如此，那么，再等下去，就没有必要了吧。知菡想。

「伍」

知菡就这样开始躲避森柏，而森柏，也似乎不再想要见她。总是在快要相遇的瞬间，两个人中的某一个，转身走开了。知菡曾经为这样一场还没有开始便已寂然结束的情谊，为她第一次主动地朝一个男孩，索要一份同行的车票，而难过了许久。

这样直到有一天，昔日一个追随她的女孩子，在夜色里朝她吐露心事，说，曾经自己有一段时间，"背叛"了知菡，只是因为，她暗恋上森柏，千方百计地想要与他同路回家。没有想到，森柏竟是很轻易地就答应了她。从那天开始，她天天都是第一个冲出教室，在约好的一个拐角处等着他。但一连一个星期，都没有等到森柏。后来，她才明白，森柏不过是为了躲避她的纠缠，随口说说而已，而他自己，早已另辟了新的路线。

女孩说，你看，我多傻，怎么就不想想，那么骄傲不羁的森柏，他自负到不肯与任何女孩子说话，像我如此不美的女孩，他怎么能够喜欢？

知菡在夜色里紧紧握住女孩的手，说："傻瓜，不是我们不美，只是因为森柏挡住了你的视线，让你暂时的看不到其他的东西，所以，你才会为一点点的失去，而觉得感伤；就像，现在他走了，我们也毕业了，那么多东西都不再回来，但又是一个新的开始，却如此轻易地就掩盖了我们的忧伤……"

知菡知道，这些话，其实，她也是刚刚明白。

谁都知道我爱你

「壹」

16岁那年随妈妈“移民”到这个山城的时候，我就认识了霍家齐。而且，开始恨他。他家住在我们楼上，彼此算是邻居。但他和他的父母一样，并不友好。第一天我在楼道里碰见他，就被他堵住，很嚣张地向我示威：“嗨，听说你没有爸爸，是吗？”我不理他，继续上楼去，他长长的手臂一下子环过来，又挑衅似的坏笑着，没有丝毫要让步的意思。我终于火了，啪地给他一拳，就跑回家去关了门。霍家齐没有防备吧，我听见他在楼道里龇牙咧嘴地怪叫，还有大人的大呼小叫声。这是我第一次出拳打人，而且，打的是这一带小区里无人敢惹的霸道蛮横的霍家齐。

我不知道霍家齐为什么要处处与我作对。他在我放学的路上偷偷地拦截我，与我说许多不着边际的废话；他还把我们班的男生几乎都得罪了，连邻班常常拥在我们班门口探头探脑的几个家伙，他也不放过。没有人敢回应他的张狂，因为霍家齐的爸爸，就是这所学校的校长，而他的妈妈，则是山城一个知名公司的经理。霍家齐顺理成章的，亦是个走在路上处处有人来讨好的人物。

那么多的人都怕霍家齐，唯独我，从不怯他。尽管我和妈妈住的房子，是租来的，妈妈用来养家糊口的工作，也是在霍家齐妈妈开的公司里。我记得妈妈说过的话，只要有一双手，在这个世界上就没有什么可以惧怕的。是的，我和妈妈对什么都不会胆怯，即便是爸爸将我们无情地抛弃，即便是每一个人都来奉承着霍家齐的父母，但我高高在上的成绩，还有妈妈的勤劳和坚强，足以将这些一一打败。

「贰」

高考完的时候，班里组织了一次爬山。我一路飞奔在最前面，将所有的人都远远地落开去。就在我站在山顶上，尽情享受着读书时难得的开阔和自由时，霍家齐不知从哪儿冒出来，而且莫名其妙地就问我一句："温小暖，这个暑假你会不会回你们老家去？"我淡淡扔给他一句："这与你有什么关系么？这儿不只是允许你们家住吧？"霍家齐细长的眼睛，突然地亮起来："这么说，我可以天天骚扰你喽！"我习惯性地给他一拳，霍家齐没站稳，一下子倒下去，头正好碰在一块棱角尖锐的山石上，殷红的血即刻从他的额头上渗出来。

没有人会对霍家齐的这次意外负什么责任，他私自跟随我们班去爬山，已是违纪，他痞子似的挑衅我，亦该受到应有的惩罚。那个暑假，我窝在家里不愿意出门，甚至阳台都懒得去，怕碰到头上缠了绷带的霍家齐，亦怕听到他在整栋楼里的大人都上班时，站在自家阳台上拼了命地朝我喊："温小暖，你会后悔的！"后悔什么呢，我说不清楚。但我却是知道，我有点害怕额头上留了长长一道疤的霍家齐了。

尽管我的成绩，足以报考北京很好的大学，但我还是留在了山城。妈妈什么也没说，她知道我这样做，只是因为太过爱她，我什么东西都可以放弃，除了妈妈。就像妈妈与爸爸离婚时，连价值几十万的房子都情愿舍弃，却唯独要将我留在身边。我所读的这所大学，其实也是不错的，却因为有了霍家齐，而在我的眼里变了模样，就如整日雾气蒙蒙的山城，有让人急欲想要摆脱掉的潮湿和阴冷。这样的烦乱，在我遇到康的时候，很奇怪地一下子散去。康是我在新年的派对上认识的，那时候的霍家齐开始像一条尾巴，明目张胆地跟在我的身后，且对我认识的每一个男生，都会毫不客气地跳出来给上一拳。而康，则是学校拳击队的队长，一个高大到让霍家齐都会胆怯的男生。

是我主动找的康，那天的派对上，我是最耀眼的女孩子，许多的男生过来请我跳舞，我却一一地拒绝了，径直朝康走过去，且在霍家齐跑过来将我拦截住的时候，握住了康伸过来的手，倏地滑到舞池里去。那一晚我第一次那么快乐，有轻松得要疯掉的感觉。晚会结束的时候，康送我回去。我在宿舍楼前向他告别的时候，突然很冲动地抱住了康。我说，康，你喜欢我么？我没听见康回复了什么，我只看到不远处的霍家齐，嘭的将拳头砸在冰冷的水泥墙上，而后，转身离去。

「叁」

康就这样成了我的护花使者，有他守在我的身边，我可以随心所欲地去任何的地方，而不必再像以前那样担心，那个甩都甩不掉的可恶的尾巴，会突然地跳出来将一切美好的景致和情绪，干干净净地扫荡掉。我喜欢陪我游山玩水时的康，尽管他和平时一样粗心不细致，从来不知道帮我提手里的包。但没有别的女孩子来打扰，我还是觉得欢喜，就像霍家齐安安静静地从我眼前消失掉一样的喜悦。至于康，会不会在陪我的时候，依然恋着别的女孩子，会不会送我的每一件礼物，亦或有另外同样的一份给别人，这与我又有什么关系呢？喜欢可以帮我阻拦住一切麻烦的康，对于我，这已是足够。

霍家齐并没有彻底地从我面前消失，寒假回家的时候，他又完好无损地开始在我面前晃来晃去。又故意把头发掩盖下的伤疤，很鲜明地露在外面。我已经没有心情去理会霍家齐种种让我讨厌的言行了，那时候妈妈突然辞职，去了另一家待遇不好而且路途又远的公司。妈妈没有告诉我具体的原因，但我却是隐隐约约地觉得，定是我的冷漠让霍家齐在他的妈妈面前，说了许多对妈妈工作不利的话。我安慰妈妈，等我毕了业一定找一份好的工作，让她退休过最清闲的日子。妈妈在我的安慰里，心情开始变好。我对霍家齐的恨，也终于寻到一个合适的出口。他没有什么把柄再来威胁我，而我，又为什么再那样怕着他的刁蛮与霸道？

霍家齐再来敲我家门的时候，我便改了一向的沉默，很凌厉地堵在门口，让他以后别脸皮那么厚地硬闯别人家的门，没有人会因为你是贵族子弟就任你欺负，而我温小暖，尤其瞧不起那些倚仗父母无恶不作之徒！这样短短的几句话，说中了霍家齐的痛处了吧，他的脸，红了又白，白了又红，最后变成难看的青紫色。霍家齐咬牙切齿地说了一句话："温小暖，你真是天下最笨的女生，总有一天，你会跑来向我道歉的！"我不屑地看他一眼，嘭地关了门。厨房里母亲正在做着饭，我走过去，从背后轻轻拥住她。母亲拍拍我的手，说："暖暖，那个霍家齐，你怎么总是堵在门口跟他说话呢，那样多不礼貌啊。"我的眼泪，一滴滴流下来，我听见自己低声说："妈妈，等我毕业了，你跟我到工作的城市去吧，我养着你，永远不再让你这么辛苦。"

「肆」

我很少再和霍家齐在偌大的校园里"偶遇"，而康也突然地从我眼前消失掉了，我只是偶尔会在学校的体育比赛里瞥到他的影子，身边依然是围着花红柳绿的一群，缺了我他永远不会寂寞。而我，没了霍家齐的骚扰，怎么会莫名其妙地有些孤单？这样的疑惑，直到有一天我在一个舞会上又遇到了康，他试探性地向我走过来，看我是一个人，终于大着胆子问道："那个对你忠心耿耿的男朋友真的不再来找你了吗？”我大笑：“不是正在眼前么？”康的脸，微微地有些红：“我是说霍家齐啊，他爱了你那么多年，真的舍得这么彻底地从你面前消失掉吗？”

这是我第一次知道霍家齐暗恋了我那么多年，而且是从别人的口中。也是我第一次知道，我和康这段其实与爱没有任何关系的短暂恋情，自始至终都是因为霍家齐。是他，用比武的形式，最终逼迫输掉的康陪我度过那样烦乱的一年，且将我每一天的生活，都事无巨细地告诉他。而康送我的每一件礼物，亦是霍家齐精心买来的，他用这样的方式，试图慢慢地接近我，消解我心里对他坚固的冷漠与疏离。而后，他发现原来我真的无法爱上他，甚至，对他没有一丝丝的好感与温情。

毕业找工作的时候，我打电话问妈妈，她喜欢哪一个城市，我会给她想要的幸福。妈妈笑着反问我：“如果霍家齐也这么问你，你会怎么说呢？”我淡淡回道：“这关他什么事呢？以后我和您，永远不会再与他有什么关系了。”妈妈笑道：“怎么会没有关系呢，我欠他那么多的人情，都没有还呢。是他在我走投无路的时候，向他的母亲举荐的我；也是他，在那年因为无中生有的中伤辞职的时候，打电话来安慰我。我没有告诉你，是一直以为你明白，知道这个顽劣的霍家齐，其实有一颗良善的心……”

为什么会这样呢，每一个人都知道霍家齐用各种各样的方式，拼命讨好着我，喜欢着我；唯独我自己，回应他这份真心的只有残酷和无情。我其实早应该知道，霍家齐只是以他特有的方式，引起从一开始就对他不屑一顾的我，一点点的关注和柔情。而我却是将他的这份爱，故意地忽略到尘土里去，连后悔都来不及。

“怎么会来不及呢，”隐匿了一年多的霍家齐，用短信替母亲给了我回答，“我在16岁的时候，就知道我要给你足够长的时间，让你慢慢慢慢地爱上我，让你这个天下最笨的女孩子，在许多年之后，可以像恨我一样地深深爱上我。因为，你对我的恨，那么有韧性，我又有什么理由，不同样坚韧地爱上你呢？”

第一次知道，这个世界上，原来有这样坚不可摧的爱恋和柔情。

让不爱蓝小禾的家伙后悔死

「壹」

暑假过后英文老师新换成了蓝小禾，她一进来，我和另外几个高个子男生便齐声高呼："耶！美女老师！"蓝小禾在我们故意的惊呼里，顿时红了脸。但毕竟是大我们几岁，还是压住了我们的气焰，很流畅地上完了她的第一节课。

课后她想逃，被我们男生哗地堵住了去路。一群人一律拿着英文课本，却并不讨教什么问题，而是嘻嘻坏笑着抬头看她。一旁的林小帅啪地高举起手来，大声问："小禾老师，你有没有男朋友？"21岁的蓝小禾，估计是第一次见识这样匪气十足的学生，竟是红着脸低下头去，像个挨了训的小孩子。反倒是我们，像极了审讯她的老先生。正吵嚷着，班主任绷着脸走进来。我们呼啦一下作鸟兽散，本以为蓝小禾会趁机溜走，她却是很羞涩地抬起头来，极清晰地吐出一句来："Sorry, it's a secret."

正是最敏感的少年，我们还是从蓝小禾溢满柔情的眼睛里，略带嫉妒地猜出，她定是有了甜蜜的爱情。而且，她只愿意一个人安静地享受这份幸福，对于我们要与之分享的正当要求，是根本不屑的。

但是这又有什么呢？正是好奇心最重的年龄，越是无法知道的，就越是能激发起我们侦破的热情。而且，这么漂亮的蓝小禾，在我们心里像是港台的明星，没有我们这群狗仔队奋力去挖掘些信息出来，与外班男生卧谈的时候，怎么能具有绝对的发言权呢？又怎么能美化蓝小禾在我们心中的形象呢？

我和林小帅几个男生很迅速地成立了一个临时“狗仔队”，负责侦破蓝小禾口里的秘密，亦同时担当起关于蓝小禾所有信息的播报任务。每节课都能让我们听得如痴如醉的蓝小禾，就这样，从我们口里的“美女姐姐”升级为“目标”，而她那个迟迟不现身的男朋友，则成为我们集体嫉妒着的“男1号”。

「贰」

我们这支狗仔队，果然没有辜负全班同学的期望，几乎每个周末晚上都有新的消息向大家播报。据调查显示，蓝小禾肯定是有了男朋友的，因为我们经常看到她坐在校园竹林的长椅上，握着小巧的手机柔声说着什么。

谈话的内容我们当然探听不到，但是那时候的蓝小禾，与讲台上的她是截然不同的。她不经意间翘起的嘴巴，中指上泛着宝蓝色光芒的指环，温柔缠绕在一起的长发，还有眸子里快要溢出来的蜜意与柔情，每一个点滴都告诉偷偷绕过的我们，手机的那一端定是蓝小禾深爱着的男朋友。

而且，那个幸运的家伙，是和蓝小禾一个大学里毕业的呢。只不过他野心太大，考取了北京一所名牌大学的研究生，狠心地把小鸟依人的蓝小禾留在了我们这所中学。

这则新闻，要归功于林小帅，他是高一年级的收发员，有时候想要拍某位老师的马屁，便帮人家跑腿拿信或投信。据他说，蓝小禾对爱情的依恋指数，绝对是在

90%以上呢。因为短信和邮件是多么快捷啊，可是只有心思细密的蓝小禾，才不屑那样没有情调可言的方式。她会去逛精品店，买最淡雅的信封和纸张，她的素描又那么好，每一天对男朋友的思念，都会细细记录下来。没有文字，只看素描里的花草和小人儿，蓝小禾的似水柔情，就可以点点滴滴全都融入人的心里去。

男生们心里的嫉妒像是一把野草，每一点新闻的火花迸溅过来，都足以让它们熊熊燃烧起来。常常在卧谈会上彼此争论个不停，猜测那个讨人厌的家伙，究竟何时会把美丽的蓝小禾，从我们身边毫不留情地带走。当然每次都不会有统一的答案，有时候正反两方还会为此打上一仗，打完了便握手言和；因为尽管嘴上不服输，但我们心里都明白，蓝小禾已经深深植入我们每一个人的心里去，如果有谁想要把她从我们这里带走，我们都会随时联合起来一致对外。

这样的打闹和争吵，蓝小禾没有丝毫的察觉。我们不清楚，如果她知道我们这样恨着她一心一意爱恋着的家伙，会不会一气之下再不教我们。可是想想蓝小禾对我们的喜欢，丝毫不逊于给男友的关爱，我们便又高昂了头，自信不论我们做错了什么，蓝小禾都不会将我们无情地给舍弃。

「叁」

法桐树叶落满校园的时候，林小帅发布了另一条重要的消息：那个在我们口中谈论到烂熟的男1号，周末的时候，将来我们这个城市做信息调查，当然啦，所谓的调查肯定是顺路，真正的任务是要看望日日想念他的蓝小禾哦。

班里的每一个人，都瞬间变得兴奋起来。这种高涨的情绪里，其实更多地掺杂了一种莫名的自卑与自负。那个被我们心心念念着的家伙，究竟是否值得我们付出如此多的热情呢，或者换种说法，就是这个吃了天鹅肉的臭小子，究竟有没有资格来爱我们的蓝小禾。

那个周末，我们这支狗仔队，放弃了所有出游上网或是打游戏的计划，又找来了许多必备的行头。为了让新闻播报得更具真实性，我还从家里偷来了老爸的微型DV机，以备让全班都能看到这一重大事件发生的始末。

终于等到了那天的到来。我们皆捧了一本书，游荡在蓝小禾的单身宿舍周围，念念有词地装作勤奋读书的模样。蓝小禾淡紫色的窗帘是微微打开着的，可以看到娇小的蓝小禾踩着凉拖，在木地板上欢快地走来走去。阳台上蓝小禾五彩缤纷的衣服在风里飘来荡去，像是我们摇摆不定的心事，不知道何时才能让喜欢着的蓝小禾真正窥得到。偶尔，会有清脆的风铃，在蓝小禾不经意的碰撞里，叮叮当当地响起。每每都到声音细到没了踪迹，我们才会像午夜梦醒，叹口气，继续我们的侦察。

时间一分一秒地过去了，不仅蓝小禾频频地向楼下张望，就连最耐得住性子的林小帅，都忍不住发了火，将那个迟迟不来的家伙贬了又贬。楼上再听不到蓝小禾的脚步声，她开始坐在窗前，朝那条通往校门口的大路上看过去。就这样呆坐了半个小时后，她突然欣喜若狂地站起来。

我们全都齐刷刷地朝大道上看过去，我的DV机，也偷偷打开来。一辆红色的出租车，就这样张狂地横冲过来。车门打开后，一个神情骄傲不羁的高大个，从车里探出身来。打扮得美丽非凡的蓝小禾，还在二楼楼梯口呢，就听见她一路柔声唤着“林朋”，旋转而下。这个叫林朋的家伙，竟是没有像我们所期望的，跳下车来，跑上去拥住值得他一辈子珍爱着的蓝小禾。他依然欠着半个身子，淡漠地看着蓝小禾鸟儿一样朝他飞过来。

他们见面的过程，也就仅有十分钟吧。十分钟能说多少甜言蜜语呢，而且，这样短短的时间里蓝小禾一直在哭泣，那个忙到连车都不下的家伙，语气里竟全都是烦乱和指责。甚至他连一声再见都没说，就砰地关上车门，绝尘而去。

「肆」

那个记录了蓝小禾约会始末的DV机，被我狠狠摔在了家里。周日的晚自习，有男生过来无休止地讨要，林小帅竟是啪地一拳打了过去。没有人问为什么，又似乎这样一条黯淡的消息，无需人播报，就阴霾了整个班级。

我们能说什么呢，我们真心爱着的蓝小禾，却是被那个野心勃勃要闯到国外去的家伙抛在了这个小城，而且永远不会回来带她一起走。

或许蓝小禾会因此留下来，再不与我们分开。也没有任何人，能将她的整颗心带走。可是为什么，我们曾被嫉妒折磨地疲惫不堪的心，却是没有开心和喜乐，只有浓得化不开的伤感与忧愁；就像我们自己被一场爱情给深深地伤害?

周一的英语课上，不知是谁在讲桌上放了一个青花的瓷瓶，瓶里插着的是一只饱满绽放的红玫瑰。黑板上有林小帅可爱的娃娃体英语，写着：Teacher Lan, we will love you forever!

眼睛红肿的蓝小禾，并没有迟到。我们以为看到这样精心布置的讲台，她会很开心地笑，却没想，她的唇角，上翘，再上翘，眼泪，还是哗哗流下来。

或许蓝小禾永远不知道，我们和她一样，点滴不落地经历了这场裹挟着甜蜜与忧伤的爱情。她也不知道，为什么林小帅从此那么讨厌自己的姓氏，似乎一个“林”字，粘上了他，便自此粘上了污浊和晦暗。至于我们卧谈会上，竟是没有了分歧，开始集体诅咒那个北京的家伙，将来找个丑婆娘、母夜叉，让他一辈子后悔死。亲爱的蓝小禾，更不会明白其中的缘由。

可是失去了一颗心的蓝小禾，还有我们46颗更火热的心啊。所以如果她悲伤，我们自信自己总会有办法，让她头顶上的天空快快地明朗起来。因为还有什么能比我们对蓝小禾的爱恋，更加的执著、坚韧且长久呢?

暗恋这样改变了我们的年少时光

「壹」

那一年也就16岁吧，没来由地就喜欢上大学里的一个男生。每天背着书包经过他们教室门前长长的樱花路，总是忍不住在飘飞的花瓣里，侧头看他是否在靠窗的位置上坐着。如果在，我的心，即刻就会像那飞扬的樱花，轻盈、温柔，而且无限喜悦。若是空着，心也会跟着空洞茫然下去，好像有什么人将我的身体掏空了，连那仅存的一点思念，也不给我留下。

当然很多的时候，他都是在的。我心内的那缕柔情，也便一日日温馨地荡漾下去。没有人告诉我他叫什么名字，他来自哪里，他喜欢看什么书，他又是否有同样暗恋的女孩子。但这又有什么关系呢，我可以叫他默；我可以不管他来自哪里，都坚定不移地让一颗心，跟随着他；我可以喜欢上他接触到的任何一本书，只因为，那书上曾有他的温度；甚至，我可以将他写的情书，欢欣地交给他喜欢的女孩，只为他会柔声对我说声谢谢。

这样爱着他，但他，从来不知道。因为有一天，我们突然地在樱花路上相遇，预演了千万次的一声“你好”，脱口而出的时候，他眼睛里写满的竟全是诧异。

我以为他会记得这个每日都要羞涩地看他一眼的女孩，至少，应该像记得那些纷飞的樱花一样，记得这个几乎成了风景的身影吧。可是，樱花都要谢了，春天也快悄悄隐退，我刻意描画过的唇和眉，我哼唱的动听的曲子，我一天一换的发型，我手腕上叮叮当当作响的银镯，我所有的努力，终究还是没有让他将我记住。花瓣落了，还有芬芳，留在他的记忆中，而我，原是连那落花都不如的。

但没有什么花朵，比暗恋更持久更清香的吧？我依然默默地喜欢着他，不管学习如何地忙，我都会在放学的时候，抱了厚厚的书，在小路上徘徊着等他出现。而后看他和一大帮男生踢着球过来了，便突然地手足无措，想要逃，却是没了力气。只傻傻地站在小路的中央，看他走近了，而后又一侧身，擦着我被风吹起的发梢，便说笑着走过去了。

「贰」

终于，还是让他注意到了我。是一个下雨天，我依然抱书等他过来。他没有打伞，踩雨冲过来，一下子便将我怀里的书，撞到地上去。他连声地说着对不起，且弯腰帮我捡。看到我课本上“孟雨诗”的名字，便笑，说，你的名字和人一样美呢。

我以为自己会像梦中想象的那样，脸红得不敢抬头去看他，却是没曾想，竟是哭了。他也慌了，不住地说抱歉，真的不是故意将我的书撞到水里去的，而我，再也无力承受这样突如其来的喜悦，道声再见，就飞快飞快地跑开了。他怎么会知道呢，这个女孩子眼中丰盈的泪水，其实早已积蓄了那么久。

第二天，再经过他的教室旁，竟是有了些许的渴盼。而他，真的就在门口站着！看到我走近了，便晃晃手中淡紫色的雨伞，嬉笑道：“小丫头怎么能和我一样粗心呢，也好，天晴了，就可以遮阳呢。”我已经忘记了言语，我只知道，那一刻我是世界上最幸福的那个女孩；而到达极致的幸福，不必开口，它自会芳香四溢的吧。我就这样微微低了头，看着凉拖里激动得不知如何安放的脚趾，接过他手中的伞，而后轻轻踩着他长长的影子，走开去了。

那一天，我逃了课。我在大学的操场上，一圈圈地跑，跑到第8圈的时候，我终于无力支撑，大口地喘着气，卧倒在一旁的草坪上。我的泪水，再一次冲溢而出。16岁的我，就这样被突如其来的爱的山洪，淹没到几近窒息。

那是我人生里最美好的一段时光，阳光明亮，花儿芬芳，空气亦是洁净清爽；我的视线所触及的每一处地方，都奇迹般地闪烁着迷人的光泽。我开始疯狂地搜索一切关于他的信息，我在大学篮球比赛的人员名单上，查到了他的名字“默”；我又从妈妈的同事那里，知道他来自遥远的冰城；我还在校报他发表的一篇文章上，记住他喜欢在冬天尽情滑雪，喜欢穿蓝色系的衣服，喜欢啃不削皮的光洁的苹果，喜欢在读书的时候，打开温暖的台灯，亦喜欢头发微卷皮肤白皙的女孩。

「叁」

我在很短的时间里，了解了他的全部；而他，却依然对我一无所知。可是，这又有什么呢？我可以如此自由地爱他，可以每天从他的窗前经过，可以听到他和暖的声音。这，对我，已是足够。

依然会在青石板铺成的樱花路上“偶遇”。他开始对我微笑，这是他特有的打招呼的方式，唇角上扬，暖暖的笑便溢出来，将我一颗低到尘埃里去的心濺湿了。而我亦鼓足了勇气，轻昂了头，去迎接他的视线。我听见自己在他的目光里，劈劈啪啪燃烧的声音，那样疼痛，又那样地甘心。再没有任何言语的交流，我只是他的点头之交；而他，却已是我生命的全部。

两年，就这样转瞬即逝。我高考的分数，足够报考北京的重点大学，但却执意要读这一所大学。妈妈说，你不是一向喜欢北京的么，什么时候突然地变了？我低头浅笑，想：是啊，什么时候变了呢，该是遇见默的那一刻就开始了吧。

我终于可以名正言顺地去他去过的一切地方，图书馆、自习室、英语角、体育馆。他有没有注意过这样一个女孩子呢？她换了他喜欢的卷发，她努力地用一切可以美白的化妆品，她穿所有蓝色系的裙子；她在雪天里摔了一跤又一跤，只为将滑雪的姿势练到最美；她在看他打球的时候，永远不会忘了啃一个不削皮的苹果；她在日间读书都要拉上窗帘，只为可以打开台灯；她还一篇篇地给校报投稿，尽管每次都被无情地退回。

在我还没有搞清楚这个问题的时候，他的身边就出现了一个小巧的女孩。我以为真的会像他文章里写的那样，可是，却是那样迥然不同的女子：直发及腰，皮肤略黑，爱穿白色的棉布衣裙，说话的时候，有他曾说不喜欢的微凉的语气。我所有为之付出的一切改变，就这样成为虚空。

「肆」

有一天，我在漫天飞舞的樱花里，又遇到他，一个人，看到我却是神情淡然。他擦着我飞起的发梢，快要走过去的时候，我终于回转身，叫他：默。他惊讶地回头，怔怔地看我，而后说："请问你是谁？我们曾经认识吗？"

我以为自己会像三年前的那个雨天，哭泣，却是没有想到，我在他的诧异里笑了。阳光那么好，花香那么甜，我的笑，亦是如此的明亮芬芳。我说："呵呵，是认错啦，我们一直都是陌生人的。"说完，我便迎着那柔软的樱花，开心的鸟儿一样，跑跳开了。

樱花飞尽，我的这场漫长忧伤的暗恋，也终于结束了。

两年后的同学聚会上，举杯喝到大半，突然有一个男生，走过来对我说："雨诗，你知道么，你蜜色的皮肤，俏皮的马尾，橙色的衣裙，曾是我们宿舍所有男生心里最温情的记忆呢！可是而今，你怎么把我们集体暗恋的那个小女孩，给丢掉了呢？”

我以为一场暗恋结束的时候什么都不会改变，但不经意间，它还是那么铭心刻骨地被青春记住，且改变了我们的年少时光。

图书在版编目（CIP）数据

少年自私事／安宁著. —苏州：古吴轩出版社，2010.9

ISBN 978-7-80733-519-1

Ⅰ. ①少… Ⅱ. ①安… Ⅲ. ①短篇小说—作品集—中国—当代 Ⅳ. ①I247.7

中国版本图书馆CIP数据核字（2010）第176771号

责任编辑：张　颖
见习编辑：赵　娓
装帧设计：韩桂丽
责任校对：张　蕾
责任照排：肖增峰

书　　名：少年自私事
著　　者：安　宁
出版发行：古吴轩出版社
地址：苏州市十梓街458号　邮编：215006
Http://www.guwuxuancbs.com　E-mail:gwxcbs@126.com
电话：0512-65233679　传真：0512-65220750
印　　刷：苏州日报印刷中心
开　　本：880 × 1230　1/32
印　　张：8
版　　次：2010年9月第1版　第1次印刷
书　　号：ISBN 978-7-80733-519-1
定　　价：25.00元